용서 이야기

Ougimonogatari

이 책의 한국어판 저작권은 일본 講談社와의 독점 계약으로 (주)학산문화사에 있습니다.
저작권법에 의해 한국 내에서 보호를 받는 저작물이므로 불법 복제와 스캔 등을 이용한
무단 전재 및 유포 시 법적 제재를 받게 됨을 알려 드립니다.

는 (주)학산문화사가 일본 와 제휴하여 발행하는 소설 브랜드입니다.

용서 이야기 扇物語

니시오 이신
西尾維新

FAUST BOX

제6화 오기 라이트 7

제7화

오기 플라이트

제6화 오기 라이트

001

조라쿠 오치바上洛落葉가, 말하자면 이 소동을 일으킨 인물이었다는 이야기인데, 그러나 그런 진상이 아직도 제대로 와닿지 않는다는 것이 나의 실감이다. 마음속으로 받아들일 수 없는 정도가 아니라 꾹 참고 삼킬 수도 없다. 달면 삼키고 쓰면 뱉을까 해도 입 근처에도 오지 않는다. 평소 같은 흐름대로라면 이 서론에서 그녀에 관한 특기사항을 열거하며 적절히 분위기를 띄우고 싶지만, 조라쿠 오치바에 관해서만큼은 무엇을 써야 좋을지 무엇을 써야만 하는지, 혹은 무엇을 쓰고 싶지 않은지 짐작도 가지 않는다.

특기사항이 없기 때문이다.

특별히 적을 것이 없다.

특별하지 않더라도, 적을 것이 없다.

원고용지가 메워지지 않는다.

여기서만 하는 이야기인데 나는, 아니, **우리들**은 재미있는 인간을 재미있어하고 흥미로운 인간에게 흥미를 품는다. 기인과 괴짜를 미칠 듯이 생각하고 비정상적인 사람을 비정상적으로 마음에 그리며, 천재를 좋아하고 바보를 사랑한다.

특별한 인간을, 특별하게 느낀다.

기록하고 싶다고 바란다.

조라쿠 오치바는, 그렇지 않았다.

문구류를 휘두르는 귀한 집 아가씨도 아니고 깨물어 오는 미아도 아니고 손이 닿지 않는 슈퍼스타도 아니고 귀여운 것만이 전부인 중학생도 아니고 반장 중의 반장도 아니다.

그녀는 조라쿠 오치바였다.

물론 사건의 원인이며 또한 원흉이기까지 했던 그녀를 알아내기 위해 이른바 프로필 같은 것을 파악하기에 이르렀는데, 그 정보의 빈약함 때문에 만나는 데 시간이 걸렸다는 사실 이전에, 그 정보가 전혀 다른 내용이었더라도 사태에 특별한 변화는 없었을 것 같다는 생각이 든다.

이런 전개는 전례가 없다.

라고 말하고 싶은 참이지만, 지금까지도 이런 일은 왕창, 엄청, 잔뜩 있었을 것이다…. 분명 주의가 산만한 내가 깨닫지 못했을 뿐이고. 그녀 외에도 그녀 같은 인간은 있으니까… 많이 있으니까.

무량대수無量大數만큼 있으니까.

진범이자 흉악범이었던 그녀는, 어쩌면 꼭 그녀일 필요도 없었다. 다른 누군가가 주모자여도 상관없었다. 그녀는 그녀여도 괜찮았고, 누구라도 괜찮았고, 차라리 나였어도 괜찮았다.

오히려 이렇게 생각할 수 있다… 이상하다.

어째서 내가 아니었을까?

분노가 없는 것은 아니다. 내 주위를 마구 헤집어 놓은 그녀에게 화가 치밀어 오르지 않는 것은 결코 아니지만, 그 분노에 몸을 맡기기에 그것은 너무나도, 누구에게나 일어날 수 있는 사태였다.

아니.

누구에게나 일어날 수 있는 **미스**였다.

그러니까, 용서해야만 할 것이다.

아무리 광범위하게 막대한 피해를 끼치고, 미래에 화근을 남기고, 원상회복이 불가능한 대미지를 입혔다고 해도, 그 악의 없는 죄를, 우리는 용서해야만 할 것이다.

설령 그녀가, 한마디도 사과하지 않더라도.

002

"나는 사과하지 않아. 한마디도 사과하지 않아.

"두 손을 바닥에 짚지 않아. 무릎을 꿇지 않아.

"고개를 숙이지 않아.

"죄를 씻어 내지 않아. 용서를 구하지 않아. 벌을 받지 않아.

"왜냐하면 나는 옳은걸. 나는 틀리지 않았는걸. 누가 뭐라 하더라도, 누가 화를 내더라도, 누가 책망하더라도, 옳은 사람은 나인걸.

"사과하면 패배인걸.

"나는 지고 싶지 않아. 그러니까 사과하지 않아.

"하지만, 그러면, 사과하지 않는다면 나의 승리일까? 도저히 그렇게는 생각되지 않아. 적어도 상쾌한 느낌은 없지.

"불쾌하기까지 해.

"그런 의미에서는, 쇼기* 기사라는 건 굉장하다고 생각해. 그 탁월한 능력은 제쳐 두더라도, 리스펙트하지 않을 수 없어. 그 사람들은 타인을 존경한다고 하는 감정을 알려 줘. 그도 그럴 것이, 사죄와는 다르지만, 거기에는 더 이상 반상에서 승산이 없어졌을 때에 '졌습니다'라든가 '없습니다'라고, 직접 말로 확실하게 패배를 인정해야만 한다는 자비 없는 룰이 있잖아?

"탁월한 만큼, 굴욕적이지.

"명인이나 유단자인 것도 관계없이.

"골프를 심판이 없는 신사 숙녀의 스포츠라고들 하는데, 쇼기도 그리 밀리지 않아. …이렇게 말은 해도, 나라면 자포자기해서 쇼기판을 엎어 버리겠지.

"패배를 인정할 수 없어.

"뒤집어 말하면, 졌다고 생각하지 않으면 지지 않은 것처럼, 자신이 잘못했다고 인정하지 않으면 나는 잘못하지 않은 걸까?

"사과하지 않았다고 해서 승리한 건 아닐지도 모르겠지만, 사과하지 않는 것에 의해 나는 악이 되기를 거부하고 있는 것일까? …그렇다면, 내가 보기에도 참 결벽적이네.

"결벽적이고, 결백하지.

"역시 나는 무실해.

※쇼기(将棋) : 일본 장기.

"실속이 없어.

"결벽증인 사람일수록 방이 어질러져 있는 상황 같은 것일까.

"내 방은 깔끔한 편이지만… 어쩌면 그런 쇼기 기사도 있으려나?

"스스로 패배를 인정할 바에야 어떤 패턴의 장군을 걸어오더라도 입을 꾹 다물고 시간제한 패배를 노릴 정도로 지기 싫어하는 사람도… 만약 있다면 분명히 엄청난 비난을 듣겠지만, 나는 그런 자에게 공감하겠어.

"그런 '자者'라니.

"웃음이 나오네, 자기가 말해 놓고.

"어쨌든, 능력이나 지위가 있는 인간이 고개를 떨구고 머리를 숙이는 모습을 사람들 앞에 노출시킨다. 쇼기 대국의 생중계란 기업이나 정치가나 연예인의 사죄회견과도 비슷한, 잔혹한 쇼야.

"옛 일본의 전국시대였다면 지략으로 유명한 장수가 될 수 있었을 위대한 쇼기 기사가 정신적인 굴욕을 겪는 모습을 보고 싶어서 텔레비전으로 관전하는 쇼기 팬들도, 분명 적지 않게 있겠지.

"없다고?

"그렇게 성격이 고약한 사람은 너 정도라고?

"어머, 그래?

"실언했네. 마각을 드러내 버렸나?

"하지만 나는 사과하지 않아.

"사과하는 건 네 쪽이야, 아라라기 코요미."

003

"모든 이야기에는….."

말을 꺼내다가 메니코는 "아니, 아니었어~ 이야기가 아니라~" 하고 정정했다.

"모든 일에는 표면과 이면이 있다고 하는데~ 이건 실제로는 어떤 상태일까~? 표면 안에 이면이 있다는 말일까~? 아니면 이면 안에 표면이 있다는 말일까~"

그 수수께끼라면, 일부러 정정하지 않고 '모든 일'은 '모든 이야기'인 채로도 아무 문제가 없을 거라 생각되지만, 어차피 메니코는 깊은 의미가 담긴 철학적인 물음을 나에게 던진 건 아닐 것이다. 국립 마나세 대학 구내에서 나의 유일한 친구인 하무카이 메니코는, 그런 여자 대학생이 아니다.

깊은 의미, 라는 것과는 인연이 없다.

그렇다고 얄팍한가 하면 그렇지도 않다… 그녀의 스타일을 따라 말하자면, 깊은 무의미를 좋아한다.

그건 그렇고 고등학교 시절의 나, 아라라기 코요미를 알고 있는 분들이라면 나에게 친구가 생겼다는 것은 나에게 자식이 생긴 것에 필적할 만큼 쇼킹한 뉴스일지도 모르지만, 나는 나대로 쇼크를 받고 있다.

'친구는 필요 없다, 인간의 강도가 떨어지니까'라며 버티고 있던 자의식에서, 부끄러워하면서도 부끄러움을 알고 개심하고 다시 태어나 새롭게 갱생했을 나인데, 그래도 대학 입학 후로 약 아홉 달이 경과했음에도 아직도 프렌드가 한 명밖에 생기지 않았다니… 보통, 모바일 게임을 해도 이것보다는 친구가 더 많이 생길 거다.

메니코와는 입학 직후에 우호조약을 맺었으므로… 어이쿠, 이거 대학에서의 나는 뭔가 좀 다른걸? 이란 기분이 들었지만, 어찌 생각이나 했으랴. 한 치도 다르지 않고 똑같았다. 미세 증가라고 할 수도 있겠지만, 시각에 따라서는 격감이기까지 하다. 전통적인 맛을 완고하게 유지한 나의 고립주의는 꿈쩍도 하지 않는다.

일단, 구내에서만 만나는 친구라고 하면 학적을 갖고 있지 않은 쿠자쿠짱이 있지만, 그 애를 프렌드로 세는 시점에서 더더욱 성장이 엿보이지 않는다고 말해도 좋을 것이다.

감쇄라고 해도 좋다.

참고로 소꿉친구인 오이쿠라와는 현재 절교 중이다. 정말이지, 여전히 화를 잘 내는 녀석이다. 잔손이 많이 간다. 내가 자기 자취방의 옆집으로 이사한 정도를 가지고.

그 급한 성미는 어떻게 해 줘야만 한다. 내가.

그것은 그렇다 치고, 유일한 친구의 의문에 대답하자. 유일하니까.

친구를 소중히 대하자. 인간으로서.

품고 있는 철학이 아주 당연한 슬로건이 되었지만, 학생식당에서 곧 있을 시험 대책을 한창 짜고 있는 도중에 날아온 엉뚱한 문제에 대답하자. 문제란 당연히 수수께끼 같은 법이지만.

"표면表面과 이면裏面? 아아~"

나는 수수께끼를 생업으로 삼고 있던 고등학교 시절의 후배를 어렴풋이 떠올리면서, 생각한다… 뭐였더라? 표면 안에 이면이 있는가, 이면 안에 표면이 있는가? 그렇구나, 표면의 이면이 이면인가, 이면의 표면이 표면인가, 라고 묻지 않는 부분이 이 양자택일의 핵심이겠지.

두뇌의 회전이 느껴지는군.

"이면의 안에 표면이 있다는 거지?"

나는 해답을 찾아냈다. 이 답으로 학점을 딸 수 있다면, 이렇게 시험공부 같은 건 하지 않아도 괜찮을 텐데… 하지만 나의 인생은, 여자로부터 뭔가를 배우기만 하네.

"흠흠~ 그 답은~?"

"한자로 쓰면 알 수 있잖아. '속 리裏'라는 한자 안에는 '겉 표表' 자가 포함되어 있으니까."

즉, '이면 안에 표면이 있다'

'亠' + '囗' + '表' = '裏'.

한자를 쓰는 순서는 전혀 다르지만, 그런 이야기다.

뒷문에 뚜껑을 덮어서, 표인가.

"정답~ 빰빠바밤~"

아낌없이 박수를 치며 환호해 주는 메니코.

내가 보기에는 너야말로 용케 그런 것을 깨달았구나, 라고 말해 주고 싶은 참이지만, 암호학을 전공하기 위해 수학과에 입학한 괴짜가 보기에 이 정도의 설문은 초보 중의 초보일지도 모른다. 미스터리풍으로 말하자면 에도가와 초보다.

그런 점이 너무나도 나의 유일한 친구라는 느낌이긴 하지만, 어쩐지 시험받은 듯한 기분도 든다. 시험 대책을 세우는 중에.

심리 시험일까?

"아니아니~ 정말로 칭찬하고 있어~ 노트에 써 보지도 않고 용케 알았네~ 코요미짱~ 머릿속에 화이트보드가 있구나~"

"훗. 코요미짱은 초등학교 시절에, 겉멋으로 고구마 캐기 로봇 곤스케라고 불리고 있던 게 아니야."

600년 살았던 흡혈귀라면 모를까, 『21에몽*』이 같은 세대의 여자 대학생에게 통할지 어떨지는 아주 위태로운 도박이었지만, 메니코는 "아하하하하~" 하고 웃었다.

뭐, 이 녀석은 무슨 말을 해도 웃는다.

그래서 나도 스릴을 원하게 되고 만다.

"이모지emoji를 말하는 거구나. 확실히 코요미의 이름에 쓰는 달력 력曆 자는 로봇처럼 생겼지. 부럽네~"

"이름이 로봇 같아서 좋았던 일은, 하나도 없지만 말이야."

"좋잖아~ 내 이름은 명일*이 들어가 있는 메니코命日子라고~ 매일이 명일이라고 생각하면서 살고 있는걸~ 명일이 많아~"

※21에몽 : 후지코 후지오 원작의 소년 SF만화. 1968~1969년에 걸쳐 연재. 이후에 애니메이션으로 만들어지기도 했다. 외계의 별들과 교류하게 된 미래의 지구에서 우주비행사가 꿈인 주인공 21에몽이 겪는 일들을 그린 작품. 곤스케는 등장인물 중 하나.
※명일 : 命日. 해마다 돌아오는 제삿날. 기일을 뜻하는 한자어.

자기 이름에 불평이 많은 many코.

군이 말하자면 메니코보다도 하무카이食飼라는 성씨 쪽이 독특하지만, 이전에 들었던 말에 의하면 그쪽은 햄스터 같은 느낌이라 마음에 든다고 한다. 옛날에 햄스터를 기르고 있었다느니 뭐라느니… 그것도 하무카이라는 성씨라서 개나 고양이가 아니라 햄스터를 키웠던 게 아닐까 하는 의문을 씻을 수 없다.

계란이 먼저인가, 달걀이 먼저인가.

글자의 형태에 연연하는 느낌이 장난 아니다.

실제로 지금까지 살아오면서 표表라는 글자도 리裏라는 글자도 무수히 써 왔지만, 나는 그런 것을 오늘 이때까지 생각했던 적도 없었다. 앞으로는 각각의 한자를 쓸 때마다 의식하지 않을 수 없게 되었다…. 인생관이, 인생 그 자체가 바뀌어 버렸다고 말해도 과장이 아닐 것이다.

아니, 과장이기는 하지만 그런 의미에서는 정말로를 뒤집어로말정, 이 녀석은 국어 과목에 서툰 나하고 용케 친하게 지내주고 있다…. 다만 메니코의 경우에는 친구가 나밖에 없는 것은 결코 아니고, 상당히 두터운 교류를 자랑하고 있다.

25개 서클에 발을 걸치고 있는 듯하다.

서클이 25개나 있다는 것 자체가 나에게는 놀랄 일이라고.

다들, 그렇게나 하고 싶은 게 있는 거야?

고등학교 시절의 내 학우 중에서는 그다지 찾아볼 수 없었던 캐릭터다. 우등생인 하네카와는 그래 봬도 결코 친구가 많은 편이 아니었고, 커뮤니케이션의 화신이었던 칸바루는 그래도 한정

된 분야에 특화되어 있었고.

그 여자 농구부도, 겉으로는 상쾌하게 보이지만 속은 상당히 질척질척했었다. 곤죽처럼 되어서, 옷에 묻으면 지워지지 않을 정도로.

다만 이때의 '표면과 이면' 문제가 한자의 생김새에만 구애되어 출제한 문제가 아니었다는 부분에서 하무카이 메니코는 속이 깊다고 할 수 있다.

뿌리가 깊다고도 말할 수 있다… 뿌리 깊은 무의미다.

"모든 이야기에는~ 이 아니라~ 모든 일에는~ 표면이 있으면 이면이 있다고 하는데~ 실제로는 이면 안에, 표면이 함유되어 있는 거지~"

메니코는 그렇게 말을 잇는 것이었다.

나에게 ABC 추측*의 해설을 하는 것이 아니라.

"반대말의 비대칭성에 대해서~ 요즘에 잘 생각해 보게 되더라고~ 위의 반대가 아래라고만은 할 수 없고~ 오른쪽의 반대가 왼쪽이라고만은 할 수 없고~ 앞의 반대가 뒤라고만도 할 수 없고~ 찬성의 반대가 알칼리성이라고만은 할 수 없지~"

"마지막 거, 어쩐지 말이 꼬인 것 같은데?"

"피해의 반대가 가해라고만도 할 수 없지~"

그렇게 말하며 나를 흘끗, 의미심장하게 바라본다. 바라본다

※ABC 추측 : ABC Conjecture. 1985년 스위스 수학자 데이비드 매서와 프랑스 수학자 조셉 외스테를레가 제안한 정수론에 관한 추측. '반복되는 소인수를 많이 가지는 세 수가 서로소라면, 어느 한 수가 다른 두 수의 합이 될 수 없다'고 말하는 추측이다. 2012년에 일본의 모치즈키 교수가 증명했다고 발표하였으나, 완전히 증명되었는지에 대해서 아직 논란이 있다.

고 할까, 아이 콘택트를 보내온다. 요점은 여기라고 말하는 듯이. 그 시선을 무시하는 것은 친구로서는 상당히 어렵다.

담력 테스트의 타이밍이다.

다행히, 피해라든가 가해라든가 하는 그런 쪽의 용어에 대해서는 나도 19년에 걸쳐 고찰을 깊게 할 기회를 풍부하게 받아왔다. 19년이라고 할까, 근년에는 닥쳐왔다고 말해야 할지도 모르지만, 어쨌든 알로하 아저씨에게 자주 엄하게 규탄을 받았던 것이다.

피해자라는 듯한 얼굴을 하는 게 마음에 들지 않는다고. 그러나 피해와 가해의 비대칭성이라니, 어쩐지 복잡한 소리를 하네.

'자者'가 들어가지 않은 만큼.

위와 아래라든가 오른쪽과 왼쪽인가는… 뭐, 상대적인, 거울에 비추면 뒤집어져 버릴 만한 대수롭지 않은 문제라는 점은 알기 쉽지만, 피해와 가해는 완전 대칭이 아닌가?

가해자가 보기에 따라서는 피해자라든가, '자'를 집어넣으면 분명 그런 의미일 텐데… 마이너스의 연쇄라고 할까, 그렇게 되면 더 이상 글자의 생김새는 상관없이 사회적인 명제가 된다.

표면의 이면은 이면이겠지만, 이면의 이면은, 이면?

표리일체라는 말이 있지만, 동전의 앞면과 뒷면은 고정되어 있기에 코인 토스를 하는 것이고… 그 부분이 머리와 꼬리가 연결된 우로보로스처럼 뒤얽혀서는, 아무리 시간이 지나도 아메리칸 풋볼의 시합이 시작되지 않는다.

아메리칸 풋볼 같은 건 한 적이 없지만, 하여간 이야기가 시작되지 않는다. 이야기도, 일도, 스토리도.

좋아, 아이 콘택트에 응하자.

본래부터 노 룩으로 응해도 좋은 패스고.

"메니코, 무슨 일이라도 있었어? 의논할 일이 있다면 들어 줄게. 나는 그런 남자니까."

"그렇지~ 코요미짱은 그런 남자야~ 의지가 되지~"

너스레 떤 것을 그대로 받아들이면 뭐라 반응하기 난처하네. 템포가 어긋난다. 스스로를 그런 남자라고 생각하는 녀석이라고 여겨져도 곤란하다. 애초에 그렇게 경솔하게 수락하는 행동이 고등학교 시절의 나를 곤경으로 몰아넣어 왔고, 대학에 와서도 그것은 변하지 않았는데도, 정말 질리지도 않는 녀석이다. 그런 남자라고 말한다면, 그야말로 나는 그런 남자다.

두말없이 승낙해서 신세를 망친다.

두말없이 승낙해서 무덤 구멍을 두 개 판다.

구멍의 바닥에서 구멍을 파고 있는 것이나 다를 바 없는 상황이다.

"무슨 일이 있었다고 할까~ 피해를 입었다고 할까~ 나의 기분으로는~ 유령이라든가 요괴하고~ 딱~ 마주친 것 같은 감상인데 말야~"

"피해를….'

유령에게. 요괴에게?

도시전설. 가담항설. 도청도설.

반만 믿을 수 있는 이야기…이지만, 어쩐지 그리운 단어다.

그러나 그리워하고 있을 수도 없다.

"…구체적으로는?"

"구체적이라고 할까~ 육체적이라고 할까~ 나는 말이지~ 어쩐지 말야~"

메니코는 어쩐지 옛 생각이 나게 하는 펜 돌리기 같은 걸 하면서, 나의 질문에 대답했다. 펜 돌리기라고 해도 스타일러스 펜을 돌리고 있는 부분에서 근대적인 여자 대학생이기는 하지만, 그러나 꺼낸 이야기는 참으로 미래의 암호학의 대가가 꺼낼 만한, 심하게 고전적인, 심하게 요염한, 그리고 그저 심각한 그것이었다.

"모르는 사이에 말이야~ 요바이*를 당해 버린 것 같아~"

004

"나쁜 짓을 했으면 죄송합니다, 라고 말한다.

"당연한 교육이지. 나도 어릴 적에 그런 훈도를 받은 적이 없는 것은 아니야. 담임선생님이었던가, 아니면 부모님이었던가, 조부모님이었던가, 모르는 아저씨였던가, 그런 사람들에게 제대로 그렇게 교육받았어.

"하지만 동시에 이렇게도 배웠지.

※요바이(夜這い) : 옛 일본에서, 밤에 남자가 여성의 침소에 몰래 숨어들어 관계를 맺는 풍습.

"미안하다는 말로 끝난다면 경찰은 필요 없다.

"…물론, 경찰 일가의 장남인 네가 보기에는 이론과 반론이 분출할 만한 슬로건이겠지.

"미안하다는 말로 끝난다면 직업을 잃어버리게 될지도 모르니까… 다만, 경찰의 업무가 나쁜 사람을 잡는 것뿐이라는 생각도 상당한 편견이지만.

"경찰 드라마에서 가끔 보이는 '운전면허 시험장으로 보내 버린다'라는 상사로부터의 위협… 그것은 아무리 나라고 해도 사죄할 만하다고 생각하지 않을 수 없어.

"엄청나게 중요한 업무잖아.

"전국 1000만 명의 경찰들이 모두 운전면허 교부만을 하고 있는 사회라니, 엄청 평화로운 유토피아잖아, 응?

"일본에 경찰이 1000만 명씩이나 있지는 않다?

"열 명 중 한 명이 경찰이라니, 이 나라가 모나코 공국이냐고?

"뭐, 어때. 좋잖아, 모나코. 일본보다 평화로워.

"다만, 그 우수한 치안은 나라 곳곳에 설치된 방범 카메라에 의한 부분도 크다고 하지만… 방범防犯.

"범죄를 미연에 방지하는 것도 경찰의 일이지. 이야기가 빗나가서 미안한데, 요컨대 미안할 일을 미연에 방지할 수 있다면 사죄도 필요 없어지는 거지.

"미안하다는 말이 필요 없어져.

"면제를 허락한다… 면허일까?

"다만 유토피아라고 말할 만큼, 이것은 역시 이상론이지. 실제로는 '미안하다는 말로 끝나면 경찰은 필요 없다'라는 말을 들으면, 그렇다면 사과하지 않겠다고 태도를 바꾸고 싶어지기도 해.

"안 그래도 사과하고 싶지 않은데.

"점점 더 사과하고 싶지 않아져.

"그도 그럴 것이, 미안하다는 말로 끝나지 않는 거잖아? 그렇다면 사과해 봤자 무의미하잖아…. 아니, 이건 상당히 일반적인 화제이기도 해.

"사과해도 끝나지 않기는 고사하고, 사과하는 것으로 사태가 악화되어 버리는 케이스도 많이 있으니까… 경험했잖아? 그런 케이스를.

"케이스 바이 케이스가 아닌 케이스를.

"자신이 잘못했다고 생각하기 때문에 사과하는가, 아니면 용서받기 위해서 사과하는가. 실제로는 그 양자가 반반이라고 말해야겠지. 잘못했다고 생각하고 있기 때문에, 용서받기 위해 사과한다.

"미안하다는 말로 끝나지 않으니까 죄송합니다, 라고 말한다.

"하지만 그런 딜이 성립되지 않는다면 사죄라는 타협을 하는 메리트가 없다고, 그렇게 생각하게 되는 건 아주 인간다운 천성이 아닐까?

"메리트라든가 딜이라든가 하는 계산이 사죄행위에 어울리지 않는다고 말한다면, 복도에서 어깨를 부딪치거나 역에서 다른 사람의 발을 밟아 버렸을 때에 반사적으로 나오는 '아, 죄송합니다'가 가장 성의가 담긴 사죄라는 이야기가 되겠지.

"그렇다고 해도, 이것도 이것대로 진리야.

"가볍게 사과해 주는 편이, 가볍게 용서하기 편하다. 정식으로 하는 사죄에는 정식으로 하는 용서가 필요해지는걸.

"훈훈하게 마무리하고 싶어도, 그것이 허락되지 않아.

"사람을 용서하는 것은, 사람에게 사과하는 것과 같은 정도로, 어렵잖아?

"나는 사과하지 않아.

"나는 용서하지 않아."

005

내가 가지고 있는 것은 스타일러스 펜이 아니라 애용하는 볼펜이었지만(나는 볼펜밖에 사랑할 수 없다), 참고로 서투른 나는 펜 돌리기 같은 건 할 수 없어서, 그래서 그냥 들고 있었는데, 그러나 그 펜을 나도 모르게 떨어뜨려 버렸다… 요바이?

요바이라면, 그 요바이?

"맞아~ 일본 고전문학에서 빈번하게 나오는 용어지~"

"아니, 고전문학과 연관 짓는 것으로 어휘의 뉘앙스를 보다 약하게 하려는 노력은 높이 사겠는데….

어? 그건 큰 문제 아니야?

학생식당에서 시험공부 중에 실실거리는 얼굴로 캐주얼하게 들으면 의외로 그런 법인가 하는 분위기에 삼켜지게 될 것 같기도 하지만, 그러나 그 실체는 도시전설이라는 레벨이 아닌 고대의 문화풍속이다. 현대에 어울리지 않는 개념이라는 시점으로 보면 거의 초야권初夜權에 필적한다.

이야기의 초이스는 수학과 최고의 초超문과계답다고 할까, 문학적 수사표현의 극한 같기도 하지만… 엔터테인먼트의 세계가 그 어휘를 재미있어한 시대가 있었던 것 또한 사실이지만, 그러나 1980년대라면 모를까, 최근에 어떤 히트 만화에서도 전혀 보이지 않게 된 파워 워드라고 할까, 터부 워드다.

"그, 그건 이미, 내가 아니라 법 집행기관에 상담해야만 하는 안건 아냐…? 같이 가 달라고 한다면 물론… 우리 부모님이 경찰이란 얘기, 했던가?"

"처음 들어~"

아차. 자연스럽게 말해 버렸다.

여러 가지로 귀찮아지므로 부모님의 직업은 비밀로 하고 있었는데… 뭐, 좋다, 장래에 경시청을 지망하고 있는 메니코를 상대로는 언젠가는 이야기했을 테고, 그것이 지금이어서 안 될 이유는 없다.

지금이어야 할 정도다.

낡은 스마트폰을 바꿀지 말지를 망설이고 있는, 하지만 이제 곧 새 기종이 나올지도 모르는데 어떡할까, 정도의 고민을 함께 해 주는 느낌으로, 무시무시하게 프라이빗한 영역으로 발을 들여 버리려 하고 있는데, 여기서 뒷걸음치는 눈치를 보여서는 안 된다.

허그라도 해 줘야 할까? 아니, 요바이라는 피해를 입은 여자를, 남자인 내가 허그하는 것은 별로 추천할 수 없다는 기분이 든다.

그렇다고 해도 요바이라니.

지난번에는 아동학대였고, 그 전에는 여아 유괴였고, 대학생 편에 돌입한 이래로 그런 경향은 왠지 모르게 느끼고 있었지만, 애니메이션이 끝나고서 드디어 테이스트가 초기로 회귀했나.

정말 뻔뻔스럽기도 하지.

"메니코, 확실히 남자친구가 있었지? 그 경음부하고는 이미 의논했어?"

"경음부하고는 상당히 오래전에 헤어졌어~ 지금 남친은 서클 연구부~"

"서클 연구부?"

"응~ 알고 있겠지만~ 아주 잘생겼어~ 한 학년 위인 2학년인데~ 지금 남친하고 사귀기 위해서 경음부하고 헤어졌어~"

"……."

내 알 바 아니지만.

정말이지 아무것도 연구하지 않을 것 같은 술 마시는 서클이란 인상이고, 메니코는 여전히 남녀교제가 오래가지 않는 모양이지만, 그건 뭐, 좋다. 어찌 되었든 이런 때에 지탱해 줄 누군가가 있다는 것은 든든할 테지만, 메니코의 실실거리는 표정은 "하지만 말이지~"라는 말과 함께 약간 흐려졌던 것이다.

"하지만 말이지~ 의논은 하지 않았어~"

"으음…. 뭐, 말하기 힘든 일이란 건 이해하고, 그러니까 의지할 수 있는 친구인 나에게 의논하려고 하는 거겠지만."

"코요미짱에게는 어떻게 되더라도 상담하기는 했을 거라고 생각하지만~ 그게 아니라 말이지~ 의논하려고 해도 말야~ 할 수가 없거든~ 그 남친이 말이지~ 요바이를 한 범인이기도 하거든~"

"연인이 요바이?"

서클 연구부의 그 남친이?

그것은 이른바 커플 간의 데이트 폭력 같은 범죄행위인가? 그야말로 옛날에는, 태곳적이라고는 말할 수 없을 정도로 최근의 옛날에는, 그런 일은 민사 불개입이라며 아동학대를 예절교육이라고 말했던 것처럼 치정싸움으로 취급하고 있었다고들 하는데… 말할 것도 없이 현대에서는 틀림없는 범죄행위다.

남자친구든 연인이든, 배우자일지라도 요바이는 범죄다.

교제의 의미가 변하기 시작한다.

그야 뭐, 사전적 의미의 요바이에는 범죄적 구성요소는 없을지도 모르지만, 만약 서클 연구부의 남친이 나는 남자친구이니까 허용될 거라고 생각하고 있다면 그 부분도 문제로 포커스해야 한다고 생각한다. '벽쿵'이 허락되는 것은 역시 만화나, 그게 아니면 영화 정도이니 말이야. 그 부분을 착각하면 안 된다.

"벽쿵~?"

언어의 전문가가 보기엔 이미 사어死語의 범주일까. 메니코는

고개를 갸웃하고 난 뒤,

"아~ 그 부분이 복잡하네~ 가해와 피해의 비대칭성이~ 그야말로 그 부분이야~"

라고 흐려진 표정으로 말했다.

"흐려져 있는 것은~ 코요미짱의 눈 쪽이라고나 할까~"

"의지할 수 있는 친구에게 못 하는 말이 없구나."

그냥 흐려진 정도가 아니라 비가 쏟아질 것 같다고.

언어의 전문가를 상대로, 잡힐 만한 비유의 말꼬리를 내밀어 버린 나의 잘못도 있지만, 어쨌든 메니코는 이야기를 계속했다.

"이렇게 말하는 것도~ 나는 요바이를 용서하고 있기 때문이야~"

"…응?"

"요바이를 용서하고 있다고 말하면 어폐가 있으려나~? 어떠려나~?"

변태 같으려나~ 하고 메니코는 혀를 내밀어 보였지만, 과거에 변태 후배와 엮였던 내가 보기에는 해석하기 어려운 부분이었다. 아니, 딱히 나는 변태의 전문가가 아니다…. 그런 평가를 듣고 의논하려고 찾아온 거라면, 흐려져 있는 것은 역시 메니코 쪽이다. 메니코의 눈이다.

그러나 그녀는 흐림 없는 눈동자를 한 채로,

"애초에 요바이를 당했다는 생각이 없어~ 나는~"

이라고 말했다.

요바이를 당했다는 생각, 이라니?

"그날 밤은, 그냥 사랑을 나누었을 뿐이고~"

"아, 저기…."

나는 주위를 둘러본다. 흐려진 눈으로.

허공을 떠도는 시선을.

눈을 돌렸다고도 말할 수 있는, 가족이 단란하게 모여서 보던 텔레비전 방송에서 갑자기 야한 장면이 시작되어 버렸을 때처럼.

점심시간은 아니므로 텅텅 비어 있다…. 애초에 그런 이유로 이 공간을 시험 대책 공부 장소로 선택한 것이고, 그렇다고 해서 아예 무인지경인 것도 아니다.

어떤 의미에서는 너무 고전적이라 어렴풋한 뉘앙스로밖에 의미가 전달되지 않는 '요바이'라는 표현보다도, '그냥 서로 사랑을 나누었다'라는 표현 쪽이 성실한 대학생에게는 너무 과격할지도 모르므로 자기도 모르게 주위를 둘러보게 되었던 것인데, 다행히 메니코의 길게 늘어지는 목소리는 탁 트인 공간에서는 멀리까지 들리지 않았는지, 우리는 눈총을 받고 있지는 않았다.

이후에 튀어나오는 전문용어에 따라 달라지겠지만, 우선은 장소를 바꾸지 않아도 괜찮을 것 같다며 나는 메니코에게 다시 시선을 돌리고, 얼굴을 가까이하고 소곤소곤 작은 목소리로 대화를 속행했다.

"그러고 보니 '모르는 사이에'라고 말했던 것 같은데… 그건 '잠들어 있는 동안에'라는 의미가 아니었던 거야?"

"맞아~ 살그머니 치한남처럼 들어와서 자는 동안에 저질렀던 건 아니야~"

"좋았어. 자리를 바꾸자, 메니코 씨."

"아아~ 미안해~ 순진한 코요미짱에겐~ 이런 부분이 데드라인이었구나~"

고개를 돌리고 자리에서 일어나려고 하는 나를, 겉옷 소매를 잡고 멈춰 세우는 메니코. 멈춰 세우는 방법이 귀엽네. 대등한 친구로부터 순진하다는 취급을 받는 것은 뜻밖이었지만, 어쩌면 '취한 남자가 들어와서'를 내가 잘못 들은 것일지도 모른다고 판단하고, 나는 다시 자리에 앉았다. 세컨드 찬스를 주자. 취한 남자에게 요바이를 당한 것이라면, 슬슬 문제가 심부에 뿌리내리기 시작하게 되지만….

"나는 그저, 장래적으로 이 이야기가 아오이토리 문고*에 수록될 때의 걱정을 하고 있을 뿐이야."

아오이토리 문고라면 아무리 문학을 가장하더라도 '요바이'라는 단어부터 NG 워드가 되겠지만, 나는 그런 해명을 하고 나서 "요컨대, 어떻게 된 얘기야?" 하고 되물었다.

"지금까지 들은 이야기를 정리하면 합의하에… 어느 날 밤, 그, '서로 사랑했다'고 생각했는데, 나중에 저쪽이 그것을 '요바이했다'라고 주장하고 있다는 거야?"

"맞아~ 나는 피해자가 되었다는 생각이 없는데~ 남친 군은~

※아오이토리 문고(青い鳥文庫) : 일본 고단샤에서 간행되는 소설 레이블. 주로 초등학생을 대상으로 다양한 장르가 발간되고 있다.

자기가 가해자라고 생각하는 거야~"

남친 군이라고 부르는구나.

알고 싶지 않았어.

그 부분만 잘라내면 치정싸움은 고사하고 마치 남친 자랑을 듣고 있는 것 같기도 하지만… 그렇구나, 가해와 피해의 차이인가.

아하, 간신히 이야기의 줄기가 보이기 시작했다.

표면과 이면, 이다.

저지른 쪽은 잊어도 당한 쪽은 잊지 않는다는 말이 있는데, 설령 그럴 생각이 없더라도… 악의 없이, 잘되라고 한 일이었어도 피해자가 그것을 피해라고 생각하는 이상, 그것은 가해라는 이론은 일정한 정도로, 그것도 상당한 정도로 성립되며, 그런 어려운 상황은 나도 많이 경험해 왔다.

양쪽의 입장, 모두를.

다만 이번의 이것은 명확히 역패턴이다. 피해자가 그것을 피해라고 생각하지 않는, 느끼지도 않는 케이스에서 가해자의 가해는 과연 가해로서 성립할까?

악의가 있더라도.

잘못되라고 생각해서 한 일이어도.

피해자가 그것을 피해가 아닌 은혜라고 받아들일 경우, 그것은 악일까?

잘못이 없는 가해자와 피해가 없는 피해자?

상대가 화를 내지 않을 때에 사과할 수 있는가 없는가, 라는 상황은 인간성을 시험받는 것 같기도 하지만… 이것은 지금까지 지옥에서도 악몽에서도 내가 경험한 적 없는 완전한 역설… 아니, 그렇지 않을지도 모른다.

어쩌면 이것은….

설說로 말하자면, 도청도설道聽塗說.

"형법상으로 말하면… 친고죄와 비친고죄가 있고… 그런 쪽의 성범죄는 최근에 비친고죄가 되었지?"

"그렇지~ 형법으로는 말야~ 수업에서도 배웠지~ 2학기 시험 범위에 들어가 있던가~ 저항하지 않은 경우에는~ 강제가 있었어도 합의가 된다는 법해석도 있는데~ 그런 언밸런스한 해석은~ 앞으로 어떻게 되는 걸까~"

미세한 궤도수정이라고 할까, 잠깐 동안 시험 대비 가정교사 모드로 돌아가는 메니코.

"어찌하더라도~ 성범죄라면 취급이 델리케이트해지지만~ 조금 마일드하게 슬라이드해서~ 이것이 결혼 사기였다면 어떻게 될까~?"

"어떻게 될까~? 라니, 그런 말을 해도 말이지."

그런 말을 해도 말이지~ 이다.

나에게는 사기 또한 취급 주의로 인식하게 되는 델리케이트한 범죄다… 바짝 긴장하게 된다. 하지만 리액션이 난처할 뿐이지 말하고자 하는 바는 알 수 있다. 요컨대 '완수한 결혼 사기는 과연 사기인가?'라는 문제일 것이다.

끝까지 우기는 데 성공한, 관철한 거짓말은 사실이 되는가?

부모님이 병에 걸렸다든가 사업이 난관에 부딪혔다든가 하는 구실로 돈을 뜯어내며 사생활을 물고 늘어졌다고 해도, 최후까지 완벽하게 속이는 데 성공했을 경우… 비열한 기만을 타깃에게 끝까지 들키지 않았다고 한다면, 피해자는 피해자일 수 있을까?

체포된 결혼 사기꾼을 감싸는 피해자도 상당한 비율로 존재한다고 듣기도 했고… 그것을 단순히 스톡홀름 증후군이란 말로 정리하는 것은 조금 천박한 생각이다.

사랑은 복잡하고 기괴한 것.

요괴 이상으로.

"그러네~ 남녀는 반대가 되어 버리지만~ 교미한 뒤에~ 암컷 사마귀에게 잡아먹히는 수컷 사마귀가~ 불쌍한지 어떤지 하는 것은~ 논의가 갈릴 부분일지도 모르겠네~"

"애초에 사마귀는 아무것도 없어도 동족포식을 한다는 설도 있지만… ."

"그것은 암수도~ 남녀도 마찬가지일지도~"

심오한 이야기를 하고 있는 듯하지만, 이것이야말로 깊은 무의미의 대표사례 같은 논법이네. 그렇지만 평소와 다를 것 없는 그 분위기, 그녀 특유의 분위기에 자칫 '네가 신경 쓰지 않는다면 그냥 놔두면 되는 거 아니야?'라는 성의 없는, 빤한 어드바이스를 해 버리게 될 것 같지만, 정말로 그랬다간 의식 수준이 낮은 것도 이만저만이 아니다.

나도 더 이상 고등학생이 아닌 것이다.

자신의 의견을 가져야만 한다.

정말로 신경 쓰이지 않는다면 메니코도 나에게 상담하러 오지는 않았을 것이고, 심각한 고민을 일부러 '친구의 친구'의 에피소드라며 이야기하듯, 진의를 감추고 도움을 요청하고 있을 가능성도 부정할 수 없다. 예를 들면 서로 사랑했다고 말하면서도 상황 때문에 떠밀리듯이 관계를 가져 버렸다고 말하는 듯한… 취한 남자 같은 기세는 아니겠지만, 분위기에 휩쓸려서….

하지만 말이지~

예전에 소꿉친구인 오이쿠라 소다치에게 아동학대의 전문가로 추켜세워진 적이 있었는데(무슨 원한이 있는 거냐고), 연애 경험에 관해서는 파라핀지 정도로 얄팍한 지식밖에 갖지 못한 내가 이런 대학생 간의 관계성에 어떻게 흙발로 밀고 들어갈 것인가.

이렇게 보면, 유감스럽게도 경찰이 민사 불개입이라고 말하고 싶어 하는 이유도 조금은 알 것 같다. 까딱 잘못했다가는 일이 복잡하게 꼬여 버려서 도리어 원한을 살지도 모르니까 말이지…. 다만 나는, 경찰이면서도 타인의 가정에 서슴없이 개입하고 때에 따라서는 학대아동을 자기 집에 감추던 그 부모님의 아들이기도 하다.

두 사람이 서로 잘 이야기해 보는 게 어때?

…라는 식의, 방치하는 듯한 조언만은 입이 찢어져도 하지 않는다.

"알았어. 내가 말해 줄게. 너와 함께 가도 좋고 내가 혼자 가도 좋아. 뒷일은 나한테 맡겨. 어찌 되었든 그 남친 군에게, 메니코는 너를 사랑하고 있으니까 꺼림칙하게 생각할 필요는 없다고 설명해 줄게."

"사랑한다고 말하니 무겁게 느껴지네~"

코요미짱의 우정도 무겁네~ 중량급이네~ 하고 메니코는 난처한 듯이 쓴웃음을 지었다.

난처해 하고 있는 것이겠지.

"그렇게까지 해 달라는 부탁을 하려고 상담한 건 아니야~ 일이 복잡해져, 복잡하게 꼬여 버려~ 게다가~ 이미 이런 전개가 되어 버려서~ 나도 이미 헤어질 생각으로 가득하고~"

"그런 거야?"

러브러브 아니었어?

서로 사랑했을 뿐이고, 사랑하지 않는 거야?

"으음~ 다시 결합시키려고 하지 마~ 오히려~ 불에 기름을 붓지 마~ 말해 버리자면~ 타이밍은 좋았어~ 마침~ 괜찮은 느낌이 드는 동급생이 있었거든~ 라크로스부에~"

어째 두서가 없네. 경음부에 서클 연구부에 라크로스부라니⋯ 이래서는 마치 자기 취향의 남학생을 찾아서 25개 서클에 소속되어 있는 것 같기도 하다.

진짜로 교류의 의미가 변해 버린다.

사전을 업데이트할 생각이냐.

"업데이트라기보다는~ 그냥 데이트일까~ 나~ 좋아하게 된 남자하고는~ 조신하게 모두와~ 사귀고 싶은 타입이니까~"

"…그러면 무엇의 어디가, 피해와 가해의 차이로 고민스러운 거야?"

사귀고 있는 남친 군과 견해의 차이로 인해 사이가 어색해졌다는 이야기 아니었어?

이것도 저것도 전부 내 잘못이다, 나는 타인에게 폐를 끼칠 뿐이다, 내 주위에는 불행한 일만 일어난다, 나는, 자신은 불행을 몰고 다니는 존재라고 굳게 믿는 죄업망상은, 말하자면 전능감의 도착*이며, 극단적으로 말하면 '나는 외출할 때마다 비를 몰고 다니는 불행한 남자(여자)야~'라고 말하는 것과 큰 차이가 없다.

도착.

이면.

부끄럽게도 나 자신이 과거에 그러한 경향이 없었던 것도 아니지만, 그런 말을 할 바에야 차라리 '나는 외출할 때마다 날씨가 화창해지는 남자(여자)야!'라고 포지티브하게 말하는 편이, 주위를 밝게 만들 수 있을 것이다.

그러므로 만약 메니코가, 서로 사랑한 행위에 대해 우물쭈물하며 고개를 푹 숙일 만한 남자에게 정이 떨어졌다고 한다면 그 판단은 존중받아야 할 것이다.

그야말로 두 사람의 문제고 두 사람의 관계다.

그런 판단은 **나에게도** 남 일은 아니지만… 응? 아니, 잠깐….

※도착(倒錯) : 뒤바뀌어 거꾸로 됨.

하지만, 기분 탓일까? 그냥 흔히 있는 우연일까? 물론 우연이다, 나는 외출할 때마다 비를 몰고 다니는 남자가 아니다.

단순한 우연의 일치다.

과거의 봄방학, 죽어 가던 흡혈귀와 조우했던 것과 같은 정도의, 어쩌다 발생한 우연일 것이다. 이런 우연은.

"으음~ 고개를 푹 숙이고 있었다면 그나마 귀엽기라도 했다고 할까~ 적어도 실질적인 해는 없었겠지만~"

"뭐야. 묘한 냄새를 풍기고."

"고민하는 건 나의 몸이고, 냄새를 풍기는 건 페로몬일까~"

얼버무리는 듯한 발언, 이런 부분이 메니코의 이른바 '연인이 끊이지 않는' 청춘의 본령 발휘라는 부분이겠지만(세상에는 그런 청춘도 있다), 그렇다면 남친 군은 고개를 떨구고 있는 게 아니란 말인가?

아니, 그런 발상은 없었지만, 설마 메니코를 '요바이했다'는 사실을 남친 군이 무용담처럼 떠벌리고 있기라도 한다는 건가? 그렇다면 친구로서, 아라라기 코요미는 살인에 손을 물들여야만 하게 되는데….

"살인에 손을 물들이지 마~ 색을 잃지 마~"

"이야기가 어떻게 이어지느냐에 달렸어. 오른손에 생명을, 왼손에 죽음을."

"살인청부업자의 대사야~? 으음~? 무용담처럼 떠벌리고 있다면~ 바보 같은 남자에게 걸렸었구나~ 하고 그나마 웃어넘길 수 있겠지만~ 전혀 웃을 수 없다고 해도~ 법적 처분은 가능하지 않을까~? 하지만~ 사실은 그 반대지~ 반대가 아니라~ 이것도 이면일까~"

이면.

이면 속에, 표면이 포함되어 있다.

"사과하는 거야~"

메니코는 말했다. 여기서는, 지긋지긋하다는 투로.

보지 못했던 얼굴이다.

"우선 나에게~ 무릎 꿇고 엎드려서 사과하고~ 내 친구들한 테도~ 내가 모르는~ 나를 모르는 서클 사람들한테도~ 사죄회 견을 열고~ 사방팔방으로 사과해 대고 있어~ 자신이 얼마나 깊은 죄를 저지른 인간인지~ 쉴 새 없이 참회하고 다니는 거야 ~"

"참회….."

사죄회견.

이 나라에서는 아주 익숙해진 광경으로, 텔레비전에서도 인터 넷 세계에서도 매일처럼 누군가가 누군가에게 사과하고 있다. 그것은 바꿔 말하면 매일처럼 누군가가 누군가에게 화를 내고 있다는 야박한 현실을 그대로 '도착'시킨 것이긴 하지만… 그러 나 그런 광경이 일상으로 변한 현대사회에서도, 지금 들은 남친 군의 사죄행각은 상당한 이채로움을 발하고 있다.

무용담이라면 몰라도, 인간은 보통 그런 죄업망상을 닥치는 대로 떠벌리고 다니지는 않는다. 사죄회견에 대해 '누구에게 사 과하고 있는지 모르겠다, 사과하려면 피해자에게 해라'라는 비판이 요란한 것 역시 낯익은 풍경이기는 하지만, 그런 스케일조차 아닌 듯하다.

누구에게고 뭐고, 그 누구에게라도, 라는 이야기다.

하물며 이 경우 피해자는 그 피해를 피해로 받아들이고 있지 않다. 본래대로라면 그런 의미의 용어는 전혀 아니지만, 말하자면 '피해자 부재'의 범죄다.

피해자의 의향을 무시하고 대대적으로 사죄한다는 것은, 뭐라고 할까… 보기에 따라서는 깔끔한, 귀중한 윤리관에 근거해서 스스로를 재판하고 있는 것 같기도 하지만, 그러나… 그렇다, 그러나 당사자적으로는.

"피해자적으로는… 피해가 생기네."

피해.

"그거야~ 나~ 그 서클 연구부에~ 얼굴을 내밀 수 없게 되었어~ 끔찍한 요바이의 '피해자'로서~ 동정의 시선이라든가~ 위로의 말 같은 거~ 한 몸에 뒤집어쓰게 되어서~ 진짜로 그 자리에 있기 힘들고~ 일일이 부정하는 것도 변명 같아서 괴롭고~"

그 실질적 피해는 무용담을 떠벌리는 망나니와 거의 동일하지만, 그러나 사죄행각으로 떠벌리고 있게 되면 질이 안 좋다. 사실이라도 명예훼손에 해당하지만 하물며 그 피해가 누명, 억울한 죄라고 말한다면… 억울한 죄가 아니라 억울한 피해인가.

하지도 않은 일을 했다고 책망받는 것은 괴롭지만, 받지도 않은 피해로 위로받게 되는 것도 견디기 어렵다.

해 줄 말이 없다.

그렇게 여겨지고 있는 것 자체에, 해 줄 말이 없다.

"나는 이런 성격이라~ 중상 비방 같은 건~ 어떤 의미에서는 익숙하지만~ 이런 건 상당히 힘들지~ 공격해 오는 상대에게라면~ 반격할 방법도 있다고 할까~ 적어도 화를 내는 것 정도는 할 수 있지만~ 사과해 오는 녀석에게는~ 어떻게 대응하면 좋지~?"

그것은 사죄라는 이름의 폭력이지~

그렇게 말하는 메니코.

"누명 사건의 허위자백은 아니지만 말야~ 죄를 인정하는 듯한 거짓말을 할 리가 없다고~ 다들 솔직하다고 생각하는 것 같고 말야~ 솔직하다고~ 남친 군은 진짜~ 그만하라고 말해도 전혀 그만두질 않아~ 내가 뭔가 말하면~ 오히려 더 많이 사과해야겠다고 생각하는 모양이라~ 사죄, 사죄, 사죄야. 경찰에도 자기 발로 찾아간 모양이고~ 그건 역시나 문전박대를 당한 모양이지만~ 그 눈치로 봐서는~ 인터넷에 직접 사죄문을 올리는 것도 시간문제일까~"

"……."

거기까지 가면 사과라는 이름의 괴롭힘, 말하자면 사죄 해러스먼트라는 인상을 받게 될 정도인데… 아니, 질이 안 좋다는 것도 있지만 순수하게 무섭다는 점도 있다.

남친 군의 진의를 알 수 없다는 부분이 특히 무섭다…. 허위자백이라고 하기에도, 강요조차 받지 않고 자신의 의지로 누명을 뒤집어쓰고 사죄하고 다니는 상황이니, 그 남자도 그 남자대로 인생에 실질적인 해를 입고 있다. 파트너까지도 말려들게 하는 수수께끼의 자해행위다.

저지르지도 않은 죄로 자수하는 사람도 의외로 있다고 들었지만… 실제 사례는 처음 듣는다.

"미안해~ 상담을 빙자한 푸념만 늘어놓아서~ 실은~ 딱히 코요미짱한테~ 어떻게 해 달라고 부탁하려고 했던 게 아니라~ 그저~ 어쩌면 코요미짱에게도, 남친 군의 발길이 닿을 가능성도 있을까 하고 생각하면~ 이렇게 먼저 이야기해 두는 편이 좋지 않을까 하고~ 지금~ 문득 그런 생각이 떠올라 버려서~"

그런 이상한 이야기를 듣게 된 뒤라면 도저히 쓸데없는 근심이라고는 말할 수 없겠네… 문득 떠오른 생각이라고도 말할 수 없다. 그리고 미리 들어 두지 않으면, 낯선 선배에게 메니코를 요바이했다며 사과받고, 그 뒤에 대체 어떤 대응을 하고 있었을지 짐작도 가지 않는다.

원래부터 친구의 남자친구와 만날 생각 따위 없었지만, 이렇게 되어 버리면 도저히 가까이 가고 싶다고는 생각할 수 없는 극도의 위험인물이다. 짐작 가지도 않는 피해를 입은 피해자로 날조당하게 된다니….

자기는 왕따당한 기억이 없는데도 옛날에 왕따시켜서 미안해, 라는 사과를 들은 것 같은 상황인가? 그렇다고 한다면… **이해가 된다.**

이해가 되어 버린다. 왜냐하면.

"뭐~ 재치 있는 퀴즈를 떠올려 버리는 바람에~ 나도 모르게 깜빡 말해 버렸다는 부분도 있지만~"

그런 말을 늘어놓고 있지만, 나에게 엉뚱한 동정을 받게 되는 미래를 싫어했다고 한다면, 상담을 해 주기는커녕 촌스러운 이유를 말하게 만들어 버려서 면목이 없다.

면목이 없다… 어쩌면 이 켕기는 감정 또한 엉뚱한 죄업망상인가? 뒤틀린, 전능감의 도착倒錯인가?

"망설였지만 말이야~ 고등학교 시절의 여자친구하고~ 일편단심으로 계속 사귀고 있는 풋풋한 코요미쨩에게는~ 이런 남녀관계의 질척질척한 멜로드라마 같은 갈등은~ 자극이 너무 강한 걸까~ 하고."

"확실히, 아오이토리 문고라기보다는 고단샤 노벨즈 같은 느낌이긴 하지만…."

신본격新本格 이전의 에로틱＋그로테스크한 전기소설 시대의 그거지.

2단 편집*도 슬슬 풍전등화라고.

"다만 남녀관계에 대해 전혀 모르는 어린애 취급을 받는 건 뜻밖이야, 메니코. 그러니까 동정하지는 않는다고 해도 지금 들은 말… 지금 들은 이야기에는 크게 공감할 수 있는 점이 있었어."

"공감~?"

※2단 편집 : 일본의 소설은 세로쓰기에 우철로 제작되는 경우가 대다수이다. 2단 편집은 긴 세로쓰기를 읽기 쉽도록 한 페이지에 2단으로 짧게 나누어 편집하는 것인데, 이야기 시리즈의 일본판도 2단 편집의 형태를 취하고 있다.

"텔레파시라고 할 정도는 아닌 심퍼시sympathy야. 요컨대 남의 일이 아니라는 얘기야."

나는 최대한 폼을 잡으면서, 요컨대 살짝 허세를 부리면서,

"그건 그렇고, 고등학교 시절부터 일편단심으로 계속 사귀어 왔던 여자친구와는, 바로 요전에 이별 이야기가 나왔던 참이야."

그렇게 말했다.

006

"흡혈귀를 '나이트워커'라고 부르곤 하는데, 이것을 일본어로 재치 있게 번역하면 밤을 뜻하는 한자 '야夜'에 긴다는 뜻의 '하우這ぅ'에 쓰인 한자 '저這'를 조합해 '밤에 기어오는 자', 즉 일본어로 요바이夜這い라고 할 수 있지 않을까. 아니, 그냥 잡담이야.

"아무런 속뜻도 없어.

"다만 처녀의 피를 좋아한다든가, 피를 빼는 것으로 권속을 늘려 번식한다든가, 흡혈귀라는 요괴 자체가 어딘가 암시적暗示的 요소가 있다는 건 부정하기 어렵지.

"요바이.

"나라면 계약을 나눈다고 말하려나.

"이것도 암시적이네.

"거래라고 할 정도는 아니어도, 약속이기는 해. 쌍방의 동의

없이는 성립하지 않아. 적어도 합법적으로는.

"합법. 합의.

"나쁜 짓을 했으면 미안하다고 해야 한다는 말의 핵심은 이 부분이겠지. 조금 전에 경찰의 업무는 나쁜 사람을 체포하는 것뿐만이 아니라고 말했는데, 그것도 엄밀히 말하면 나쁜 사람을 체포하는 게 아니야.

"체포하는 것은 위반자야.

"나쁜 것이 죄는 아니야.

"어떠한 악인이라도 법에 저촉되는 짓을 하지 않으면 붙잡혀 징역을 사는 일은 없어. 징역은 고사하고, 대기업 중역도 문제없이 될 수 있을 거야.

"그러니까 '나쁜 짓을 했다면 죄송합니다'라는 말은, 조금 교정하면 '법률을 위반했다면 죄송합니다'가 되어야겠지. 어린아이에게 가르치기에는 조금 복잡한 표어가 되려나?

"고학년 대상이네.

"'법이란 무엇인가'를 해설해야만 하게 돼.

"해설이 아니라 해명일까.

"마치 이쪽이 나쁜 짓을 하고 있는 기분이지… 그도 그럴 것이 모두가 잘 모르는, 아주 옛날에 정해진, 자의적으로 운용되는 애매한 문언을 절대적인 개념으로서 설명해야 되니까, 법치국가에서는.

"읽는 사람에 따라서 해석이 휙휙 변한다는 점에서는 독서가로서 정말 도전하는 보람이 있는 문장이겠지만… 자극받게 되지, 리더빌리티가 높다고는 말할 수 없는 책일수록.

"요컨대 해설도 해석도 아닌, 해독이 필요하게 돼. 해답이 없는 법률에는.

"하지만 그런 건 귀찮다고 생각하는 사람도 있고, 세상에는 그런 사람 쪽이 많아. 많고, 강하고, 게다가 옳기까지 하지.

"그러니까 다들 간단하게 사과해 버려.

"남의 발을 밟았을 때 정도의 가벼운 기분으로.

"네, 네. 이런 때는 사과해 두면 되는 거죠? 라는 매뉴얼대로의 정형화된 사죄를 반복한다… 나는 그런 안이한 흐름은 타지 않아. 떠내려가지 않아.

"검증할 거야. 검사처럼.

"변호할 거야. 변호사처럼.

"해석할 거야. 재판장처럼.

"뭐가 어떻게 잘못되더라도 분위기에 휩쓸려 사과하지는 않을 거고, 실제로 잘못했더라도 사과하지 않아."

"했든 안 했든, 사과하지 않아."

007

메니코가 나에 대해 품고 있는, 그야말로 퓨어한 이미지를 필요 이상으로 망가뜨리고 싶지는 않았으므로 시험공부에서 샛길로 빠진 '잡담'은 거기서 끝나게 되었지만, 실제로 내가 고등학교 시절부터 일편단심으로 사귀고 있는 여자친구, 센조가하라 히타기와 나눈 이별 이야기는 이번이 두 번째다.

참고삼아 주석으로서 첫 번째에 관해서도 가볍게 언급해 두자면 이것은 나의 혈기로 인한 업보라고밖에 말할 수 없는데, 장학금이라는 이름의 빚을 지고서 길바닥을 헤매고 있던 소꿉친구를 과거에 부모님이 그랬던 것처럼 우리 집에 숨겨 주었더니 깜짝 놀랄 정도로 히타기가 화를 냈다는 경위다.

남친 군과 정반대라고 말해야 할까, 솔직히 뭐가 잘못인지 나는 아직도 잘 모르는 몸이지만 그 건은 결국 우리 아버지가 아는 부동산 업자에게 부탁해서 사례금과 보증금 없는 엄청 싼 물건을, 여차하면 그곳에 살면 돈을 받을 수 있을 정도로 수상쩍은 물건을 오이쿠라에게 소개해 줌으로써 어떻게든 수습할 수 있었다…. 역시나 책임을 느꼈는지, 거의 이타적인 행동을 하는 일이 없는 오이쿠라가 나와 히타기 사이에 생겨난 균열을 필사적으로 메워 주었다는 것도 일단 언급해 둔다. 그것은 정말로 보기 드문 일이었다. 아마 두 번 다시 없을 것이다.

내세에도 없다.

그렇게 되어 나와 히타기는 본래의 관계를 회복했지만… 그것 참, 그건 언제의 일이었을까… 그렇다, 겨울방학 종료 직전, 새해가 막 시작되었을 때였다. 원래는 둘이 함께 신사에 새해 첫 참배에 갈 예정이었다.

말하자면 올해의 첫 데이트였는데, 어쨌든 우리는 작년 이맘때에 참배를 바랄 수 없는 상황하에 놓여 있었던지라… 단순히 수험생이었다는 점뿐만 아니라, 고등학교를 졸업하기 전에 뱀신에게 저주받아 죽는다는, 상황하는 고사하고 전시하에 놓여 있었기 때문에(입시전쟁이란 참 절묘한 표현이다), 둘이 함께 가는 새해 첫 참배는 올해 첫 데이트는 고사하고 사귀기 시작하고 처음이 되는 일종의 기념일이라고 할까, 이번에야말로 올 한 해 무사히 보내시고 새해 복 많이 받으세요, 라는 신춘을 맞이해야 했다.

애니버서리를 싫어하는 나지만, 역시나 정월 정도는 괜찮지 않을까?

물론 가는 곳은 키타시라헤비 신사다.

과거에는 우리를 저주해 죽이려 했던 뱀신이 다스리는 신사였지만 지금은 서로 잘 아는 무해한 초등학교 5학년생의 집이라, 새해 첫 참배임과 동시에 신년 인사를 하러 찾아가는 것과 비슷했다.

어쨌든 약속 장소인 멋진 카페에, 아마도 대여한 것일 기모노 차림으로 나타난 히타기는 만나자마자,

"헤어지자, 아라라기 군."

이라고, 경사스런 새해 인사가 아닌 경악스런 절연장을 던져왔다.

아니, 경악스럽다느니 하는 소릴 하고 있을 수 없다.

말장난을 하고 있으면 어쩔 거냐.

오히려 겸연스럽다.

무슨 농담을 하는 거야, 오늘은 4월 1일이 아니라 1월 1일이라

고! 라고 반사적으로 딴죽을 걸 뻔했지만 (엄밀히 말하면 1월 1일은 아니었다. 그날은 가족끼리 새해를 축하했다. 세뱃돈도 받았다. 대학생인데) 히타기의 표정은 진지했다. 진지하다고 할까, 평탄했다.

평탄.

여자 대학생이 된 뒤로는 아주 세련되어져서 머리카락을 염색하거나 매니큐어를 칠하는 등 화장에 공을 들이게 된 히타기였지만, 그 밋밋한 표정은 예전의 귀한 집 아가씨 시절을 떠올리게 했다.

애초에 '아라라기 군'이라고 불린 것부터가 오래간만이었다. 고등학교 졸업을 목전에 두었을 무렵부터 서로를 이름으로 편하게 부르게 되었던 우리들이었는데, 마치 시간이 되감겨진 것만 같잖아.

여기에 와서 타임슬립물인가? 아니, 아니. 그게 아니다.

거짓말도, 농담도 아니라.

진지한 제안이라는 것은 알 수 있었다… 두 번째이기도 했고.

다만 그런 의미에서는, 부끄러움도 체면도 내던지고 격노했던 그 첫 번째와는 명백하게 양상이 달랐다… 완전히 달랐다. 그렇다고 해서 조용하면서도 표독스러웠던 귀한 집 아가씨 시절과 완전히 동일한 평탄함이 아니라, 연인은 어딘지 모르게 초췌해진 듯 보이기도 했다. 목숨의 위기에 노출되어 있던 작년의 정월에조차 히타기는 이렇게까지 절박한 느낌을 풍기지는 않았던 것으로 기억한다.

물론 그런 분석은 머릿속 한구석 어딘가에서 이루어지고 있던 작업에 지나지 않았고, 새해 벽두부터 느닷없이 이별을 통고받은 나는 기본적으로는 엄청 동요해서,

"헤, 헤어지자니… 어어어, 어째서?"

　라며, 개성을 잃은 리액션을 하는 선에서 멈추고 있었다. 위트를 풍부하게 구사할 수 없다. 다만 짚이는 것이 전혀 없었느냐면, 실은 그렇지도 않다. 역시나 두 번째이기도 했고… 첫 번째 때와 비슷한 일을, 생각해 보면, 나는 저지른 참이었다. 대학 생활도 반년 이상 경과했을 즈음 나도 역시나 자동차 통학에 한계를 느끼고 자취를 시작했던 것이다.

　꿈꾸던 자취생활.

　앞서 이야기한 대로 오이쿠라의 옆집으로 이사했다. 그 수상한 연립주택으로.

　솔직히 말하면, 자동차 통학이 힘들어졌다는 것 이상으로 자취를 시작한 오이쿠라의 생활이 걱정되어서 아버지가 연결해 준 그 부동산 업자에게 부탁해서 오이쿠라의 옆집으로 이주해 봤다는 느낌이었는데 (역 근처는 고사하고, 엄청 가깝다) 그 이사가 히타기의 역린을 건드렸다고밖에 생각되지 않는다. 오이쿠라는 온몸이 역린이지만, 히타기의 역린은 최근에는 대개 그 부근에 산재해 있다.

　들켰나.

　이론은 잘 모르겠지만, 내가 오이쿠라 걱정을 하면 히타기는 화를 낸다. 그런 것치고, 히타기와 오이쿠라는 나름대로 사이가

좋다고 하는 이상한 관계인데… 둘이서 자주 놀러 다니는 모양이다.

부르라고, 나도.

대학 구내에서도, 학부는 다르지만 이런저런 행동을 함께하고, 이런저런 활동을 하고 있는 눈치다. 나에게 비밀로 하고… (그러고 보면 고등학교 1학년 무렵, 오이쿠라는 귀한 집 따님과 나름대로 엮이고 있었던가?) 그렇지만 그렇지는 않았다.

엉뚱한 생각이었다.

그녀는 이런 말을 꺼냈던 것이다.

"나에게는 아라라기 군과 사귈 자격 같은 건 없었어. 정말 말도 안 되는 자만이었어."

"……?"

책망당할 것으로 굳게 믿고 있던 나는, 그 발언을 수상쩍게 생각한다… 자격? 자만? 전혀 무슨 소린지 모르겠는데.

"그런데도 아라라기 군의 자비로운 면을 파고들어서 이렇게 좋지 않은 관계를 마냥 질질 끌어 와 버린 것을, 정말 못 할 짓을 했다고 진심으로 생각하고 있어. 미안해."

"미, 미안하다고? 네가?"

센조가하라 히타기가 사과를 했다고? 어지간한 일로는 고개조차 숙이지 않는, 설령 신사에 새해 첫 참배를 가더라도 박수 두 번으로 끝내 버릴 것 같은 이 고개가 뻣뻣한 여자가, 말을 우물거리지도 않고 당연하다는 듯이 간단하게 사과의 말을 했다고?

상식적으로 생각하면 거의 있을 수 없는 사태다.

대체 지금 무슨 일이 일어나고 있는 거지? 이 세계에서. 새로운 해를 맞이하는 것과 동시에, 나는 이세계異世界로 전생해 버린 건가? 센조가하라 히타기가 사과한다는 경이로운 세계에?

무서워!

이세계에도 정도가 있는 법이잖아.

역시, 아무래도 단순히 귀한 집 아가씨로 회귀한 것은 아닌 모양이다… 이것은 그런 격세유전*이 아니다. 귀한 집 아가씨 시대는 모든 센조가하라 히타기 중에서도 가장 남에게 사과하지 않는 고고한 시대였으니까. 표정이나 어조는 마찬가지로 평탄해도, 그 내실은 정반대라고 말해도 좋다.

정반대. 표면과 이면처럼.

"혹시, 히타기, 무슨 일이라도 있었어? 뭐든지 말해 줘. 상담해 줄게. 나는 그런 남자니까."

생각해 보면, 이때도 나는 그런 무책임한 소리를 늘어놓고 있었으니 스스로도 자신의 경솔함이 싫어지지만, 그러나 이 위험한 유혹에 히타기는 응하지 않고 힘없이 고개를 가로젓는 것이었다.

"자상하구나, 아라라기 군. 그 자상함을 깨닫지 못하고 나는 지금까지 얼마나 너에게 어리광을 부려 왔을까. 생각하는 것만

※격세유전(atavism) : 오랜 세대에 걸쳐 유전이 진행되어 변형되거나 사라진 표현형질이 유기체에서 다시 나타나는 현상.

으로도 그 깊은 죄에 죽고 싶어져."

죽고 싶어진다니.

이 자기긍정감의 화신 같은 여자 대학생이 희사염려[*]를 입 밖에 냈다는 사실에 나는 당혹감을 감출 수 없었다. 거짓말이나 농담을 하고 있는 것은 아니겠지만, 그러나 도저히 제정신으로 여겨지지 않는다는 것이 솔직한 심정이다.

나는 흘끗, 자신의 그림자에 시선을 주었다.

철혈이자 열혈이자 냉혈의 흡혈귀, 키스샷 아세로라오리온 하트언더블레이드…의 전신인 '아름다운 공주' 앞에서는 누구라도 자신의 깊은 죄에 자살하고 싶어진다는, 그 얼토당토않은 언설을 상기하지 않을 수 없었기 때문이다.

자신의 체험담이기도 하고 말이지.

씁쓸한, 그러나 행복한 체험담.

그러나 물론, 카페의 간접 조명에 비추어져서 생겨난 나의 그림자는 일언반구 없이 조용할 뿐이었다.

"나 같은 건 아라라기 군에게, 아니, 누구에게도 자상한 대우를 받을 자격 따위 없었는데. 생각해 보면 그 사실을 깨닫게 될 때까지, 다들 나를 따스하게 지켜봐 주고 있었던 거구나. 그렇게 생각하면 반성할 수밖에 없어. 아무리 뉘우치고 또 뉘우쳐도 다 뉘우칠 수 없을 정도로."

"우선 사정부터 설명하라고. 몇 번 뉘우쳤는지는 모르겠지만,

※희사염려(希死念慮) : 죽기를 원하는 것. 죽고 싶다고 생각하는 것.

다시 한번 말해 봐. 내가 뭔가 저질렀다고 한다면 제대로 사과할 테니까. 만약 오이쿠라에 관한 일 때문이라고 말한다면, 그 녀석은….”

그게 아니면 메니코에 관해서인가? 최근에 그 녀석에게 코요미짱이라고 불리고 있는 걸 들킨 건가?

“그러니까 사과할 사람은 이쪽이야, 아라라기 군. 그렇게 생각하게 만들어 버렸다면 정말 면목이 없어. 볼 낯이 없어. 나의 깊은 죄가 계속해서 발굴되어 간다고 해도 과언이 아니겠지.”

볼 낯은 고사하고 비빌 언덕도 없었다.

내가 오이쿠라의 옆집으로 이사한 것에 불만을 느끼고 이러쿵저러쿵 늘어놓으면서 그것을 멀리 에둘러, 그것도 변화구로 던져 왔다는 지레짐작은 아무래도 지나친 억측이 아닌 완전한 오해인 모양인데… 애초에 그런 기묘한 감정표현을 하는 인간이 아니지, 이 녀석은.

좋게도 나쁘게도 스트레이트 일변도다.

그것은 진학하든 갱생하든 기본적으로 변하지 않았고… 그러니까, 이 경우에는 하는 말을 말 그대로 해석하는 것이 정답이다.

히타기는 ‘진심으로’ 나에게 사과하고 있고.

그리고 ‘진심으로’ 나와 헤어지려 하고 있다… 결코, 여기까지 오는 동안에 들른 다른 신사에서 뽑은 오미쿠지의 신탁에 따르고 있는 것도 아니다. ‘연애운 : 헤어져라’라는 식으로.

대길大吉에 그렇게 적혀 있다든가 해서 말이야.

실제로 첫 번째 때도, 헤어지겠다고 말하자마자 밀고 당기기도 없이, 에누리 없이 헤어진 여자 대학생이다. 그렇게 되면 그녀를 여자 고등학생 시절부터 알고 있던 자라면 더 이상 무슨 말을 해도 소용없다는, 피로감이나 권태감과도 비슷한 무력감을 통감할 뿐이겠지만 (그것은 그녀를 여자 중학생 무렵부터 알고 있었던 칸바루 스루가도 동의해 줄 것이다) 그렇다고 해서 그 말을 들은 내가 여기서 물고 늘어지지 않을 수도 없다.

스토커 시절의 칸바루를 빙의시켜서 "일단 진정하자고, 히타기."라면서 신년 무드를 진지 모드로 전환한다.

"더 이상 히타기라고 이름으로 불러 주지 않아도 돼. 과한 호칭이었어. 옛날처럼 센조가하라라고 부르고, 뭐하면 암퇘지라고 편하게 불러 주면 돼, 나 같은 건."

"암퇘지라고 부른 적 없어."

본명인 '히타기'를 '과한 호칭'이라고 말하는 것도 안타깝고 말이야.

"그렇다면 앞으로는 이베리코 돼지라고 불러."

"왜 이 상황에서 고급 돼지 품종명이 나오는 거냐고."

재미있는 소리를 해서 진지 모드를 유지시켜 주지 않는 부분을 보면 히타기도, 혹은 센조가하라도 완전히 이성을 잃고 있는 것은 아닌 것 같지만 그것으로 얼렁뚱땅 넘어갈 수도 없다.

어영부영하고 있다간 관계가 서서히 자연소멸에 이르고 만다.

그것은 그것대로 잘못일 것이다.

"아니, 얼렁뚱땅 넘어가고 있는 것은… 얼렁뚱땅 넘어가 주고 있는 것은 아라라기 군 쪽이겠지. 어르듯이 얼렁뚱땅 넘어가 주고 있어. 어떻게 이렇게 고마울 수가, 정말 대단한 인품이야. 그런 식으로 시치미를 떼다니. 사실은 전부 알고 있으면서. 지금 와서는 그렇게 자상하게 대해 주지 않아도 괜찮아. 네가 소중하게 키워 준 나의 보잘 것 없는 인격은, 간신히 그 영역에 도달했어. 간신히 말이야."

"하아…."

하아.

사실은 전부 알고 있으면서, 라고 하지만 정말로 영문을 알 수 없는 것도 이만한 게 없는 상황인데… 뭘까, 모방해서 말하자면 드디어 나는, 센조가하라 히타기라는 여자를 털끝만큼도 이해할 수 없는 채로, 어쩔 도리도 없이 헤어지는 상황에 빠지게 되는 걸까.

이해할 수 없는 여자는, 입을 다문 나에게 그대로 들려주듯이 말을 이었다.

"하지만 이 이상 아라라기 군에게 자상한 대우를 받게 되면, 나, 못쓰게 되어 버려. 어리광쟁이인 채 있어서는 안 돼. 새해도 되었으니 여기서 끝을 내야 해. 나 같은 반쪽짜리로부터 아라라기 군을 해방해 줘야만 해. 그것이 내가 할 수 있는 최소한의 보은이야."

"그런 소리를 들을 바에야 해가 바뀌지 않는 편이 좋았다고 생각할 정도인데… 평생 작년인 채로 있어도 괜찮았다고."

타임슬립 하고 싶었다.

비슷한 일은 했지만.

"아라라기 군은, 오이쿠라 양이나 츠바사짱에게 릴리스하겠어."

"정말로 그 양자택일이라면 되도록 츠바사짱 쪽으로 해 줬으면 좋겠네…."

다만 지금은 세계의 어디에서 무엇을 하고 있는지 전혀 알 수 없게 되어 버린 하네카와 츠바사에게 릴리스하는 건 사실상 불가능일 테니, 이대로라면 나는 오이쿠라에게 반납되게 된다. 봄 방학 정도가 아닌 지옥이다.

진짜 지옥보다 지옥이다.

"아, 생각해 보면 오이쿠라 양에게도 츠바사짱에게도 나는 신세를 지기만 했어… 그 두 사람에게도 제대로 사과해야만 해. 칸바루에게는… 뭐, 칸바루는 괜찮을까."

"왜 칸바루는 괜찮은 거야."

빙의시키고 있는 후배가 가만있지 못한다고.

"어쨌든, 아라라기 군은 앞으로는 다른 여자애를 도와줘. 이제 나는, 혼자서도 괜찮으니까. 전혀 문제없어. 혼자서 외롭고 초라한 인생을 보낼 테니까."

"그런 말을 하는 녀석이 혼자서 괜찮을 리가 없잖아? 초라해지지 마. 그렇게 되어서는, 내가 너를 세상에게 릴리스할 수 없다고."

"후후."

거기서 히타기는 미소를 지었다.

작별하자는 말을 듣고 꼴사납게 달라붙어 오는 남자를 보고 실소가 나온 것이 아니라, 그것은 아무래도 추억을 떠올리고 옷은 모양이었다.

"그립네. 그때도 아라라기 군은, 그렇게 고독하게 사라져 가는 나를 쫓아와 주었지."

"그때…? 어느 때?"

"정말, 또 모르는 척을 하고. 바람과 함께 사라진 나를."

"네가 센조가하라 스칼렛*이었던가?"

"그건 그렇고 '바람과 함께 사라지다'라고 하면 이미 사라진 걸까, 지금 사라지고 있다는 걸까?"

"그걸 모르면서 어떻게 대학 입학 추천을 받은 거야."

갑자기 들으니 어쩐지 나도 뭐라 확실하게 단언할 수가 없지만… 적어도 히타기가 바람과 함께 사라졌던 기억은 없네.

아아, 하지만, 그렇지.

폭풍처럼 떠나간 기억이라면… 이라면?

"…혹시, 맨 처음에 있었던 일을 말하는 거야? 계단에서 떨어져 내린 너를 받아 내고, 내가 너의 비밀을 알았을 때의…."

그렇다면 그냥 그립다고 말할 정도의 이야기가 아니지만, 혹시라도 잊을 수 있을 리도 없다. 아라라기 코요미와 센조가하라 히타기의 시작이지 않은가…. 스타트 지점이다. 고등학교 3년간, 1학년 3반 무렵부터 히타기와는 계속 같은 반이었지만 나와 그녀의 이야기가 시작된 것은 틀림없이 그날, 그때였다.

서로 알게 된 계기.

※스칼렛 : 소설 및 영화 〈바람과 함께 사라지다〉의 주인공 스칼렛 오하라.

그런 의미에서는 나에게 소중한, 잊을 수 없는 정월 이상의 기념일이었어야 했지만… 그러나 지금 현재 나의 정면에 앉은 히타기는,

"끔찍해."

라고 말했던 것이다.

기념일이 마치 액일厄日이라는 것처럼.

"그날 일만 없었더라면, 나는 아라라기 군과 남의 시선을 꺼리지 않고 아무런 부끄러움도 없이 계속 사귈 수 있었을 텐데… 후회해도 후회해도 후회해도 후회해도 후회해도 후회해도 후회해도, 다 후회할 수 없어."

후회해도.

아무리 괴로워해도 다 괴로워할 수 없다는 것처럼, 그녀는 말한다.

"아니, 아니. 왜 그런 소릴 하는 거야? 그날이 없으면… 그 5월 8일이 없었으면 지금 우리는 이렇게 사귀고 있지 않았을 것이고…."

지금을 말하자면, 지금 그야말로 헤어지려 하고 있지만….

"아라라기 군, 적당히 해. 언제까지 그런 식으로 나를 과보호하듯 보호할 거야? 나도 이제 어린애가 아니야. 이미 여자아이가 아니라고. 이미 소녀가 아니야. 성인 여자야."

슬슬 안달이 났는지, 히타기는 그렇게 말하는 것이었다. 성인여자는 고사하고 떼를 쓰는 어린아이 같았지만, 그날처럼 집요하게 매달리는 나에게 떨떠름하게 자백하는 것이었다.

자신의 죄를 참회하듯이.

"단 한 번이라도 그런 용서받을 수 없는 폭거를 저지른 여자에게, 아라라기 군의 여자친구로 있을 자격 따윈 없어. 짧은 한때였지만 좋은 꿈을 꾸었다고, 그 사실만으로도 행복해져야 해. 덧없는 꿈을 꾸었다고."

"…응? 어? 혹시."

혹시, 어쩌면, 혹시나, 여보세요?

"히타기, 내 착각이라면 곧바로 정정해 줬으면 하는데, 너 혹시… 그날 그때, 내 뺨 안을 스테이플러로 찍은 행동을 사과하고 있는 거야?"

"그것 말고 뭐가 있다는 거야?"

센조가하라 히타기는, 어쩌면 1년 8개월 전의 골든 위크가 끝난 직후보다도 평탄하게, 새침한 얼굴로 그렇게 끄덕였던 것이다.

008

"계약뿐만 아니라, 남녀관계라는 것도 쌍방합의지. 아니, 그렇지 않다고 인식하고 있는 자가 많으니까, 다들, 곤란해 하고 있는 걸까.

"'자衆'라니. 정말 웃기네, 이거.

"'일반인 분'이란 표현 정도로 재미있어.

"피해자, 가해자.

"그런 분들.

"의견이 분분하겠네.

"하지만 남녀관계는 재미있다든가 즐거운 것만으로는 끝나지 않지. 쌍방합의라고 말했는데, 사귈 때는 합의가 필요하지만 헤어질 때는 어느 한쪽 의견만으로 성립한다는 것도 흥미로운 부분이야.

"계약을 일방적으로 파기할 수 있다는 현실.

"이 부분이 연인관계와 가족관계와의 차이일까. 일단 혼인관계를 맺어 버리면, 나도 모르게 '버리면'이라는 표현을 써 버렸는데, 이혼하는 것은 그렇게 간단한 일은 아닌 듯하고 말이지.

"한쪽이 이혼하고 싶다고 생각했다 해도, 다른 한쪽이 그것을 거절하면 상당한 다툼이 벌어진다고 할까. 재산분배라든가 친권 같은 것도 포함되어 있지만, 분규가 벌어지면 최종적으로는 사법기관에 판단을 맡기게 돼.

"법에 따라서 판결이 내려지지.

"죄를 범한 것도 아닌데… 나쁜 사람도 아닌데, 법 아래에 끌려가게 돼. 커플이라면 좀처럼 있을 수 없는 일이겠지, 헤어질지 어떨지를 제삼자에게 조정받는다니.

"협의이혼이란 건, 분규이혼이야.

"쇼기처럼, 어느 한쪽이 돌을 던지는 거지.

"종료하는 거야.

"'없습니다, 당신과의 미래가'일까?

"심판은 없어. 제한시간은 있을지도?

"'경험자'로서, 나도 혼인관계의 파탄에 대해서는 좀 더 이것 저것 언급하고 싶은 참이기도 하지만 다른 기회에 하기로 할까. 부부의 인연은 그래도 절단할 수 있지만 세로축인 친자관계는 진짜 까다롭다는 테마도, 가능하면 깊이 파고들어 보고 싶었어.

"경찰 일가인 아라라기 가도 그렇겠지.

"과거의 아라라기 코요미가, 부모도 아니거니와 자식도 아니라고 아무리 쩌렁쩌렁하게 외친들, 결국 부모와 자식이라는 사실은 바꿀 수 없었지.

"어머니날을 평일로 하는 것은 허락되지 않았어.

"그 파이어 시스터즈와, 오빠이기도 하고 여동생이기도 했던 것처럼.

"그곳에 합의는 필요 없어.

"본인의 의지는 관계없지.

"거스를 수 없고 항거할 수 없어.

"저항할 수 없어.

"혼인 상대는 고를 수 있어도 부모형제는 고를 수 없어.

"이런 소릴 하면 궁극적으로는 '낳아 달라고 부탁하지 않았다'라는 유치한 도발문구에 도달해 버릴지도 모르겠네… 하지만 나, 이거, 말한 적 있어.

"응.

"그것도, 나는 사과하지 않겠지만.

"사과하지 않는 것을 떳떳하지 못하다고 생각은 하고 있으려나… 지금 와서는, 더 이상 사죄할 수 없는 것을 사과할 수도 있어."

009

"아, 그 밖에 뭐가 있냐고 말하긴 했는데 그 밖에도 있었네, 많이. 무수하게, 무량대수로. 나의 죄는, 아니, 대죄大罪는, 스테이플러로 뺨을 찍기 전에는, 어떻게 이럴 수가, 커터 나이프를 입안에 쑤셔 넣었고, 그뿐만 아니라 언어폭력도 휘둘렀어. 나를 걱정해 주고 있던 아라라기 군을 쓰레기라느니 뭐라느니, 살아 있는 게 부끄러운 살아 있는 시체라느니 하며 격한 말을 쏟아냈었어."

"살아 있는 게 부끄러운 살아 있는 시체란 말은, 지금 처음 들었어…."

"봐, 정말 죄가 깊지. 용서받을 수 없어."

약한 딴죽을 걸어 보았지만 센조가하라 히타기는 전혀 위축되지 않았다. 둑이 터진 것처럼 자신이 범한 '죄'를 쉴 새 없이 계속 폭로했다.

"그래, 맞아. 아라라기 군을 납치감금한 적도 있었지. 그런 일은 설령 아라라기 군이 용서한다고 해도 내가 나를 용서할 수 없어. 칸바루가 아라라기 군의 스토커로 변한 것도 근본적인 원인을 따지면 내 탓이야. 아라라기 군이 센고쿠 양에게 죽을 상황에 놓이게 된 것도 그래. 나와 사귀지만 않았으면, 지금쯤 아라라기 군은 귀여운 것만이 전부인 여자 중학생과 즐겁게 지내고 있었을 거야."

즐겁게 지내고 있었을 거라는 그 미래는, 지금 와서는 누구에게도 즐겁지 않은 미래일 것처럼 생각되고, 스테이플러나 커터 나이프, 매도폭언이나 납치감금은 그렇다 쳐도 센고쿠에 관한 문제까지 히타기가 짊어지는 것은 명백히 잘못되어 있다.

사실오인事實誤認이다.

그것은 오히려 나를 지키기 위해….

"고등학교에 비밀로 하고 자동차 면허를 취득한 것도, 아라라기 군을 사후종범으로 만들어 버렸고…."

"어? 그것도?"

이거고 저거고 전부잖아.

"그도 그럴 것이, 그때 아라라기 군은 엄청 화를 냈었잖아. 그런데도 나는 그런 사심 없는 충고를 무시하고, 귀를 기울이지 않고 아라라기 군을 이쪽저쪽으로 끌고 다녔고…. 넓은 의미에서는 그것도 납치감금이야. 재범 아냐? 아라라기 군을 차 안에 집어넣고 안전벨트로 구속해서 데리고 다닌 거야."

"……."

역시 이 녀석, 장난치고 있는 건가? 하는 의심이 다시 뇌리를 스치기 시작하지만, 그러나 내 여자친구의 얼굴은 진지 그 자체다. 진지를 넘어서 심각이라고 말해도 좋을지 모른다.

아니, 이미 옛 여자친구일지도 모르지만… 잠깐, 잠깐. 진정하고 생각하자.

머리를 움직이자.

마음속 어딘가에 새해의 들뜬 기분이 남아 있어서, 아직 제대로 현실을 마주하고 있지 않다… 세뱃돈을 듬뿍 받아서 들뜬 것도 있고, 기모노를 차려 입은 히타기에게 눈길을 빼앗기고 있는 것도 있어서 머릿속에 생각이 정리되지 않는다.

뭐라고?

그런 옛날 일을 이제 와서 사과하는 거야? 그냥 죄가 아니라 대죄大罪라고 말했는데, 그 이야기를 하자면 그냥 옛날이 아니라 옛날옛날 한 옛날이잖아.

"그도 그럴 것이, 15년이나 된 일이라니까?"

"15년? 1년 반이 아니라?"

"아아… 그랬지, 1년 반이었지."

그러니까 정확히는 1년 8개월 전이 되지만… 어쨌든 이미 끝난 이야기고 완전히 끝난 이야기인데, 왜 이제 와서 그것을 다시 꺼내는 거지? 하는 생각밖에 들지 않는다.

"하지만 게에 관한 문제가 정리된 뒤에 제대로 너는 사과했었고… 그걸 지금 다시 꺼내다니, 게걸음 카논*도 이렇지는 않을 거야."

"한 번 사과한다고 끝날 문제가 아니야. 아니, 그런 말뿐인 사

....

※게걸음 카논(crab canon) : 음악 용어로 후속 성부가 선행 성부를 끝부터 반대로 모방하는 카논. 게걸음을 연상시키기 때문에 붙은 이름이다. 정식으로는 역행 카논(retrograde canon)이라고 부른다.

죄는 사죄조차 되지 않아. 그때 아라라기 군은 분위기에 휩쓸려서 용서한 척을 했을 뿐이야."

뿐이야, 라니, 단정해도 말이지.

아라라기 군이 용서해 주어도 내가 나를 용서할 수 없다고도 말했었는데, 이미 용서하고 안 하고 하는 레벨의 화제가 아니게 될 수준의 과거 에피소드다.

게도 이미 껍데기도 안 남았을 거라고.

"애초에 그 스테이플러의 일격 따윈, 나의 흡혈귀 체질로 금방 나았고…."

"하지만 마음의 상처는 아직 낫지 않았잖아? 아라라기 군이 스테이플러로 종이 묶음을 찍으려고 할 때에 손이 떨리던 것을, 내가 못 보고 지나쳤을 거라고 생각했어?"

그것은 단순히 내가 그 작업에 서툴러서 손놀림이 신중했던 게 아닐까….

아주 사소한 것까지 신경 쓰며 사과해 오는 이 느낌, 어쩐지 무서워지기 시작했다. 쉴 새 없이 매도와 폭언을 뒤집어쓰고 있던 무렵 쪽이 그나마 어느 정도 마음이 편했을 정도다.

상황 개선의 실마리가 보이지 않아서 계속 입을 다물고 있는 나에게,

"지금까지 끊임없이 아라라기 군을 상처 입혀 왔던 나 같은 죄인은 아라라기 군에게 사랑받을 자격 따윈 없었어. 아라라기 군에게는 좀 더 이노센트한 여자아이가 어울려. 오이쿠라 양이나 츠바사짱처럼."

그렇게 말했다.

"그 두 사람도 그런 관점에서는 너와 큰 차이가 없다고 생각해…."

화이트 하네카와도 이노센트하다고는 말할 수 없다.

오이쿠라에 이르면, 아직도 나를 깨물어 온다. 리얼로.

보여 줄까? 녀석의 잇자국을.

참고로 나는 목덜미에 흡혈귀가 깨문 흔적이 있다.

미아에게도 자주 깨물렸고… 깨물리기만 하는구나, 나는.

"그러면 오이쿠라 양에게 앞으로는 자상하게 대해 줘. 나는 이제 괜찮으니까. 오이쿠라 양에게도 그렇게 메시지를 보내 둘게."

"그만두라니까?"

첫 번째 이별했을 때와는 전혀 다른 말을 하고 있다…. 궁지에 빠진 오이쿠라에게 잘 곳을 빌려준 것을 결코 용서하려 하지 않았던 그때의 언설은, 어디로 여행을 떠나 버린 거냐.

진짜로 성장했다는 건가? 성인 여자로.

그것이 어른이 된다는 것인가?

"새해 첫 참배는 오이쿠라 양과 함께 가 줘."

"지옥의 1번가에 살고 있는 그 여자가 신에게 뭔가를 빌 리가 없잖아…."

나도 지금은 그 1번가에 살고 있지만, 그러나 상황은 그것으로 끝날 것 같지도 않은 범주로 이행하고 있다… 옮겨 간 것은, 내가 아니라 여자친구의 마음이었다.

하지만 그 변심은, 이변이었다.

"나는 이제 괜찮으니까."

과거에 게에게 집혔던 소녀, 센조가하라 히타기는, 정리하듯이, 마무리하듯이, 그렇게 말했던 것이다.

"지금까지 정말로 미안해. 센조가하라 히타기는 진심으로 사죄의 뜻을 표하겠어. 다른 여자아이하고 행복하게 살아 줘."

010

"사과하고 싶다며 사의謝意를 표명함으로써 실제로 사죄하는 상황을 피하는 것도 테크닉이지. 생각해 보면, 인류는 어떻게 해야 사과하지 않으며 사실상의 사죄를 끝마칠 수 있을까 하고 지혜를 짜내 온 것 같다는 생각도 들어.

"정말 감탄하지 않을 수가 없어.

"굴복하지 않고 패배를 인정하는 수단을 강구해 왔어. '만약 상처 입은 분이 계시다면 사죄합니다'라는, 아슬아슬한 가정법을 구사한 말투 같은 게 그 대표적인 사례지.

"만약에, 라니.

"그렇다면 '사과해서 끝날 일이 아니니까 사과하지 않겠습니다'라는 말도 불가능하지 않을지도 몰라… 다만 '낳아 달라고는 부탁하지 않은' 나의 어머니는 그런 에두른 문법을 구사하는 인간이 아니었어.

"직설적으로 사과하는 인간이었지.

"좀 더 말하자면, 집요하게 사과하는 인간이었어.

"끈질겼어.

"용서한다는 말을 들어도, 이제 됐다는 말을 들어도, 더 이상 사과하지 말라는 말을 들어도, 그래서는 자신의 마음이 풀리지 않는다며, 언제까지라도 물고 늘어지면서 계속 사과하는 인간이었어. 병약했던 나에게, 어머니는 24시간 그렇게 계속 사죄했던 거야.

"'건강하게 낳아 주지 못해서 미안해'라고… 항상 바로 옆에서 간병과 보살핌을 받으면서, 그렇게 사과받을 때마다 유소년기의 나는, 자신이 건강하지 못하다는 사실이 심신에 새겨져 가는 것 같았어.

"병보다도, 그 상처 쪽이 아팠어.

"건강하지 못해서 문화적으로 성숙하지 않은 최저수준의 인간이라는 말을 듣는 것 같아서.

"그래서 언젠가 한 번은, 참지 못하고 나는 이렇게 받아쳤어. '그런 소리 하지 말아요'라고.

"'건강하게 낳아 달라고 부탁한 적 없다'라고… 응, 말씀하신 대로, 설명이 부족했지. 게다가 나도 짜증이 난 상태였기 때문에 말투가 난폭해져 버렸다는 것도 부정할 수 없어. 어머니에게는, 앞의 '건강하게'는 들리지 않았던 게 아닐까?

"그 정도로 충격을 받고 있었어.

"뭐라고 말하는 게 적절할지, 나는 어머니가 아니니까 모르겠지만… 딸로서 그 사람의 마음을 추측하기에는, 내가 지금까지

앓아 온 병에 대해서는 아무리 사과하더라도 저항감이 없었지만, 설마 나무라는 말을 들을 거라고는 생각도 해 보지 않았던 게 아닐까.

"사과하는 사람을 나무라다니! 일까?

"나무라는 말을 듣지 않기 위한 자책의 마음이었다는 것은 아무리 그래도 너무 깊이 읽은 것이겠지만⋯ 그렇기에, 말이 부족한 나의 설명 부족한 말을, 너무 깊이 읽어 버렸어.

"피해망상이라고 할까 가해망상이라고 할까.

"피가학적이지.

"아니 정말, 말할 것도 없지만, '만약' 나의 말이 오해를 불렀다면 사죄하고 싶어.

"요약하면 할수록 선수를 치듯이 계속 사과하고 있었던 만큼, 나의 카운터 펀치가 의외로 제대로 들어가 버렸던 거겠지. 그 후로 그 사람이 나에게 사과하는 일은 없어졌어.

"화를 낼지도 모른다는 걸 알게 되자마자, 사과하지 않게 되었어.

"간병도 보살핌도 변함없이 정성스럽게 계속해 주었지만, 오늘에 이르기까지 한마디도 사과하는 일은 없었어. 나무란다면 사과하지 않는다는 사상思想은, 과연 나의 어머니구나 하는 생각도 들지.

"제대로 사과할 테니까 화내지 않는다고 약속해 줘⋯ 라니, 참 지독한 약속도 다 있네."

011

결국 그 뒤에 이러저러하며 어르고 달래서 약속은 약속이니 지켜야 한다며 키타시라헤비 신사의 참배는 함께 갔지만, 두 사람 사이에 흐르는 찌릿찌릿한 무드를 알아차린 것인지 초등학교 5학년생 신이 명랑하게 현현하는 일도 없이 새해를 맞이하고 처음이 되는 데이트, 사귀기 시작한 뒤에 처음인 새해 참배는 엉망진창으로 끝났다. 엉망진창이어도 끝난 것만으로도 대단하다. 어떻게든 결론을 나중으로 미룰 수는 있었지만, 그날 안에 철회시킬 수 없었던 이상, 실제로는 갈라서자는 이야기가 성립해 버린 것 같은 상황이다.

어떻게 이럴 수가.

어째서 이런 일이.

그날은 나도 몹시 당황해서 여자친구(전 여자친구?)의 의도를 파악하지 못하고 있었지만, 요컨대 이러쿵저러쿵 둘러대며 오이쿠라를 언제까지고 마냥 걱정하는 나에게 정이 떨어졌다는 것이 현실적인 결론일지도 모른다고… 후일, 잠정적으로 결론 내렸다.

그렇다기보다, 그 이유밖에 없겠지….

첫 번째 때처럼 화를 내는 게 아니라 자신이 사과하는 것으로 관계를 끝내려고 하다니, 정말 센조가하라 히타기답지 않지만, 생각해 보면 이별할 때까지 자기다운 모습을 요구하는 것은 가

혹하다.

자기다운 모습의 강요.

누구에 대해서도 항상 자신이 생각하는 '자기다움'을 요구해 버리는, 나의 그런 부분이 문제였는지도 모른다… 반대로, 과거에는 문구를 휘두르던 소녀가 이별할 때에 갈라서는 상대를 배려할 수 있게 되었다면, 확실히 소녀는 더 이상 소녀가 아닐 것이다.

어른의 행동.

고집스러운 모습은 어린아이 같았지만.

물론 어떻게 얼버무린들 본심으로서는 계속 들러붙고 싶은, 아직 마음은 소년인 나였지만, 우선 냉각기간을 둘 수는 있게 되었으니 그것을 전과戰果로 삼고 일단 전선에서 퇴각했던 것이다. 설령 이 뒤에 기다리는 것이 단순한 소모전이라고 해도.

나 자신도 머리를 식힐 필요가 있다고 생각했고… 숙고해야만 한다. 그런 옛날 일이 다시 끌려나온 것을 진지하게 받아들이지 말고, 반성해야 할 부분을 반성하고 태도를 고쳐야만… 나에게 잘못이 있었다고는 생각할 수 없지만 히타기가 이야기하는 히타기의 잘못을 진지하게 받아들일 수도 없다. 어찌 되었든 이런 프라이빗한 문제는 오이쿠라에게는 물론이고 여동생들에게조차 상담할 수 없다며, 요 며칠 동안 누구에게도 이야기하지 않고 혼자 끌어안고 있었는데… 그렇지만.

그렇지만 수업이 시작된 뒤 메니코의 에피소드를 듣고 나니, 나의 프라이빗한 연애 사정은 단순한 사생활이 아니게 되었다.

프라이어리티priority 낮은 프라이빗이 아니게 된다. 코멘트할 수 없는 개별적인 시간이 아니라.

독자성이 없는 일반성을 띤다.

일반인으로서 코멘트할 수 있다.

개성적인 오리지널 아이디어라고 생각하고 있었는데 전례가 있었던 것 같은 쇼크. 물론 아라라기 코요미의 남녀관계 문제와 메니코의 남녀관계 문제는 같은 상황이 아니다… 멜로드라마와 슬랩스틱 코미디의 사이에 공감을 느끼는 것은 단순히 칵테일 파티 효과*라는 말을 들으면, 그 말이 딱 맞다.

전례가 있으니까 괜찮다고 생각하고 싶어 할 뿐일지도.

뭘 그렇게 멋대로 운명을 느끼고 있는 거야? 라는 이야기다.

이쪽은 친근감을 느끼고 있어도, 만약 메니코에게 자세하게 이야기하면 '전혀 아니야~ 그런 촌스러운 일하고 똑같이 취급하지 마~'라는 말을 들었을지도 모른다.

그래도 몇 안 되는 공통항은 놓치지 않는다.

이쪽은 피해라고 생각하지 않는 것을 저쪽은 가해라고 굳게 믿으며 지나칠 정도로까지 사과해 온다. 이쪽의 의향을 무시하면서까지, 현재의 관계성을 망치면서까지 지나친 사죄를 반복한다. 파멸적인 사죄를 윤회시킨다.

가해와 피해가.

※칵테일 파티 효과 : Cocktail party effect, 칵테일 파티처럼 여러 사람의 목소리와 잡음이 많은 상황에서도 본인이 흥미를 갖는 이야기는 선택적으로 들을 수 있는 현상.

표면과 이면이, 들어맞지 않는다.

앞에서 보면 삼각형이었던 물체가 뒤에서 보니 가위표였던 것 같은, 뒤틀려 있다고 느껴질 정도의 비대칭성.

물론 과거의 나에게, 혹은 센조가하라 히타기에게도 '피해자인 척하는 게 마음에 들지 않는다'라는 말을 한 알로하 아저씨는 이렇게도 말했었다. 이거고 저거고 전부 괴이 탓으로 해서는 안 된다, 라고.

그렇기에 자기변호의 책임회피를 위해, 엉뚱한 건강부회에 빠지지 않도록 나는 분석을 거듭해야만 한다… 이것은 과연 정상적인 사태일까?

자유분방한 대학생에게는 흔히 있는 일인가?

일설에 의하면 세계에는 20초에 한 쌍의 커플이 깨지고 있다고 하니, 그렇다며 나와 메니코의 트러블이 겹쳐진 것도 특별히 문제로서 픽업해야 할 만한 사항은 아닐지도 모른다. 그러나 그 '20초에 한 쌍'을 문자 그대로 받아들인다면 적어도 20초 이내에 동시에 커플이 깨지는 일은 없다는 식으로도 읽힐 수 있으므로, 그렇다면 나와 메니코의 동시성에는 암시적인 의미가 있는 것처럼 생각되기도 한다.

억지일 뿐이더라도.

메니코와 남친 군이 어떠했는가는 불명이지만, 나와 히타기에 관해서 말하면 서로 고등학생이었을 무렵보다 양자의 시야가 넓어진 것은 사실일 것이다… 특히 히타기 쪽은 국제색이 짙은 여자 기숙사에서 살면서 다양한 동세대들과의 교우관계도 순조롭게 확대하고 있으니, 확실히 말하면 우연히 같은 고등학교에 다닌 정도의 인연인 나에게, 언제까지나 속박되어 있을 필연성은 전무하다.

그 이야기를 꺼내면, 계단에서 떨어져 내린 소녀를 받아 낸 사람이 나일 필연성조차 없었다고도 말할 수 있고, 그런 열등감은 '그날'부터 항상 붙어 다니고 있었다…. 그러므로 가령 언젠가 연인에게 버림받게 된다면, 그런 이유일 것이라고 막연히 이미지하고 있기는 했지만… 실제로는 그것과 정반대에 가까운 일이 일어났다.

히타기는 마치, 그때 내가 자기를 받아 내게 만들었던 것을 미안하다고 말하는 듯했다… 사고에 휘말리게 만들어서 미안해, 라고.

스테이플러나 매도폭언, 납치감금으로 이어지는 사고… 아니, 그렇게 말하면 그 말이 맞고, 객관적으로 보면 그 무렵의 센조가하라 히타기는 명백히 과잉이기도 했다. 과잉과 비정상을 엇걸어서 뭔가 말장난을 하고 싶어질 정도로.

자기방위였다고 해도, 과잉방위였다.

과잉방위에 과잉한 사죄는, 그렇다면 당연하다고 말할 수 있을지도 모른다… 설령 사과를 받더라도, 같은 꼴을 당하게 된다면 용서할 수 없는 사람도 많을 것이다.

스테이플러로 뺨을 찍혔는데 용서할 수 있는 쪽이 드물 것이다. 다만, 그것은 어디까지나 객관적인 시점이다.

주관적인 시점, 즉 사적인 내 입장에서 말하자면 이미 그 부분의 이런저런 문제들은 완전히 끝나 버린 옛날이야기라고 할까, 여기서만 하는 이야기인데, 좋은 추억이란 생각이 들 정도다.

어쨌든, 서로 알게 된 계기였으니까.

스테이플러로 뺨을 찍힌 것이 좋은 추억이란 소릴 하면 변태 같으니 스스로 입을 찍고… 요컨대 입을 다물고 있어야겠지만, 그 일로 머리를 숙이고 엎드릴 듯 사과를 해 와도 반응하기 난처하다.

변태성이 드러나게 될 것 같다.

오해를 두려워하지 않고 표현하자면, 모처럼의 '좋은 추억'을 지금 와서 엉망진창으로 모욕당하고 있는 듯한 기분이 들기도 한다. 서로 알게 된 계기가 없었던 쪽이 좋았다는 말을 듣는 것이나 마찬가지가 아닌가.

애초에 그 부분의 감각은 의식으로서 공유하고 있다고 생각하고 있었으므로. 갑자기 그런 사죄공세에 짓밟혀 버리면 현실도피라는 말을 듣건 책임회피라고 말을 듣건, 도저히 위화감을 떨쳐 낼 수 없다.

뒤통수를 맞은 기분이다.

바로 그 점에서 나는 메니코와 공감하고 있었을 텐데… 합의하고 '서로 사랑했다'고 생각했는데 남친 군은 일방적으로 '요바이했다'라고 굳게 믿고서 영문 모를 죄악감에, 혹은 배덕감에 지배당하고 있다… 뭐, 주위 사람들에게까지 사죄행각에 나서고 있는 남친 군의 민폐도를 감안하면 나보다도 메니코 쪽이 보다 위태로운 상황에 놓여 있다고, 공평하게 판단하지 않을 수 없을 것이다.

나는 그나마 나은 편이다.

다행이다. 대학생이 되어도, 이야기를 전해 줄 친구가 한 명도 없어서.

…이야기가 한순간 엇나가 버렸는데, 대학이라는 공간은 고등학교에 비해서 친구를 만들기 쉽다는 인상이 있었지만, 나에 한해서 전혀 그렇지 않았다는 것을 보고해 둔다.

뭐라고 할까. 고등학생 무렵에는 교실 안이라고 할까, 반 안이라고 할까, '친구를 만들어라'라는 압력이 사방에서 작용하고 있었지만 (흔히 말하는 '자, 두 사람씩 한 조를 만드세요~'라는 그거다) 대학에서는, 적어도 내가 다니는 마나세 대학 수학과에는 그런 압력은 없었다.

후지산 정도로 기압이 낮았다.

자유낙하에 가깝다.

생각해 보면, 압력이 있었기에 '친구는 필요 없다. 인간의 강도가 떨어지니까'라는 안티테제가 성립하고 있었던 것이지 막상 친구가 없어도 학업이, 혹은 생활이 전혀 곤궁하지 않고 성립하는 상황에 놓이게 되면 나는 커뮤니티에 대한 저항세력 따위가 아니라 단순히 친구가 없는 녀석이다.

서클 같은 건 의지가 없으면 들어갈 수 없다.

오이쿠라도 이쪽이었다.

분류한다면 히타기나 메니코는 저쪽이라고 말할 수 있다. '자, 두 사람씩 한 조를 만드세요~'라는 말을 듣지 않아도 저절로 페어를 이루고 있는, 여차하면 그룹을 이루고 있는 쪽이다.

그 궁극의 형태가 가엔 씨라고 할 수 있을 것이다. 그렇다, 휴대전화 한 대의 주소록에는 친구들의 이름이 전부 들어가지 않아서 휴대전화를 다섯 대 가지고 있는 그 사람이라고.

어느 쪽이 좋다든가 어느 쪽이 우수하다든가 하는 카테고리 나누기는 아니지만, 이렇게 자신의 본성이 폭로되고 보니 그냥 평범하게 부럽기도 하다. 히타기의 입을 빌리면 ''병'에 걸려서 땡땡이치고 있던 인간관계를 재개한 것뿐이야'라고 하는데, 본인의 견해는 또 다를지도 모르지만… 내가 보기엔 커뮤니케이션 능력의 화신인 칸바루도 옛날에는 아주 어두웠다고 자칭하고 있으니 말이지.

알 수 없는 법이다.

그렇다고는 해도, 친구가 없다고 해서 안심하고 있을 수만은 없다. 친구는 없어도 (거의 절교 중이라고는 해도) 소꿉친구는 있으니, 지난번의 그 눈치라면 정말로 히타기는 오이쿠라에게 내 소개장을 쓸지도 모른다.

그만뒀으면 좋겠다.

아침 드라마처럼 질척질척한 전개가 기다리는 공포의 삼각관계가 성립되어 버린다…. 유일한 친구인 메니코에 관해서 말하자면, 히타기와는 접점이 없을 테니 보호할 수 있다고는 생각하지만… 메니코가 남친 군보다 먼저 나에게 상담이라는 형태로, 혹은 퀴즈라는 형태로 사정을 알려 준 것처럼, 상황에 따라서는 내 쪽도 한발 먼저 메니코에게 사정을 밝혀 둬야 할지도 모른다. 좋은 퀴즈가 떠올랐을 경우의 이야기지만.

다만 말이지….

원래부터 센조가하라 히타기로부터는, 요컨대 근본적으로 괴이에 얽힌 현상으로부터는 메니코를 최대한 멀리 떼어 두고 싶다는 나의 본심이 있으니 말이야… 그 문제는 지금은 보류하지 않을 수 없다.

대학 밖으로 눈길을 돌리면, 그야말로 칸바루 스루가가 위험하네. 그렇다기보다, 한창 이별 이야기가 나오는 동안에 나에게 사과할 거라면 그것보다 먼저 칸바루에게 사과하라는 불평이 목까지 밀려 올라왔을 정도다. 어째서 칸바루는 괜찮은 거냐고…. 그러나 그것은 농담이 아니라 있을 수 있는 전개다. 만약 내가 단순히 연인으로부터 미움받은 것만이 아니라고 했을 경우의 이야기지만.

뜻밖의 행운은, 히타기가 오이쿠라와 나란히 나의 릴리스 후보로서 거론한 하네카와에 관해서는 현재 그녀 쪽에서도 연락두절이라 기묘한 사죄가 '츠바사짱'이 있는 곳을 향할 우려는 없다는 점이다. 은인인 그녀가 해외에서 소식불통이 되었다는 사태가 다행일 리가 없지만, 우선 그 부분만은 잘된 일이라 생각하자.

정말 어마어마한 안도감이다.

하네카와에게만은 폐를 끼칠 수 없다.

어찌 되었든 공통의 지인이니만큼, 내가 1년 이상에 걸쳐 심신에 데이트 폭력을 당해 온 피해자였다는 소문이 흘러 들어가는 것은 상당히 골치 아픈 문제다…. 그 점에 관해서 메니코와 같은 생각을 하고 있다고까지는 말하기 어렵지만, 그런 사죄행각이 민폐인 것은 틀림없다. 문자 그대로 주위에 민폐고, 나에게도 민폐다.

아니, 아니. 그렇다고 해서 내가 그런 데이트 폭력 자체를 나쁘지 않게 생각하고 있다고 주장하고 다니는 것도 말이지… 메니코도 '아니야~ 남친 군하고는 사랑을 나누었던 거야~'라고 서클 동료 한 사람 한 사람에게 변명하고 다닐 수도 없고.

이미 마음이 멀어졌다면 더욱 그렇다.

나는 그게 아니라 비참하게 달라붙고 있는 것이지만, 어쨌든 가볍게 결론을 내릴 수 없다. 나의 문제와 메니코의 문제를 대조해 보면 가설은 얼마든지 세울 수 있을 것 같지만, 그러나 가설은 어차피 가설일 뿐이다.

정설을 주장해야만 한다.

괴이 현상이 일어나고 있다는 물적 증거가 하나도 없는 것이다. 그야 물적 증거가 있는 괴이 현상 쪽이 드물지만, 지금 내 사고에 일종의 감정적인 벡터가 걸려 버린 것은 의심할 필요도 없이 확실하니까.

히타기와의 관계성을 수복할 수 있는 광명이 엿보인 것 같기도 했고, 메니코 쪽은 관계성의 수복을 바라고 있지 않더라도 친구의 고민을 조금은 경감시켜 줄 수 있을지도 모르게 된다면, 알로하의 가르침을 잊고 모든 것을 괴이 탓으로 돌려 버리고 싶어지기도 한다.

하숙집으로 돌아가 혼자가 되어 잠깐 쉬고 나서 다시 한번…
아니, 두세 번에 걸쳐 밤새 검증해 보도록 하자. 신중을 기해서
그렇게 생각하고, 대학에서 걸어갈 수 있는 거리에 있는 하숙집
으로 돌아가 보니, 어찌된 일인지 현관 앞에 옆집에 사는 이웃
이 기다리고 있었다.

옆집 이웃.

요컨대 스프가 식지 않는 거리에 살고 있는 오이쿠라 씨다….
스프가 식지 않는 거리인 것치고 사정거리 정도로 싸움만 하고
있는데, 어이쿠, 싸움을 알리는 공이 울린 건가?

"아라라기…."

지옥에서 불을 빌리러 온, 혹은 간장을 빌리러 온 것도 아닌
소꿉친구는 우두커니 선 채로, 평소와 같은 광기가 흘러넘치는
눈으로 저주하듯이 말했다.

"내가 잘못했어…. 어째서 그랬는지는 모르겠지만, 너에게 아
주 미안하다고 생각하고 있어…. 고등학생 시절 학급회의 때
도, 중학생 시절 공부모임 때도, 초등학생 시절 식객 때도, 항상
10:0으로 내 책임이고 나에게 잘못이 있었어…. 아라라기는 아
무 잘못도 없어. 대학생이 된 뒤에도, 계속 나를 염려해서 이사
와 줬는데도 매몰차게 대해서, 나 때문에 아라라기의 인생, 엉
망진창이지! 두 번 다시 모습을 보이지 않을 테니까 부디 용서
해 줘! 아아, 정말, 아아, 정말, 아아, 정말, 이런 나는 싫다고
싫지만 싫어서 싫은 걸 싫은 것에 싫은 싫음은 싫음을 싫어!"

"…알았어, 알았어."

괴이 현상이다.

좋아, 해결해 볼까.

012

"악의에 대해서 이야기할까.

"범의*라고 말해도 좋겠지만… 요컨대 '미안해요, 그럴 생각은 없었어요'라는 사죄는 과연 성립하는가? 라는 의문이지.

"아라라기 코요미에게 있을 법한 사죄라 할 수 있다고나 할까?

"후후후.

"부정하지 않는 부분에는 호감을 가질 수 있네.

"일부러 한 행동이 아니라면 죄가 가벼워지는가, 라고 묻는다면 가벼워지지. 고의인가 과실인가로 양형이 변하는 것은 어쩔 수 없어.

"피해자의 아픔도 변하게 되지.

"똑같은 교통사고를 당하더라도 저쪽이 법정속도를 준수하고 있었는가, 신호 무시를 하지 않았는가, 차일드 시트를 적절하게 설치하고 있었는가의 여부로도 치인 사람의 기분이 달라져. 신호 무시에 관해서 말하면, 저쪽이 준수하고 있었을 경우에는 이쪽이 신호를 무시했다는 얘기가 되니 책망할 수 없다는 점은 있

※범의(犯意) : 범죄행위임을 알면서도 그것을 실행하려는 의사.

다고 해도.

"그럴 생각이 아니었다면 어쩔 생각이었다는 건가… '너에게 좋을 거라고 생각해서'란 문구는 사과하지 않게 된 어머니의 입버릇이었고 그게 거짓말이 아니었다고는 생각하지만, 동기에 따라서 정상참작의 여지가 생기는 것은 어쩔 수 없다고 인정할 수밖에 없네.

"그 부분은 인정하지 않는다고.

"용서할 수밖에 없어.

"'나쁜 짓을 했다고는 생각해, 하지만 이렇게 할 수밖에 없었어'라는, 아크로바틱한 사죄 패턴도 있으니까 싸잡아 말할 수 없지만, 역시 악의를 가지고 얻어맞았을 때에는 맞았다는 사실은 말할 것도 없고, 자신에게 악의를 품었다는 사실 자체에 상처 입기도 하지.

"사기 피해를 당했을 때, 금전적인 대미지를 입는 것은 물론이고 '속여도 되는 호구라고 판단되었다'라는 점이 치명적으로 괴롭지. 악의가 없으면 타인을 상처 입혀도 괜찮다는 이야기는 되지 않고, 반대로 악의 없이 타인을 상처 입히는 선남선녀도 계시지만, 용서하기 쉽다는 의미에서는 하늘과 땅 차이가 있어.

"다만, '일부러 한 게 아니니까 사과하지 않아. 사과하면 일부러 했던 것 같으니까'라는 사상도 있어. 일부러 그렇게 말하는 건 아니겠지만, 그 사상*이 드러나는 사상思想은 역시나 조금 용

※ 사상(死相) : 죽을 상. 혹은 죽은 사람의 얼굴.

서하기 어렵지."

013

천지가 뒤집혀도 일어나지 않을, 오이쿠라가 나에게 사과한다는 전대미문의 괴이 현상이 발생한 것으로 뚜렷한 확신을 얻은 내가 취한 행동은, 본가로 돌아가는 것이었다. 엄밀히 말하면 본가라고 할까, 원래 살던 마을로 돌아가는 것이다. 신년 초에 가고 나서 얼마 지나지도 않았으므로 이래서는 자동차로 통학하던 무렵과 큰 차이 없다며 나는 귀성과 동시에 반성했지만, 이렇게 되면 하숙집에서 잠깐 쉬고 있을 짬 따위는 없다.

마음을 안정시키는 것은 좋지만 가만히 앉아 있을 수는 없다.

말할 것도 없이, 사죄를 계속하는 오이쿠라 소다치라는 괴상하기 짝이 없는 인물로부터 한시라도 빨리, 되도록 멀리까지 피하고 싶다는 본능적인 명목도 있었다. 하지만 상황을 이해하는 것과 동시에 이것이 내가 감당할 수 없는 사태라는 것도 금방 알 수 있었기 때문이다.

인정하고 싶지는 않지만….

앞서 했던 말을 철회하는 것은 아니지만, '해결해 볼까'라는 느낌으로 나서기엔 이 일은 나의 특기 분야라고 말하기 어렵다… 너에게 특기 분야 같은 게 있느냐는 목소리도 들려오지만, 적어도 서툰 분야임은 확실하다.

이런, 멘탈을 공략해 오는 계열의 괴이에 대해서는 내가 적절히 대응한 사례가 없다… 흡혈귀적인 불사신 파워를 활용할 방법이 없기 때문이다. 오히려 나의 경험상, 흡혈귀라는 것은 육체적으로 완성되어 있기에 오래 살면 살수록 멘탈이 약해진다.

아무리 그래도 사과해 오는 오이쿠라를 흡혈귀의 완력으로 날려 버릴 수는 없다. 물리적으로 존재하는 요괴였던 괴물 고양이나 원숭이 손이나 뱀신을 상대했을 때와는 상황이 전혀 다른 것이다(괴물 고양이나 원숭이 손이나 뱀신을 상대로도 전혀 활약할 기회가 없었던 것은 일단 제쳐 두자).

그야말로 센조가하라 히타기가 집혔던 게를 상대로 했을 때와 시추에이션적으로는 가깝다. 지금 와서 드디어 원점회귀 같은 상황이라고 할까, 그야말로 옛날옛날 한 옛날 일을 다시 끄집어내는 것 같아서 지긋지긋한 기분이 들지만, 그러나 그것이 히타기의 경향인가 하면, 과연, 그 말이 맞을 것이다.

괴이에는 그것에 상응하는 이유가 있다.

아무리 수상하고 이상하더라도, 이치를 따르고 있다. 모든 것을 괴이 탓으로 해서는 안 된다는 말은 그런 뜻이기도 하다. 괴이 현상이 일어나더라도, 그것은 인간 때문이다.

그리하여, 나는 고향으로 개선하는 것이다.

성공 후 금의환향은 고사하고 실패 후 낙향하는 것 같기도 하지만, 다행히도 개선은 거짓말이어도 나는 도망쳐 온 것은 아니다.

조력을 찾아서 귀가하는 것이다.

사람은 혼자 알아서 살아날 뿐일지도 모르지만, 돕는 경우에는 그러고 있을 수만은 없을 것이다. 오히려 사람의 수는 많은 편이 좋다는 것이 지금의 아라라기 코요미의 스탠스다.

사람이 모이지 않을 뿐.

나의 인망에는 가망이 없다.

대학에 입학한 이후로 이런 때에는 오노노키에게 전적으로 의지하고 있었는데, 유감스럽게도 그녀는 감시 대상인 나를 너무 편들었다는 이유로(책임을 느낀다) 현재 무기한 근신을 먹었다. 뭐, 그렇지 않더라도 근육 마니아인 그 식신동녀는 흡혈귀 이상의 파워 캐릭터였으므로, 역시 이런 쪽의 기기괴괴는 전문분야가 아닐 것이다.

동녀에게 마냥 매달리고 있을 수만은 없다.

전문이라고 말하자면 이런 때에 의지해야 할 것이 전문가들이겠지만, 그쪽 방면은 현재 완전히 끈이 끊어져 버렸으므로 의지할 수 없다. 으~음, 설령 우정을 이용당하고 있을 뿐이었다고 해도, 역시 가엔 씨와의 커넥션을 끊어 버린 것은 실수였나.

히타기의 게에 대처했던 알로하는 지금쯤 어디를 방랑하고 있을까… 오노노키의 주인인 카게누이 씨의 연락처는 아는 듯하면서도 알지 못하고, 설령 알고 있더라도 그 사람은 가능하면 이쪽에서 어프로치하고 싶지 않은 폭력 음양사다.

카이키? 누구냐, 그건.

애초에 전문가에게 의뢰하려고 한다면 그에 맞는 액수가 필요하므로, 아르바이트도 하지 않고 부모님의 송금만으로 생계를 꾸리고 있는 대학생에게는 선택하기 어려운 선택지다. 그에 맞는 액수는 내 분수에 맞지 않는 액수인 것이다. 500만 엔의 빚을 지는 것은 이제 지긋지긋하다. 장학금도 아닌데.

다만, 결코 사면초가인 것은 아니다. 성가시고 핍박한 상황을 타파하기 위한 활로는 이미 찾아냈다. 거의 처음부터. 그렇기에 나는 폭스바겐 뉴 비틀을 몰고 고향 마을로 돌아가는 것이다. 그곳에 남겨 두고 온 자신의 내면과 마주하기 위해서. 아니, 내면이 아니라 표리일체의 이면이라고 말해야겠지….

그렇다.

아라라기 코요미의 이면, 오시노 오기다.

"카캇. 격투 끝에 졸업했다고 생각했어도 어디까지나 마냥 따라다니는구먼, 그 암흑은. 안 그러냐, 내 주인님아?"

그렇게.

문득 옆을 보니 뉴 비틀의 조수석에, 정확히 말하면 뉴 비틀의 조수석에 설치한 차일드 시트에 금발 유녀가 몸을 뒤로 젖히고 으스대듯 진좌하고 계셨다. 전 철혈이자 전 열혈이자 전 냉혈의 전 흡혈귀, 똑같은 오시노이지만 한끝 다른 오시노 시노부의 행차시다.

아무리 잘난 듯이 으스대고 있어도 앉아 있는 자리는 왕좌가 아니라 차일드 시트이지만, 그 불손하고 건방진 태도에 나는 내심 안도하며 가슴을 쓸어내렸다.

이 상황에서 시노부까지 나에게 사과하기 시작하면 슬슬 나의 멘탈이 버티지 못한다. 그 봄방학에 나의 피를 빨아서 죄송하다는 말을 들으면, 일반적인 흡혈귀의 스타일을 따라 자살하고 싶어질 거라고. 흡혈귀 비스무리한 존재인 나까지.

"흥. 무용한 걱정이다. 나는 지금까지 누구에게도 고개를 숙인 적이 없어. 괴이의 왕이니 말이다."

"그, 그랬던가…? 그 봄방학에, 피를 빨기 전에 '미안해요'라고 엄청 많이 말했던 것 같은데."

"내가 말하는 경우에 '미안해요!'는 미안하라는 명령형이니 말이야. '미안해라'라고 말했을지도 모르겠군. 내가 '잘 있느냐'라고 하면 '자리가 있느냐'고 묻는 것과 비슷한 거다. 그런 건 사과한 것에 손톱만큼도 들어가지 않아."

"깜빡 실수로 세상을 멸망시켰을 때도 상당히 많이 사과했던 것으로 기억하는데…."

"그것은 다른 세계의 사건이니 말이다. 무슨 일이었는지 전혀 생각나지 않는구먼."

장난치고 있는 것일지도 모르지만, 네가 기억하고 있지 않다는 말을 하면 그야말로 밀려오는 세월의 파도 때문에 기억하지 못한다는 말 같다고… 실제로 600살이니 말이야. 다만 그것을 세세하게 지적했다가 언젠가처럼 자기 뇌를 주무르며 휘저어도 곤란하다. 나는 마이카의 내부는 깨끗하게 유지하고 싶은 성격이다.

도넛도 차 안에서는 먹게 하지 않는다.

"하지만 내 주인님도 매정한 남자로고. 슬프구먼. 도움이 필요하다면 우선 가장 먼저 평생의 파트너인 나에게 요청하는 것이 도리일 터인데."

잘도 말한다.

지난번에는 얼굴도 비치지 않았던 주제에.

"내가 서투르니까 너도 서투를 거 아냐. 이런 멘탈적인 현상에 관해서는. 네가 나에 대해 사죄회견을 여는 게 아닐까 하고, 상당히 진지하게 걱정하고 있었다니까?"

"카캇. 그 말을 하자면 네놈에게도 같은 걱정이 있을 터인데. 내 걱정을 하고 있을 상황이냐? 경솔하게 고향으로 돌아갔다가, 네놈이 소녀나 동녀나 유녀나 누이에게 해 왔던 일을 후회하기 시작한다는 가능성은 제대로 상정하고 있느냐?"

"무슨 얘기야? 그런 건 전혀 기억이 없어. 증거는 있어?"

"밀려오는 세월의 파도 때문은 고사하고, 그냥 중범죄자의 말투가 되어 있다. 징역 600년이다."

다만, 듣고 보면 지적하시는 대로 언제까지 농담을 주고받고 있을 수 있을지는 현재 불명이다. 오이쿠라 덕분에 뭔가 이상한 사태가 발생했다는 것은 확신할 수 있었지만, 현재 상황의 원인은 아직 보이지 않는 것이다. 문득 어느 순간 갑자기 내가, 혹은 시노부가 끝없는 죄업망상에 사로잡히지 말라는 법은 없다. 나와 시노부의 주종관계 따윈, 서로에게 사죄하지 않기로 적당히 타협하며 성립하고 있는 부분이 있으므로 그런 일이 발생하면 치명적이다.

또다시 세계가 멸망할지도 모른다.

"그 이야기를 하자면, 네 녀석이 의지하려고 꾀하고 있는 암흑녀도 지금 제정신일 것이란 법은 없다."

"오기는 원래부터 제정신이 아니잖아."

"사과해 올지도 모른다고. 작년에는 이것저것 계속 참견해서 실례가 많았습니다, 라고."

"그렇게 새해 인사 같은 사과를 받아도 말이지…."

마음에 걸린다고 하자면 마음에 걸리지만, 그러나 내가 괜찮은 동안에는 오기도 괜찮지 않을까 하고 생각한다…. 나와 오기가 표리일체인 이상은.

표리일체.

그렇기에 그녀에게 도움을 구하는 것이고… 표면이나 이면을 이야기하자면 오시노 오기는 그 분야의 엑스퍼트다. 다른 세계 이야기를 하자면, 언젠가 '거울 세계'에 길을 잃고 들어갔을 때도 결과적으로는 오시노 오기에게 구조 받은 것이나 마찬가지인 상황이었으니까.

"그때의 기운 넘치고 발랄한 명랑 캐릭터였던 리버스 오이쿠라도 어지간했지만, 사죄하는 오이쿠라는 진짜로 눈 뜨고 못 볼 꼴이었다고… 어떻게 해서라도 제정신으로 돌아가서 나를 매도해 주지 않으면 모처럼 이사한 보람이 없어."

"내가 전부터 말하고 있던 것처럼, 우선 네놈이 사과해라. 그 제네릭녀에게."

"오이쿠라를 제네릭*이라고 부르지 마. 그 녀석은 히타기의 염가판이 아니야."

그때와 달리 전체가 뒤집힌 것이 아니라는 점도 주시해야 할

포인트다… 세계 전체라는 의미에서도 그렇고 개인 수준으로도 그렇다.

센조가하라 히타기도 오이쿠라 소다치도, 끊임없이 사과해 온다는 한 가지 공통점을 제외하면 거의 통상운전이었다고 말해도 좋다… 다만, 사죄가 하이웨이 주행이었을 뿐이다.

"하이웨이라고 할까, 이미 독일의 고속도로 같은 기세였지. 뭐였더라, 그거… 번 아웃?"

"아우토반이다. 번 아웃이면 다 타 버린 것이지 않느냐."

"실제로 다 태워 버리나 생각했어. 숯도 재도 남지 않을 정도로 바슬바슬하게. …아아, 하지만 '거울 세계'로 말하면, 저쪽에서는 너, '아름다운 공주'였지."

"흐흥. 지금도 아름답기는 하지만 말이다."

블론드 헤어를 쓸어 올리는 시늉을 해 보이는 시노부였다, 차일드 시트에서.

뭔가 부족한 느낌이 채워지질 않네. 안전벨트는 잘 채워 놓았는데.

"공주가 노예가 되었을 뿐이다. '아름다운 노예'라고 불러 줘도 상관없다. 그게 왜?"

"히타기가 죽고 싶다는 말을 입 밖에 냈을 때에 기억났는데, '아름다운 공주' 상태의 너는 너무 고귀해서 배알하는 자 전부에

※제네릭(generic) : 특허기간이 만료되어 자유롭게 제조할 수 있는 의약품. 흔히 카피약이라고 부른다.

게 열등감을 품게 만들어 '살아 있는 것이 미안한 기분'이 들게
했었지?"

앞서 이야기했던 대로 나는 이 현상에 관해서 시노부의 협력
은 없는 편이 낫다는 생각까지 하고 있었지만, 이렇게 나와 준
이상, 그 부분만은 분명히 해 두는 편이 좋을지도 모른다…. 죽
고 싶다는 히타기의 말은 어디까지나 레토릭이라고 생각하지만,
실제로 '거울 세계'에서 '아름다운 공주'를 앞에 두고 스스로 목
숨을 끊으려고 했던 나로서는 최악의 상황을 상정해 두고 싶다.

보이스카우트적으로 말한다면 '항상 최악에 대비하라'다.

"뭐냐. 이 일도 내가 범인이라고 말할 생각이냐? 이거야 원,
정말 말도 안 되는 누명을 쓰게 되었구먼. 좋다, 체포해 봐라.
어차피 금방 풀려나겠지만."

"너야말로 중범죄자의 대사라고. 무슨 특권계급에 속해 있는
듯한."

뭐, 그것도 그런가.

특권계급이고 뭐고, 공주인걸.

왕이기도 했다.

"허나 공주 시절은 거의 600년 전인 진짜로 옛날 일이니까,
확실치 않다. 게다가 그것은 괴이 현상은 아니었어."

"그랬던가?"

"내가 흡혈귀가 되기 이전의 특성이었으니 말이야. 나는 오히
려 그 특성을 상실하기 위해, 키스샷 아세로라오리온 하트언더
블레이드가 되었다… 는 기분이 들기도 하고, 아닌 것 같기도

하고…."

진짜로 기억이 오락가락하잖아.

하지만, 그렇게 말하고 보니 그랬다…. 까딱 긴장을 풀었다간 언젠가 하네카와가 알려 주었던 흡혈귀 스킬 중 하나인 '매료'와 엉망진창으로 뒤섞여 버릴 것 같지만, 그 '살아 있어서 죄송합니다'는 히타기나 오이쿠라의, 혹은 남친 군의 사죄공세와는 비슷하면서도 다르다.

그렇다기보다, 똑같으면 곤란하다.

"요컨대, 그것은 괴이로서의 특성이 아니라 인간으로서의 스킬이라고? 그렇다면 이런 가설이 생겨나네. 즉, 나나 메니코의 인간력이 주위에 영향을 끼친다고 하는…."

"하!" "하하!" "하하하!" "하하하하!" "하하하하하하!"

"흡혈귀 웃음."

나도 내가 말해 놓고도 웃음이 나와 버렸지만… 메니코는 상당히 독특한 괴짜고 그러면서도 인기인이지만, 그래도 공주 클래스냐는 말을 들으면 그 정도로까지 카리스마를 요구할 수는 없을 것이다.

나에 이르면 말할 것도 없다.

말하고 싶지도 않다.

카리스마? 하이 서머인 줄 알았다고.

"하이 서머도 딱히 네놈답지는 않지 않느냐. 오히려 한겨울이다."

한바탕 웃은 시노부는 숨을 고른 뒤에 그렇게 딴죽을 걸고(급

속냉동이냐),

"나도 확실하게 뭐라 말할 수는 없지만, 네놈이나 네놈의 친구도 포함해서 살아 있는 인간의 짓 같지는 않군. 네놈의 추측대로, 살아 있지 않은 괴이의 소행이라고 보는 편이 적절하겠지. 힘이나 힘으로 밀어붙이는 것이 통하지 않는, 살아 있지 않은 괴이가 말이다. …다만, 살아 있는 인간이 살아 있지 않은 괴이를 사역하고 있을 가능성은 남지만."

그렇게 자신의 소견을 이야기했다.

조건이 붙는다고는 해도, 일단은 나의 독단전행에 찬성해 주었다는 느낌인가… 든든하네. 뭐, 나와 시노부가 일치단결했을 때는 잘못되는 일도 많으므로 여기서 자기비판을 느슨하게 할 수는 없지만.

"그러면 '아름다운 공주'가 아닌 '괴이의 왕'으로서 짚이는 건 없어? 이런 식으로 멘탈에 작용하는 괴이란 게 있나?"

"나는 미식가는 아니었으니 말이다. 에너지의 근원이긴 했지만, 특별히 괴이의 베리에이션에 대해 자세히 아는 것은 아니다. 영양소의 대략적인 분류밖에 하지 못해."

"하지만 '카코이 히바치囲い火蜂'에 대해서는 알려 주었잖아."

그것은 육체에 작용하는 괴이, 였던가? 아니, 플라시보 효과라는 의미에서는 정신에 작용하는 괴이인가… 근본적인 면으로 보면 사기 같은 것이었고.

"그것은 알로하 애송이에게 배운 지식에 불과하다. 속담에서 나오는 서당 개 같은 거다. 지금, 이렇게 네놈의 그림자에 속박

되어 있는 것처럼 그 학원 옛 터에 속박되어 있었을 때에 강의를 받았다."

"아아, 그러고 보니 그랬던가. 쿠자쿠짱 때도 전해 들은 지식이었지."

"그것도 이미 많이 잊었다. 지금 갑자기 '카코이 히바치'라고 영문 모를 소리를 들어서, 아주 어리둥절하고 있다."

도움이 되지 않는 기억력이네…. 의외로 시시루이 세이시로에 대해서도 정말로 잊고 있던 게 아닐까, 이 녀석은.

오래 사는 건 할 짓이 못 되는구나.

살아 줬으면 하지만.

다만 알로하의 가르침에 대해서는 둘째 치고, 잊지 않으면 살아갈 수 없는 것도 많이 있겠지…. 그것은 죄이기도 하고, 죄악이기도 하다.

피해와 가해.

가해자 쪽은 잊어도 피해자 쪽은 잊을 수 없다… 잊는 쪽은 잊을 수 있어도, 잊히는 쪽은 잊을 수 없다, 인가? 그렇다면 역시 '알로하 애송이' 오시노 메메의 조카, 오시노 오기에게 기대를 걸 수밖에 없는데… 그녀 자신은 결코 괴이의 오소리티가 아니지만, 그러나 이것은 명백히 그 애의 장르이니 말이야.

좋아하는 메뉴라고도 말할 수 있다. 어쨌든 오시노 오기는 나를 정신적으로 몰아붙이는 것이 취미 같은 멘탈리티의 후배였으니까.

정신공격은 장기 중의 장기다.

"……"

과거에 '아름다운 공주'였던 시노부를 정말로 의심하고 있던 것은 아니지만, 오기가 이 건의 흑막이라는 가능성은 실제로, 나름대로 높지?

그렇게 되면 이렇게 고향 마을을 향해서 자동차를 몰고 있는 것은 불 속으로 뛰어드는 불나방 같은 짓이겠지만, 그 밖에 이렇다 할 방법이 없는 것도 현실이다. 졸업을 목전에 두었을 무렵에 일단 결판을 냈다고는 생각하지만, 최대한 주의를 기울이지 않으면 어마어마한 리벤지를 당하게 될지도 모른다.

뭐, 옛 후배에게 선배 행세를 하는 것처럼 되지는 않는다는 이야기다. 면회를 하려면, 하다못해 각오를 확실히 해 둬야만 한다.

"그렇다고는 해도… 본가에 돌아가더라도, 일단 오기와 만나는 것부터가 어렵지. 그 애, 어디에 살고 있는지부터가 엄청 수수께끼니까."

현재 오기는 나오에츠 고등학교의 2학년생이니까, 여차할 경우 모교를 방문하면 목적을 달성할 수 있겠지만, 고등학교 생활의 대부분에 그다지 유쾌한 기억이 없는 졸업생으로서는, 그 땅에는 되도록 가까이 다가가고 싶지 않다는 것이 본심이다.

그 부분은 전혀 고려하지 않고 있었는데, 그러면 어떡해야 할까. 이해를 초월한 현상이 일어난 지금, 개인적인 고집을 부리고 있을 때가 아니라는 것도 틀림없고….

그러므로 여차하면 그것도 불사하겠지만, 그 전에 쓸 수 있는 방법은 제대로 써 두자. 나의 이면이라고 말은 했지만, 지금 현재 오시노 오기는 또 한 명의 내 후배, 나오에츠 고등학교의 슈퍼스타이자 농구부의 전 에이스 칸바루 스루가와 가까이 지내고 있음을 간과해서는 안 된다. 과거 원숭이에게 소원을 빌었던 소녀에게 다가가서, 뭐, 이것저것 참견을 하고 있다.

요컨대 내비게이션은 칸바루 가의 주소를 입력하는 것이 타당하다. 생각해 보면 오기와 마지막으로 만난 것도 칸바루 가의 문 앞이었으니, 가는 김에 오래간만에 귀여운 후배의 방이라도 청소해 볼까.

014

"다만… 그러는 편이 용서하기 쉽다면, 설령 악의 있는 고의였다고 해도 그럴 생각 없는 과실로서 사과하는 편이, 코스트 퍼포먼스가 좋지.

"합리적이라고 할까.

"합법적이라고 할까.

"좋을 거라고 생각했던 척을 하는 게 좋을 거라고 생각해서, 라는 걸까?

"아니, 그런 건 그냥 거짓말이 아니냐고 말씀하시겠지만, 하지만 한번 생각해 보는 게 어떨까? 사죄를 받는 측의 피해자는, 내가 정직한 사람인 것보다도 내가 저지른 짓이 일부러 한 행동이 아니었다는 쪽을 바라지 않을까? …내가 인격자인 것보다도, 자신이 피해자가 아니기를 바라고 있는 게 아닐까?

"나라면 그럴 거야.

"피해자 본위로 생각해 줬으면 좋겠어.

"그럴 생각은 없었다, 도저히 믿을 수 없겠지만 운이 나빠서 어쩌다 우연이 겹쳐 그런 일이 일어난 거다, 라고 말해 주는 편이 보란 듯이 잘못을 인정하는 말을 듣는 것보다 의외로 속이 후련할지도 몰라.

"나는 나쁘지 않다, 나는 잘못하지 않았다고 생각하는 것과 마찬가지로, 아무도 나쁘지 않다, 아무도 잘못되지 않았다는 세계관 속에 있고 싶은 것일지도. 거짓말을 하고 있다고 어렴풋이 알아차렸으면서도, 그것을 특별히 지적하지는 않고 새침한 얼굴로 너그럽게 용서한다는 것이 어른의 처세술이겠지.

"누구의 잘못도 아닌 실수.

"나쁜 사람은 없다.

"어떤 의미에서, 줄줄 늘어놓는 변명을 마냥 듣게 되는 것보다는 타협하기 쉬운 구실을 내밀어 주는 편이 화를 내고 있는 쪽도 편해지니까, 그 타협점을 제공하기 위한 거짓말을 하는 것은 결코 악행이 아니야.

"뭐, 이렇게 말하고 싶은 참이지만, 그것도 경우에 따라서 다르고 그 빤한 거짓말이 들통 나면 그냥 꼴사나운 자기변호가 될 뿐이니 보다 강한 불쾌감을 사게 되는 것도 사실… 당신에게 좋

을 거라고 생각해서 용서하기 쉬운 거짓말을 한 거라고 말해 봤
자 역효과일 뿐이겠지.

"피해자 본위는 고사하고 자기 본위.

"그 리스크를 생각하면, 온갖 수단을 동원할 것 없이 처음부
터 정직하게 사과한다는 것도, 단 하나뿐이지는 않더라도 깔끔
한 방법*이라는 얘기야. 나는 추천하지 않지만.

"사죄의 목적을 어디에 두는가에도 달렸어.

"상대를 편하게 해 주기 위해서인가.

"자신이 편해지기 위해서인가.

"상대를 괴롭게 만들기 위해… 사죄를 거듭하는 케이스도, 이
따금씩 보여.

"사죄를 거듭하는 것으로, 죄를 거듭 쌓는다.

"겹겹이, 무겁게.

015

"오! 아라라기 선배님이잖습까! 우와아, 오래간만이네요! 여
전히 잘생기셨네요, 극락조인 줄 알았다고요! 일부러 집까지 찾
아와 주신 건가요? 자, 자, 자기 집이라고 생각하고 들어옵셔,

※단 하나뿐이지는 않더라도 깔끔한 방법 : 제임스 팁트리 주니어의 소설 『단 하나뿐인 깔끔한 방
법(The Only Neat Thing to Do)』의 제목에서 따온 표현. 국내에는 『마지막으로 할 만한 멋진 일』로
소개되었다.

편하게 쉬시라고요!"

　말해 두겠는데 결코 나의 귀여운 후배인 칸바루 스루가의 대사도, 하물며 나의 귀여운 분신인 오시노 오기의 대사도 아니다.

　본가의 주차장에 뉴 비틀을 세우고 여동생들과 잠깐 이야기를 나눈 뒤에 걸어서 칸바루 가로 향했던 나를, 광대한 일본식 저택의 현관에서 맞이해 준 사람은 (참고로 시노부는 다시 그림자 속에 잠기게 했다. 그 금발 유녀는 칸바루를 아주 꺼리고 있다) 누구겠는가, 히가사 호시아메였다.

　아니, '누구겠는가'라니, 누구냐고.

　너, 몬스터 시즌이 된 뒤로 계속 나오고 있는데, 딱히 인기 캐릭터도 아니잖아. 지금으로서는 반향이 없다고, 너에게.

　"괜찮아요, 괜찮아. 인기 같은 건 없는 편이 마음대로 쓸 수 있어서 좋잖아요. 이야~ 루가가 집을 잠깐 봐 달라고 해서 가볍게 떠맡기는 했는데, 슬슬 지루함을 주체 못 하겠다 싶었을 즈음 뜻밖에 아라라기 선배님과 만나서 완전 대박이라고요, 저는."

　잠깐 만나지 않은 사이에 날라리처럼 변했다.

　전에는 이런 말투를 쓰지는 않았잖아.

　체육계열 분위기의 농구부원이었을 텐데… 아아, 하지만 오래전에 은퇴했고, 이러쿵저러쿵하며 동아리 활동에 고개를 들이밀고 있었던 것은 이런저런 문제가 이어졌기 때문이었지.

　그것에 일단락이 난 것으로 인해 긴장이 풀렸는지도 모른다…

긴장이 풀렸다고 할까, 족쇄가 풀렸다고 할까.

하지만 수험생이잖아.

새해가 되었으니까 이제부터가 메인 게임이잖아.

"아, 하지만, 실은 머리가 좋은 캐릭터이기도 했던가? 히가사도."

"아뇨? 전혀? 엄청 바본데요."

오히려 믿음직스럽네, 어쩐지.

생각지도 못한 이론으로 ABC 추측을 해결할 것 같다.

"아니 그게요. 저는 막판 스퍼트를, 몰아치기를 슬슬 준비해야 할 시기에 정신적으로 구석에 몰려 버렸거든요. 뚝 하고 마음이 꺾여 버린 거죠. 연말에 있었던 오픈 캠퍼스도 전부 취소했어요. 오픈 캠퍼스에 마음을 닫아 버린 겁다."

재치 있는 말장난을 했지만, 그런 소릴 하고 있을 상황인가?

오픈 캠퍼스… 우리 대학도 하고 있었던가?

"저기, 그, 칸바루는? 잠깐 빈집을 지키고 있다고 말했는데… 가족여행 같은 거야? 고등학교는 아직, 겨울방학이던가?"

"아뇨, 루가는 평소대로 오기 군하고 외출을 나갔슴다. 미라가 어쩌고 공양이 어쩌고 하면서. 다만 할아버지와 할머니가 정월 기간에는 본가에 머물러야만 한다는 말씀을 하셨던 것 같기도?"

"본가?"

이렇게 번듯한 저택이라서 여기가 본가 같은 분위기였는데, 더욱 큰 집이 있다는 걸까… 손녀인 칸바루가 그 '가족여행'에 동행하지 않은 것은, 원래 후계자였던 아버지가 야반도주한 끝에 낳은 아이라는 사정이 있으니까… 이웃집 가정은 복잡하군.

우리 집이 심플하다는 생각이 들기 시작한다.

"그래서 루가도 혼자 있으면 심심할 거라며, 이렇게 제가 죽치고 있으면서 공부방을 빌려 쓰고 있던 검다. 뭐, 저는 공부는 어른이 된 다음에 하면 된다고 생각하는 타입이라서, 그냥 뒹굴뒹굴하면서 텔레비전을 보고 있을 뿐이었지만요."

유유자적하게 지내고 있구나, 자기 집이란 마음으로.

그릇이 엄청 큰 후배다.

그러고 보니 나의 본가에서도 마음 편하게 행동하고 있었지, 이 아이는… 대학 생활 중에도 생각했는데, 정말 세상에는 다양한 인간이 있네. 고등학생 때에 그 사실을 깨달았더라면 좋았을 텐데. 3년 중에 2년 이상을 손해 본 기분이다.

"자, 그렇게 되었으니, 루가에게 뭔가 볼일이 있는지는 모르겠습다만, 아라라기 선배님, 들어옵셔, 들어옵셔. 슈퍼스타는 곧 돌아올 테니, 한동안 이 소행성과 놀아 주시라고요. 지금이라면 아직, 제가 직접 만든 블루베리 바나나 피치 멜론 머핀이 남아 있다고요!"

"과일의 비율이 생지보다 많지 않아, 그 머핀?"

그것이 어떠한 맥거핀macguffin이라고 한다면 참으로 기분 나쁜 복선이다… 그러나 슬슬 나도 방문하기 전에 연락을 하는 버릇을 들여야겠네.

우연한 만남, 필연적인 만남에만 의존하니까 이런 준準 레귤

러와도 인카운트하게 되는 것이다. 어쩔 수 없다. 지금의 오기의 우선순위는 나보다 칸바루가 높은 것이다.

오기가 나만 상대해 준 시절의 끝을 뜻밖의 형태로 체감하면서, 아라라기 코요미는 날라리처럼 변한 여자 고등학생이 청하는 대로 잘 아는 남의 집에 들어가는 것이었다.

묘사해 보니, 하고 있는 행동은 어느 방면으로 봐도 거의 범죄자다. 다만 결코 생각 없이 상황에 떠밀려 가고 있는 것이 아니란 점은 제대로 적어 둔다.

남자는 헤어진 지 사흘이 지나면 눈을 비비고 다시 봐야 할 정도로 달라진다는 옛말이 있는데, 내가 고향을 떠난 지 고작 몇 달 만에 히가사는 (입시 스트레스 때문인가?) 날라리로 변해 있었다. 하지만 그렇기는 해도, 나에게 사과해 오지는 않았다.

애초에 히가사에게 사과받을 만한 일은 당하지 않았지만, 그 이야기를 하자면 히타기에게도 오이쿠라에게도 당하지 않았으니⋯ 기묘한 사죄 붐의 마수는 적어도 나의 고향 마을까지 뻗지는 않은 것이다.

하지만 문 앞에서 나누는 대화만으로 판단하는 것도 조금 섣부른 감이 있다. 조금 더 떠보며 눈치를 살피고 싶다⋯ 말하자면, 전문가가 말하는 필드 워크다.

샘플 조사라고도 말해야 할까.

랜덤한 만남이었기에 가능한 일이다. 사실을 말하자면, 본가에 들렀을 때에 여동생을 상대로도 이미 시행했던 분석이다.

그냥 찰싹 엉겨 붙어 장난만 치고 온 것이 아니다.

여동생과 엉겨 붙어 장난친 것에는 이유가 있다. 필연성이.

너희들, 나에게 뭔가 사과해야만 하는 거 없냐? 라고 두 여동생, 카렌과 츠키히를 힐문했지만, 그러나 호박에 침주기라고 할까 겨에 못 박기라고 할까, 두 사람 다 전혀 짚이는 것이 없는 듯했다.

다만, 쌀겨를 발효시켜 만든 일본식 장아찌 밑절미에 녹슨 못을 넣는 것은 올바른 방법이라고도 할 수 있으므로 호박에 침주기와 나란히 이야기하는 것은 의미적으로 이상하다고 메니코라면 지적할 국면일지도 모르지만… 어쨌든 그렇게 되어 그냥 장난친 것으로 끝났다.

본가를 떠나 있던 만큼 신나게 엉겨 붙어 장난쳤다.

"그러니까 네놈이 사과해라. 대학생이나 되어 가지고 누이와 찰싹 엉겨 붙어 장난치고 있었던 것을."

"사과하지 않아. 오히려 칭찬해 줬으면 좋겠다고 생각하고 있어. 전성기의 나였다면, 여동생과 엉겨 붙어 장난치는 것에만 100페이지를 사용했을 상황이라고."

"징그러운 전성기로구먼. 발정기 아니냐."

자제력이 발동되었다기보다는 2020년대의 컴플라이언스적으로 커트되었을 뿐인 것 같다는 기분도 들지만, 뭐, 그런 대화도 있거나 없거나 하긴 했지만.

어쨌든 고등학생이 된 카렌이라면 몰라도 츠키히가 나에게 사과하기라도 했다면, 나는 흡혈귀의 불사성도 헛되이 쇼크로 죽고, 오랜 세월에 걸쳐 애독해 주셨던 이야기 시리즈도 드디어

종언을 맞이했겠지만 (오이쿠라보다도, 시노부보다도 절대 사과할 것 같지 않은 여동생이다. 사과하라는 말을 들으면 화를 낼 정도로 괴팍하다… 그건 거의 신념이다) 이 상황에서 히가사도 이상이 없는 것 같다면 현재 나의 고향 마을은 거의 세이프티 에어리어라고, 거의 판단해도, 거의 좋다.

거의의 삼단 중복.

반대로 말하면, 위험수역인 것은 마나세 대학이다.

현재 괴이 현상이 일어나고 있는 범위는 대학 내에 한정되어 있다. 남친 군도 히타기도 오이쿠라도 마나세 대학의 학생이다. 나나 메니코처럼 이상이 일어나지 않은 학생도 있으니 이것도 어디까지나 가설에 지나지 않지만… 우리는 예외일까, 아니면.

히가사를 대상으로 한 카운슬링은 어디까지나 돌발적인 샘플링 조사일 뿐이지만, 사실 이것은 상당히 중요한 청취이기도 한데, 만약 고향 마을이 세이프티 에어리어라면 오기에 대한 용의가 8할 정도는 걷혔다고 말해도 되기 때문이다.

8할 정도라도 경사스럽다.

지금은 칸바루에게 찰싹 붙어 다니는 오기가 멀리 떨어져 있는 나에게 얽매여 있다니, 자의식 과잉이었는지도 모르지만… 그럴 경우, 협력을 받을 수 있을까 하는 걱정이 생긴다.

뭐, 그 부분은 나중에 생각하자.

우선은 히가사다. 나의 취조 테크닉을 마음껏 발휘해서 어슬리트에서 방침을 변경해 날라리로 변한 그녀의 정신성을 구석구석까지 폭로하도록 하자.

실오라기 하나 남기지 않고 까발려 주겠어.

…2020년대의 컴플라이언스적으로는, 이런 표현도 안 되려나?

"자, 자, 어서요, 어서. 지금 앉을 곳을 마련할 테니까요. 죄송하네요~ 우리 루가가 방을 이렇게 어지럽혀 놔서."

"…이거, 절반 정도 히가사가 어지럽힌 거 아냐? 무참히 찢겨 있는, 새것으로 보이는 참고서나 사전 같은 게 여기저기 보이는데."

참고서는 그렇다 쳐도, 사전이 찢길 수 있는 물건이었나?

원숭이 손도 아닌데?

"헷헷헷. 농구로 단련된 근력이 활용되었습죠."

"뇌를 단련하라고, 아가씨."

누가 어지럽혔다고 해도, 고작 몇 달 동안 오지 않은 것만으로 칸바루의 방은 이미 그림으로 그릴 수 없을 정도로 엉망이 되어 있었다.

쓰레기집 한 채 분량의 쓰레기가 방 하나에 채워져 있다고 말해야 좋을까, 아니면 나쁠까. 일본식 다다미방인데 바닥의 다다미가 전혀 보이지 않고, 장지문도 대들보도 천장 부근이 살짝 엿보이는 정도였다. 쓰레기를 버려라, 물건을 줄여라, 사용하면 원래 자리에 돌려놓으라고 그렇게나 입에 침이 마르도록 말했는데, 고향을 떠날 때에 그 녀석에게 빗자루와 쓰레받기를 선물했었는데 선배로부터의 노파심이 전혀 전해지지 않았다. 여차하면 빗자루도 쓰레받기도 지금은 방 어딘가에 파묻혀 있겠지.

"옛날에는 도라에몽의 비밀 도구 중에서 대나무 헬리콥터가

제일 갖고 싶었는데요, 지금은 '암기빵*'을 갖고 싶네요."

"나는 옛날부터 지금까지 일관되게, 악마의 패스포트*를 갖고 싶어."

"사악함이 줄줄 흘러나오고 있다고요, 아라라기 선배님. 차라리 지구 파괴 폭탄을 갖고 싶다고 말하는 어린아이 쪽이 건전하겠어요."

사악함이 줄줄 흘러나오고 있는 아라라기 선배님은 물 흐르듯이 방의 청소를 시작했지만, 이것은 어디까지나 겸사겸사다. 칸바루와 오기가 돌아오기 전에 히가사에 대한 인터뷰를 끝마쳐야 한다.

"머핀과 함께, 뭔가 음료를 드시겠습까? 아라라기 선배님. 이 부근에 있는 페트병, 아직 들어 있는 게 남아 있거든요? 이야~ 루가의 방은 보물의 산이네요."

"칸바루는 그래도 쓰레기는 쓰레기라고 알고 있었어. 너의 타락은 멈출 줄을 모르는구나. 체육계열이 해이해지니까 정말 눈 뜨고 볼 수가 없다고…."

솔직한, 그리고 슬픈 감상일 뿐이었지만, 그러나 탐문조사를 시작할 계기로서는 나쁘지 않았으므로 나는 그대로 이렇게 말을 이었다.

"…미안하다고 생각하지 않아? 그런 꼴이라. 나에게."

※암기빵(暗記パン) : 도라에몽의 비밀 도구 중 하나. 빵을 종이에 찰싹 붙이면 내용이 빵 표면에 그대로 찍히는데, 그 상태로 먹으면 찍혀 있는 내용을 기억할 수 있다.
※악마의 패스포트 : 도라에몽의 비밀 도구 중 하나. 그 어떤 나쁜 짓을 저질렀더라도 이것을 제시하면 용서받을 수 있다.

"왜 아라라기 선배님에게 미안하다고 생각하나요? 저의 이 꼴을."

쓰레기 침대에 누워 뒹굴뒹굴하며 의아하다는 듯한 얼굴을 하는 히가사. 쓰레기 침대라는 말은 비유가 아니라, 침대가 쓰레기처럼 비스듬히 뒤집혀서 방에 세워져 있었기 때문이다.

"그야 엄마한테는 조금 미안하다고 생각하지만요."

아~ 그러고 보니 우리 집의 카렌도 한번 비뚤어진 적이 있었지~ 라고 그렇게 떠올린다. 비뚤어졌다고 할까, 중학교에 입학하고서 신이 났었다고 할까.

카렌은 엄마에게 야단맞고, 갱생했다.

야단맞았다고 할까, 두들겨 맞았지만… 만약 카렌이 그때 말썽 부린 것을 다시 어머니에게 사과하겠다고 말한다면… 뭐, 어쩐지 좋은 이야기 같기는 하다.

실제로 미안하다고 생각하고 있을 테고.

하지만 만약 어머니가 딸에 대한 폭력을 사과한다면, 그것도 좋은 이야기가 되는 걸까? 아마도 카렌은 더 이상 신경 쓰지 않는데, 그러기는 고사하고 맞은 것을 감사하게 생각하기까지 할 텐데… 그때 때린 것은 잘못이었다는 말을 들으면, 그 올곧은 여동생은 대체 어떤 기분이 들까?

다만, 그야말로 체육계열이라 체벌을 받으면서, 그렇지 않더라도 스파르타식으로 육성되어 왔던 세대가 '그것은 사랑의 매였다, 엄하게 지도받았기에 지금의 내가 있었다'라고 주장하는 것을 액면 그대로 받아들일 수 있는가 하면, 역시 어려우니….

나오에츠 고등학교의 여자 농구부는 그런 폭탄(동아리 활동 파괴 폭탄)을 안고 있어서, 슈퍼스타 세대가 빠져나간 뒤에 그것이 폭발했다.

"…여자 농구부는 그 뒤로 좀 어때? 수습되었다고 생각한 트러블이 또다시 재발하는 일은 없었어?"

"저하고 루가가 계속 주시하고 있으니까 지금은 괜찮습니다. 오히려 지금은 제가 후배들의 염려를 받고 있죠. 그러네요, 그것도 미안하다고 생각하고 있어요. 마지막에 이런 뒷모습을 보이게 되어서 미안하다고."

흐~음.

글쎄, 이 부분은 평범한 사과의 뜻처럼 생각되기도 한다. 내가 시노부에게 무슨 일이 있을 때마다 듣고 있는 딴죽처럼, 그것에는 정식으로 사과하라고 말하고 싶어지고….

"지금, 후배들은 입시의 공포에 질려 있습니다. 부들부들 떨고 있죠. 믿음직스러웠던 옛 캡틴을 이렇게나 타락시켜 버린 주입식 교육에."

"괜찮다면 내가 공부를 도와줄게. 수학 쪽이라면 다소는 가르쳐 줄 수 있을 거야."

"어이쿠, 매력적인 학습 계획이네요. 아라라기 선배님이 직접 친절히 가르쳐 주시다니. 루가가 질투하겠어요."

"그 루가 쪽은 어때?"

본론과는 좀 멀어지지만 막판 스퍼트를 해야 할 시기에 오기와 같이 돌아다니고 있다니 걱정이 된다. 작년 이맘때, 막판 스퍼트를 해야 할 시기에 뱀신과 놀고 있던 내가 걱정할 정도라는 건 정말 위험한 거라고.

"그 녀석은 이때다 싶을 때에 강한 여자예요. 자랑스러운 친구죠. 나오에츠 고등학교에도 노력과 근성만으로 붙었던 녀석이니, 타고난 그릇이 다르다고요, 우리 같은 보통 사람하곤."

완전히 자포자기해 버렸네….

내가 낙오자가 되었을 때에도 이런 느낌이었나?

'우리'라고 자연스럽게 한 묶음으로 취급받는 부분을 보면, 그랬었겠지만… 다만, 그 부분이 내 고향 마을의 귀여운 부분이라고 할까, 날라리 여고생에 관한 지식이 스테레오 타입에서 벗어나지 않아서, 비뚤어지건 불량해지려고 하건 이 정도가 어떤 종류의 한계 같다는 느낌을 부정할 수 없네.

중학생이 정의의 사자 노릇을 하고 있던 마을이니까 말이야… 사기꾼의 먹잇감이 될 만도 하다.

"저 같은 드롭아웃 팀, 많이 있다고요. 전혀 드문 일이 아니에요. 뭐, 기껏해야 대학입시잖아요. 한동안 길거리에서 길거리 농구라도 하고 있을게요, 말썽꾸러기 초등학생하고."

"야, 고등학교 3학년이 초등학생하고 놀다니…."

그거, 나잖아.

진짜로 드물지 않네.

그건 그렇고 하던 이야기로 돌아가면, 이렇게까지 다양한 변모를 이룬 히가사도 남친 군이나 히타기나 오이쿠라 같은 변화는 보이지 않았다는 뜻이기도 하다. 이렇게 계속해서 증상이 없는 사례와 마주하고 있으면 역시 전부 내 착각이 아닐까 하는 기분도 들기 시작한다.

얻었을 확신이 흔들린다. 남친 군에 관한 이야기는 어디까지나 전해 들은 것이고, 생각해 보면 히타기나 오이쿠라의 기행도 늘 있는 일이라고 할 수 있는 게 아닐까?

"뭔가요, 아라라기 선배님. 최근에는 사죄가 마이 붐이심까?"

"마이 붐이라고 할까… 나의 붐은 아니지만."

역시나 나의 탐문조사에 의문을 품은 것일까, 사이비 날라리 여고생이 질문을 던지기 시작했다. 큰일이다, 적절한 핑계를 대야 하는데… 나의 싸움에 무고한 시민을 말려들게 할 수는 없다.

이미 상당히 손님을 말려들게 하고 있는 것 같기는 하지만,

"대학의 리포트 과제라서 말이야. 범죄 심리학 수업에서, 가해자의 피해자에 대한 사죄행위에 대해서 공부하는 중이거든."

그렇게, 나로서는 꽤나 재치 있는 핑계를 제출했다.

"헤에. 그러심까~? 어쩐지 어려워 보이는 걸 하네요, 대학은. 듣는 것만으로 두통이 느껴져요. 입시를 때려치우길 잘 했어요."

"포기하기는 너무 이르다고, 히가사."

"저는 아라라기 선배님이, 절대 사죄할 것 같지 않은 친한 지인 두 명 정도로부터 갑자기 연속으로 사죄라도 받는 바람에 당황해서 폭넓은 의견을 구하고 있는 줄로만 알았슴다."

너무 예리하잖아.

제대로 입시공부를 하라고, 그러니까.

아깝잖아~

나처럼 '사귀고 있는 동급생 여자친구와 같은 진로로 나아가고 싶으니까'라는 이유로 대학을 지망한 녀석도 있는데, 이렇게 교육기회를 놓쳐 가는 후배를 도저히 방치할 수 없다고.

하지만 제아무리 예민한 히가사도 소개는 고사하고 이야기한 적도 없는 메니코에 대해서까지는, 메니코가 사귀고 있는 남친 군에 대해서까지는 직감할 수 없었나.

그것이 가능하면 가엔 씨다. '뭐든지 알고 있는 누나', 가엔 선배님이다.

"네, 네. 하지만 알 것 같아요. 사죄란, 도가 지나치면 폭력이니까요."

"응? 사죄가 폭력?"

어딘가에서 들었는데.

그렇다, 메니코도 했었지, 그런 말.

"그 왜, 아무리 이쪽이 이론적으로 옳아도, 머리를 숙이고 바닥에 넙죽 엎드린 모습을 보게 되면 이쪽이 나쁜 사람 같다는 기분이 들게 되잖아요? 이론 문제가 아니라, 마음이 불편해진다고요."

아아, 말 되네.

피해와 가해의 표리가 더욱 뒤집힌다고 말해야 좋을까, '과잉 사과를 하게 만든다'라는 가해를 피해자가 가해자에게 뒤집어씌운다는 성가신 구성이 되는 것이다.

사과하는 행위로 피해자를 날조하는 것과 구조는 같다.

엄한 질책을 받았을 때에는 과잉 사죄를 하는 것으로 나무라는 사람을 입 다물게 만든다는 것은, 그렇다면 신선한 수법이라고 할 수 있을 것이다. 방어는 최대의 공격이라는 건가?

"제가 말하자면, 그렇게 이겨 봤자 카드모스의 승리*라는 기분이 들지만요."

"히든 보스의 승리? 뭐, 그럴지도. 그러고 보니 나도 여동생이 넙죽 엎드려 용서를 빌었을 때 같은 생각을 했었어. 그렇게 엎드려서 사과하는 건 폭력이라고."

"아라라기 선배님, 여동생을 바닥에 넙죽 엎드리게 한 겁니까…?"

"그래! 거봐, 내가 뭐랬어, 내가 악당이 되었다고!"

한 게 아니라 당한 거라고 주장하고 싶다… 참고로 그 엎드리기 뒤에 이야기 시리즈 최고의 명장면이 펼쳐지는 것이 해당부분이므로, 참조할 것…. 다만, 그때의 엎드리기는 사죄가 아니라 간원이었지만.

동경하는 슈퍼스타와 만나게 해 달라고 하는… 칸바루 선생님의 집에 와 있다 보니 나도 모르게 떠올라 버렸다고.

"그러고 보니, 내가 금발 유녀에게 엎드려 빌었을 때도 간원이었지… 그것은 내 쪽에서 적극적으로 했어."

"사죄는 고사하고, 바닥에 엎드려 빌기가 마이 붐이었던 시기

※카드모스의 승리(Cadmean victory) : 그리스 신화 속 카드모스의 이야기에서 유래한 말로 패배나 다름없는 희생이 큰 승리를 뜻한다.

가 있었슴까? 아라라기 선배님."

　날라리 여고생이 식겁했지만, 그런 말을 들으면 찍소리도 할 수 없다. 과거의 죄를 규탄당하는 기분이 든다. 엎드려 빌며 사죄할까?

　라는 말이, 지금은 개그로서 성립하지 않는다.

　요컨대 그게 사실일 테니까.

　"하지만 사죄가 폭력이라면, 용서하는 행위도 '내가 용서해 줬다'라는 느낌의 주도권 쥐기가 될 수도 있겠네."

　"저도 예전에 여자 농구부에서 투덜거리고 있던 무렵에는, 후배에게 설교 같은 걸 늘어놓았던 적이 있는데요. 지금 생각하면 좋은 시대였어요. 반성하지 않아도 순순히 사과할 수 있는 애는 많았어요. 이쪽도 그래도 괜찮다고 생각했었고."

　"괜찮다고 생각했었어? 반성하지 않았잖아?"

　"사죄는 일종의 의식이니까요. 형식이 유지되면 체제도 유지된다는 이론이니. 성의가 없어도 성의를 보여 주면 납득할 수 있는 겁다. 상황을 받아들이고 납득한다고 할까, 마음의 칼을 가만히 집어넣는 납도納刀라고 해야 할까요."

　농구 경기로 말하면, 시합에서 졌을 때는 아무리 속이 뒤집혀도 마지막에는 코트 중앙에 모여서 '감삼다!'라고 말하는 것과 마찬가지예요, 라고 말하는 히가사.

　"서로 '감사합니다'라고 말하는 거죠. 아하하, '미안합니다가 아니라 고맙다고 말할 걸 그랬다'라는 흐름, 영화에서 종종 보이는데요, 현실의 경우에는 '아니, 그런 건 됐으니까 제대로 사과해'라고 생각하기 마련이죠."

흠…. 사죄가 폭력이라는 말은 현실적으로는 극론이겠지만, 사죄가 일종의 의식이라는 말은 나의 가공의 리포트에 적어 두어도 괜찮을 것 같은 견식일까. 전쟁 뒤의 강화조약 같은 것으로 그것을 맺음으로써 간신히 종전을 맞게 되는 듯한.

남친 군, 히타기, 오이쿠라의 사죄공세는 언뜻 보기에는 패배를 인정하는 것 같으면서도 조약을 맺으려고 하지는 않았다…. 멸망할 때까지 싸울 생각에 가득 차 있다. 파멸적이고, 자멸적이고… 의식이라는 말은 그래도 과장일지 모르지만, 적어도 이들은 사죄의 매너를 무시하고 있었다.

자기중심이었다.

아무리 틀에 박힌 듯 보이더라도 선물용 과자를 지참하는 것에는 나름대로의 의미가 있을 것이다. 누구에게 사과하고 있는지 알 수 없는 사죄회견도, 일종의 목욕재계 같은 의식으로서 사회적 의의가 없는 것은 아니다. 설령 잘못했다고 생각하지 않더라도 잘못했다고 생각하고 있다는 느낌의 의태擬態를 해 준다면, 그것으로 어느 정도 속이 후련해지는 심리는 결코 이상심리가 아닐 것이다.

"머리를 박박 깎거나 바닥에 넙죽 엎드려서 사과하는 것이라면 몰라도, 할복까지 가면 이상심리겠지만요. 불합리하면 불합리할수록 그곳에 감정이 담겨 있다고 판정할 수 있다는 걸까요? 현실에서 사과하게 만드는 측이 거기까지 바라던 시절도 있으니, 일본은 참 굉장하네요, 방긋~"

"방긋~ 이라니. 웃을 수 없잖아."

아니, 실제로 웃을 수 없다.

만약 궁극의 사죄가 할복, 그게 아니더라도 어떤 종류의 자살 같은 행위라 한다면 이번 트러블의 종착점은 그곳이 되어 버린다…. '아름다운 공주'의 동화다.

할복에도 예법은 있지만….

"사죄의 작법을 알지 못하면 그냥 짜증 나는 녀석이 되어 버린다는 상태죠. 물론 할복이라든가 효수 같은 과잉 사죄를 요구하는 녀석이 있으니까 과잉 사죄를 하는 녀석도 있다는 측면도 있죠."

"효수도 사죄인가…."

범한 죄의 속죄로서 자신의 죽음보다 더한 것은 그쯤이 되는 건가… 할복은 사무라이의 명예였다는 일화도 있었지, 그러고 보니.

"목이 잘린 닭이 이리저리 뛰어다니는 모습을 보면 분노도 식지 않을까요?"

"분노가 식고 자시고 할 상황이 아닌데…."

그냥 등골이 서늘해진다.

"악역이 되어 버린다고 할까, 과잉 사죄를 받으면 과잉 사죄를 요구한 것처럼 되어 버리는 메커니즘이 관계를 수복하기는커녕 악화시키는 일도 있죠. 저는 꽤, 그런 트러블의 중재를 하게 되는 일도 많았는데요. 자주 사용한 건 적당히 타협하는 방법이었습다."

"응, 나도 금발 유녀하고는 적당히 타협하는 편이야."

"질척질척한 거 아닌가요? 그거. 아라라기 선배님, 매번 저를 식겁해서 뒤로 빼게 만들려고 하십다? 전 빼지 않는다고요. 지금까지 얘기한 건 후배를 상대로 한 에피소드지만, 대등한 관계인 루가와 싸웠을 때라면 가볍게 해결할 수 있어요. 제 쪽에서는."

"루가 쪽에서는?"

"그 녀석은 그런 녀석이니까, 거리낌 없이 솔직하게 사과하죠. 사과한 정도로는 자신의 가치가 떨어지지 않는다고 확신할 수 있는 녀석은 강하죠~ 사과하는 것으로 성장할 수 있는 녀석이라고요."

실제로는 원숭이에게 소원을 빌었던 것처럼, 지금도 오기에게 휘둘리고 있는 것처럼 칸바루의 멘탈에도 폭넓은 흔들림은 있지만, 그러나 그 녀석이 나 같은 놈보다 훨씬 뒤끝 없이 깔끔하다는 점은 분명하다. 무슨 일이 있더라도 한 번 합의하고 끝낸 일을 치근덕거리며 다시 문제 삼는 타입이 아니다.

점착질 스토커이기는 했지만 말이지.

"물론 저도 사과할 때는 깔끔하게 사과함다. 그 부분은 오해하지 말아 주셨으면 하네요. 루가의 농구화를 마냥 빌려 신고 있는 것은 지적받을 때마다 머리를 90도로 쭉쭉 숙이며 사과하고 있고요."

"그건 돌려줄 생각이 없을 뿐인 게…"

"하지만 루가의 소지품을 그 녀석의 비공식 팬클럽 '칸바루 쇠

르'에 유출시켜서 용돈을 벌고 있던 것에 대해서는 아직 사과하지 않았어요."

"나빠! 그쪽을 사과하지 않으면 우정에 균열이 생길 거야."

"하지만 미묘한 부분이라, 사과하는 편이 균열이 갈 것 같거든요. 사죄하면 죄를 인정한다는 이야기가 되니까요. 반대로 사죄만 하지 않으면, 죄는 존재하지 않았던 게 되는 거죠."

굉장한 역설이네. 역발상이라고 할까.

그러나 윤리관은 일단 치워 두고, 합의한다는 결과에 이르지 않음으로써 싸움이라는 경과나 죄라는 원인을 없었던 일로 만든다는 수법은 나름대로 유효한 것처럼 생각되기도 했다. '사과할 일 따윈 아무것도 없어'라든가, '용서할 일 따윈 하나도 없다니까' 같은 대사는, 관대한 행동인 것 같으면서도 실은 발생한 문제로부터 눈을 돌리고 있을 뿐인지도 모른다.

'듣지 않았던 걸로 해 버리죠'다.

나와 시노부가 그런 상황이라고는, 역시나 인정하고 싶지 않지만….

"루가하고는 알고 지낸 지 너무 오래되어서, 섣불리 사과했다간 다른 문제로 인해 연속적으로 화를 낼 우려도 있어요. '이번이니까 말해 두겠는데'라면서 말을 꺼내 놓고, 지금 그건 상관없잖아! 라는 기분이 드는 말을 해 오는. 이때라는 듯이 평소의 울분을 마구 쏟아 내서, 사과한 사실만으로는 끝나지 않을 리스크가 있으니까 경솔한 사죄는 위험해요."

그렇구나.

그 점에 한정해서만 잘못을 인정한다, 라는 것도 어렵구나….
평소의 불만이 분출할 계기가 될지도 모른다. 전쟁을 시작하게
되는 이유가 될지도 모른다.

"그렇게 생각하면 사죄도 밸런스네. 비대칭성… 가해자가 사
과하려고 해도, 그런 식으로 피해자가 사과를 받아 주지 않는
케이스도 있고…. 내가 자주 들었던 것은 '사과하지 않아도 되니
까, 다음번에는 제대로 해'라는 말이었지. 여동생에게서."

"여동생에게서임까?"

말할 것도 없이 츠키히 쪽에서다.

나도 바보라서 '만세! 사과하지 않아도 된다!'라고 쾌재를 부
르고 있었지만, 가만히 생각해 보면 사죄의 기회를 주지 않는
다는 것은 가해자에게 갱생 기회를 주지 않는다, 죄의식을 계속
갖게 한다는 것이기도 하니, 그건 그것대로 벌이 될 수 있다.

만약 히타기가 나의 뺨을 스테이플러로 찍은 행동을, 내가 말
로 사죄한 것만으로 타협하고 넘어갔던 것을 계속 마음에 두고
끙끙거리고 있었다면 뭐라 할 말도 없지만….

"그러면, 히가사."

청소를 계속하는 동안, 아무래도 방 정리는 본격적으로 해야
만 한다는 사실이 판명되기 시작했으므로 사정청취를 마무리하
기로 했다. 이 방 정리는 잠깐 짬을 내서 하는 정도로는 끝낼 수
없다.

"백보 양보해서, 네가 말하는 대로 절대 사과할 것 같지 않은
녀석이 나에게 사과해 왔다고 치고…."

"딱히 그런 부분에서 백보 양보하지 않으셔도 되는데요…. 그 것보다 거기 있는 머핀, 얼른 드시라고요. 여자애가 직접 만든 간식을 팍팍 먹어 달라고요."

"어? 이 고체가 머핀이었어?"

위험했다. 치워 버릴 뻔했다.

방치된 불순물 덩어리인가 싶어서 손대지 못하고 있었는데… 뭐, 날라리 여고생처럼 데코레이션되어 있다고 하자면 그렇게도 보인다…. 그건 그렇고.

"입시공부 중의 숨 돌리기라고 생각하고, 한번 생각해 봐. 꿋 꿋이 버티기 위한 숨 돌리기라고 생각하고."

"자연스럽게 저를 입시공부의 레일로 돌려놓으려고 하시네 요. 아라라기 선배님, 진짜 리스펙트. 답례라고 하기에는 좀 그 렇습니다만, 수수께끼 풀기에 착수하도록 합죠. 이 히가사 크리스 티가."

"만약 같은 일이 너에게 일어났다면 어떡할래? 어떻게 생각하 겠어? 태어나서 지금까지 남에게 고개를 숙인 적이 없을 만한 오만불손한 인물이 굽실거리며 사과해 오면, 그 행동에 성의를 느낄까? 아니면 폭력적이라고 느낄까?"

"글쎄요. 프라이드를 내팽개치고 사죄하고 있다고 해도, 그것 은 요컨대 자신의 프라이드에 그만한 가치가 있다고 우쭐대는 거라고도 해석할 수 있고요. 저는 역시 사죄는 일종의 포즈이 고, 용서하는가 용서하지 않는가 하는 것은 그때까지의 관계성 이나 그때까지의 거리감에 따라 달라진다고 생각함. 같은 일

을 당해도, 완전히 동격의 피해를 입어도 상대에 따라서 용서하
거나 용서할 수 없거나 하지 않을까요? 조금 전에 했던 이야기
도, 후배가 상대였으니 일종의 의식으로 용서했을 뿐이지 상대
가 동아리 고문이었다면 고개를 숙인 정도로는 절대 용서하지
않았을 겁니다."

"동아리 고문과의 관계성….."

괴롭히고 있는 쪽에게 괴롭힐 생각이 없더라도, 괴롭힘당하
는 쪽이 괴롭힘당하고 있다고 생각한다면 괴롭힘이다. 그렇다
면 괴롭힘당하는 쪽이 괴롭힘당하고 있다고 생각하지 않는다
면, 그것은 괴롭힘이 아니게 되는 것인가? 하지만 학대받은 어
린아이가 부모를 감싼다고 학대가 아니게 되는 거냐고 말하면,
결코 그렇지는 않은 것이니.

"남친에게 키스를 받으면 기쁘지만 모르는 녀석에게 키스를
받으면 범죄겠죠. 남친이 없으니까 추측이지만요."

"그야 그렇겠지."

나도 여자친구가 없어질 것 같지만, 그건 말할 수 있다.

메니코의 체험담과 통하는 게 있네.

다만, 메니코의 케이스에서는 합의하에 이루어진 남친과의 행
위라도 범죄시되고 있다는 점이 특이하다.

관계성인가… 하지만, 그렇구나.

히타기에게 아득히 옛날 일을 사과받아서 어쩐지 상처 입은
듯한 기분이 든 것은, 물론 내 머릿속의 '그리운, 미소 지어지는
좋은 추억'이 훼손되었기 때문도 있지만, 서로 알게 된 계기뿐

만 아니라 현재의 관계성마저 완전히 부정당한 듯한 기분이 들었기 때문일지도 모른다.

모든 것을 부정당한.

1년 8개월 전이 망쳐진 것이 아니라.

1년 8개월 동안이, 통째로 훼손된 듯한 기분이었다.

첫 번째 이별 이야기에서 히타기가 격노했을 때에는 그런 기분이 들지 않았다. 그것은 쌓아 왔던 관계성의 연장선상이었다.

오이쿠라에 관해서는 말할 것도 없다.

그 녀석의 경우는, 상처 입기는 고사하고 배신당했다는 기분이 들 정도였다. 우리의 관계를, 관계성을 너는 어떻게 생각하고 있었던 거냐며.

그렇게 슬픈 일은 또 없다.

"시험해 보시겠습까? 여기서 아라라기 선배님이 저에게 입맞춤을 하면, 그건 범죄가 되는가, 그렇지 않은가. 방긋~"

"그러니까 방긋~이 아니라고."

웃을 일로 끝나지 않는다.

"사죄의 자세를 취하는 사람에게는 나이스 포즈! 라고 말해 주면 되지 않을까요? 마음은 알겠습니다, 정도로 끝내지 말고 오히려 칭찬해서 바르게 만들어 주자고요, 등을 구부린 그 자세를."

선동하는 것으로밖에 들리지 않는 히가사 크리스티의 대답은 내가 이 탐문조사에서 원했던 답은 전혀 아니었지만 참고가 되는 지견, 혹은 경험이기는 했고, 또 어느 쪽이라도 이쯤이 디스

커션을 마무리할 때였다. 방의 청소가 아직 절반도 끝나지 않았음에도 불구하고 툇마루 방향, 칸바루 저택을 둘러싼 벽 너머에서 아스팔트를 갈아 대는 듯한 노도와 같은 발소리와 함께 자전거 브레이크 소리가 들려왔기 때문이다.

BMX의 브레이크 소리.

기다리고 기다리던, 타이틀 롤의 귀환이다.

016

"사과하는 타이밍도 중요하지.

"상대의 기분이 좋을 때를 고른다든가, 맛있는 것을 먹고 있을 때라든가, 제삼자가 그 자리에 있을 때라든가, 그런 타이밍을 정확히 노리고… 반대로 기분이 나쁠 때, 배가 고플 때, 밤길에 단둘이 있는데 상대가 손에 딱딱하고 뾰족한 물건을 들고 있을 때에 사과하는 건 현명하다고는 말할 수 없어.

"하지만 이것이야말로 반대일지도 몰라.

"그런 계산을 느끼게 만들지 않는, 타이밍이 좋지 않은 우직한 사죄야말로 의외로 가슴을 울릴지도 모르지. '아아, 이 녀석, 자기에게 유리한 타이밍을 노려서 사과하러 왔네'라고 생각하게 만들면 끝장이니까.

"자기가 용서받는 것밖에 생각하지 않는다고 오해받는 것은 몹시 괴롭지. 그런 마음이 제로는 아니었어도, 이 이상 상대의 기분을 해치지 않기 위해서 적당한 때를 가늠하고 있었는데 말이야.

"용서받으려는 게 그렇게 나쁜 일일까… 나쁜 일이겠지. 죄를 저지른 데다, 그것을 용서받으려고 하다니.

"저지르고 사죄하는 것보다 저지르고 사죄하지 않는 편이 낫다…는 말은 아니지만, 아마 사죄했는데도 용서받지 못하는 것이 이 뒤숭숭한 세상이 원하는 베스트겠지.

"이것은, 용서해 주지 않는다면 사과하는 의미가 없다는 자기중심적인 마음의 정반대라고도 할 수 있어. 다만, 아무리 용서하지 않겠다는 마음을 단단히 먹고 있어도 세월이라는 약이 그 상처를 치유해 주기도 하지.

"단적으로 말하면, 분노를 잊는 거야.

"자제력을 잊을 정도의 분노를 잊는다.

"그 타이밍에 사과하는 건 과연 적절할까 어떨까. '이제 와서 그런 것으로 사과해 봤자 솔직히 아무래도 상관없어'라며 당혹스럽게 만들게 될까, 아니면 '이제 와서 사과하다니 바보 취급하는 거야?'라고 분노에 다시 불을 붙여 버리게 될까.

"모처럼 잊어 줬는데.

"이제 와서 다시 그 이야기를 꺼내다니.

"하지만 '잊는다'와 '용서한다'는 근본적으로 완전히 다르지. 상위호환조차 아니라는 기분이 들어.

"이미 잊었다고 말하는 건 용서하는 문구로서는 아주 강력하지만, 하지만 아무리 깨끗하게 잊고 있더라도 한번 떠올리게 되면 역시 용서할 수 없다는 마음이 부글부글 솟아나는 법인걸.

"분노도 원한도, 잊었다고 해서 사라지지는 않아. 예외가 있다고는 해도.

"심술궂은 시각으로 보면, '저장'이라고도 생각할 수 있지. 잊었을 뿐이지 결코 용서한 건 아니라는 말은, 바꿔 말하면 언제라도 다시 화낼 수 있다는 뜻이니까.

"분노를 킵keep하고 있다는 사고방식.

"대인관계에서, 일종의 비장의 카드지.

"지금 와서가 아니라, 지금이니까 꺼내는, 조커.

"게다가 반대도 있어.

"용서한 것을, 잊어버리는 일도 있어."

017

"영어로 'I'm sorry'라고 말할 때는 '미안합니다'라는 의미와 '안됐네요'라는 의미, 두 가지가 있지요. '용서해 줬으면 좋겠다'인지 '딱하게 됐네'인지, 어느 쪽이 사의謝意가 깊을까요. 핫하~"

오기는 그렇게 말했다.

말하는 걸 잊었는데, 지금 오시노 오기는 차이나 칼라의 학생복인 암흑소년이므로 히가사나 칸바루가 그러고 있었던 것처럼 '오기 군'이라고 부르는 것이 저스트하게 정확하겠지만, 상황이

상황이니만큼 이번에는 그냥 오기라고 부르도록 하겠다.

번듯하게 성장한 후배를, 옛날 닉네임으로 계속 부르는 선배 같은 느낌이 되지 않으면 좋겠는데… 그런 생각을, 나는 오기의 BMX 뒷좌석에서 한다.

BMX에 뒷좌석 같은 건 없으므로 휠에 설치된 철제 발받침에 발을 얹고 오기의 어깨에 손을 짚고 밸런스를 잡으며 서서 타는 것이지만.

나도 고등학생 무렵에는 나름대로 자전거를 많이 탔지만, 그러고 보니 이렇게 뒤쪽에 타는 것은 처음일지도 모르겠네… 게다가 후배의 뒷좌석이다. 물론 선배로서 내가 몰겠다고 제안했지만, 오기가 완고하게 핸들(과 안장과 페달)을 양보해 주지 않았다.

애초에 오기와 둘이 타야만 하는 이유는 없지만, 칸바루와 함께 돌아온 오기는,

"아니 그게, 저도 이래 봬도 바쁜 몸이거든요. 갑자기 만나러 오셔도, 다음 예정도 있어서요. 하지만 그 옛날에 신세를 졌던 아라라기 선배의 체면도 있으니, 이동 중에라도 괜찮으시다면 이야기를 들을게요."

라고 말하면서 자전거에 올라탔던 것이다.

네가 형사 콜롬보에 나오는 범인이냐고 말하고 싶어졌지만, 갑자기 만나러 와도 곤란하다는 말을 들으면 뭐라 대답할 말이 없다.

하지만, 젠장, 오기의 반응이 차갑네. '그 옛날'에는 그렇게나

잘 따라 주는 후배였는데… 어쩔 수 없다. 지금의 오기는 칸바루의 버디니까.

옛 친분에 의지할 수는 없다.

알고 있던 일이 아닌가.

그렇게 되어서, 자전거와 함께 장거리를 뛰어오느라 역시나 지친 눈치였던 준족 칸바루와는 가벼운 허그와 에어 키스를 하는 정도로 멈추고, 나는 일본식 저택을 뒤로한 것이었다.

물론 허그와 에어 키스라는 것은 차밍한 농담이며, 실제로 가볍게 한 것은 탐문조사다. 이미 확인할 것도 없었지만, 만일을 위해서 말해 두자면 칸바루도 이상은 없었다. 만약 히타기나 오이쿠라와 동일한 이상, 동일한 증상이 나타났다면 내가 아끼는 마운틴바이크를 파괴했던 것을 과잉 사죄하지 않을 리 없다.

오기도 이렇게 자전거를 둘이 타면서 보기로는, 나에게 좀 냉담해진 정도지 그 표표한 태도는 여전하다는 인상이었다.

좋구나, 좋아, 얼씨구.

다만 이 느낌이라면, 지금까지의 탐문 결과를 전부 오기에게 떠넘긴 뒤에 본가에서 뒹굴뒹굴하고 있으면 해결되는 식이 될 것 같지는 않았다. 그런 청사진은 이 후배가 나를 잘 따르고 있던 무렵부터 있을 수 없는 공상이지만.

오기의 삼촌인, 오시노라는 성씨의 근원인 오시노 메메도 무조건 우리를 구해 주었던 것은 아니다. 애초에 구해 주지는 않았다.

사람은 혼자 알아서 살아날 뿐.

어디까지나 힘을 빌려줄 뿐이었다.

좋다, 원래부터 확실한 가능성에 베팅해 왔던 것은 아니다. 사전약속 없이 일단 부딪쳐 보는 건 늘 있던 일이다. 나의 나쁜 버릇은 대학을 졸업할 때까지 어떻게든 수정하기로 하고, 지금은 지금에 집중하자. 지금 이 순간에.

그렇다고는 해도 어떻게 이야기를 꺼낼 것인가. 오기가 어디를 향해서 페달을 밟고 있는지 그 목적지는 확실치 않지만, 나에게 할애해 준 시간이 풍부할 거라고는 생각할 수 없다. 메니코의 프라이버시를 배려하면서도 단적으로 전해야….

짐칸은 없지만 짐이 무겁네.

"핫하~ 그렇지만 아라라기 선배하고 이렇게 둘이 타다니, 작년에는 생각도 하지 못한 일이네요."

"그건 그러네. 그렇게 생각하면 감개무량하고, 일종의 노스탤지어가 느껴지기도 해."

"하지만 서 있든 앉아 있든 둘이 타는 건 위법이지만요. 실은, 이렇게 보도로 경차량인 자전거를 몰고 있는 것 자체가 도로교통법 위반이에요. 사과하는 편이 좋지 않을까요?"

노스탤직한 분위기에 찬물을 끼얹는 소리를 해 온다. 아니, 하시는 말씀이 맞아서 뭐라 할 말도 없다. 다만 뒤에 타라고 말해 놓고서 준법정신을 발휘해도, 얼마나 진심으로 하는 소리인지 알 수 없다.

그런 흐름도 그립게 느껴지는 자전거 2인 타기였다.

"나 자신이 이미 자전거에 타지 않게 되어 버렸으니까 뭐라 말할 수 없지만… 내가 자전거를 타고 다닐 때는 솔직히 그렇게 신경 쓰지 않았던 위법행위였지."

"포지션 토크네요. 자동차를 운전하게 되니까 손바닥 뒤집듯 입장을 바꿔서, 차도를 달리는 자전거가 방해된다고 생각하게 되어 버린 건가요?"

"그런 건 아니지만."

차도를 달리는 편이 위험하지 않느냐는 의견이라면 자전거를 타고 다닐 무렵부터 가지고 있었고… 법률도 계속 바뀌고, 지금은 자전거 전용 도로라는 것도 늘어나고 있으니 안전성도 위험성도 일률적이지는 않을 것이다.

일관성과, 일과성.

"준법 이야기가 나와서 말인데, 형사 드라마라든가 탐정 영화 같은 데서 악당과 자동차 추격전을 벌일 때에 추격하는 쪽도 도망치는 쪽도 모두 안전벨트를 매고 있는 게 리얼리티를 해치고 있다는 지적이 있지요. 그런 거, 아라라기 선배는 어떻게 생각하시나요?"

나도 식어 있던 옛 교류를 훈훈하게 덥히고 싶은 참이지만, 잡담을 하고 있을 시간적 여유는 없다… 그렇지만 오기와의 대화에 잡담 따윈 없다는 것도 하나의 진실이다.

모든 것이 내실과의 대화다.

혹은 허실과의.

"글쎄다. 악당도 교통사고는 두려울 테니, 서두르고 있는 때일수록 더 안전벨트를 잘 한다고 해도 나는 그리 위화감은 없지만… 탐정이 목숨을 돌보지 않는 인간이어야만 하는 필연성도 없을 테고."

"흠. 역시나 자동차 운전자. 안전벨트에 대한 신뢰가 장난 아니네요."

"무면허인 악당이 헬멧이나 보호대를 착용하고 자전거를 몰기 시작하는 건 역시나 좀 뭐하다고 생각할지도."

"핫하~ 그러네요. 하지만 만약 지금 아라라기 선배의 고등학교 생활이 리메이크된다고 하면, 센조가하라 선배나 하네카와 선배와의 자전거 둘이 타기 명장면이 송두리째 싹둑 커트되겠지요."

뭐야, 나의 고등학교 생활 리메이크라니.

하마터면 그렇게 딴죽을 걸며 일소에 부칠 참이었지만, 아무래도 역시 이미 본론에 들어가 있는 듯했다.

내가 본론을 꺼내지도 않았는데….

"오기. 너는 대체, 무엇을… 어디까지 알고 있는 거야?"

"저는 아무것도 몰라요. 당신이 알고 있는 거예요. 아라라기 선배."

오기는 앞을 향한 채로 그런 말을 하는 것이었다, 옛날처럼.

"이제 와서 새삼스럽게 그 무렵에 자전거를 둘이 탔던 것을 아라라기 선배가 각 방면에 사죄하기 시작해도 좀 그렇다는 생각이 드네요. 저처럼 그걸 멋진 장면이라고 감동하고 있던 시청자로서는, 특히."

"원작도 언급하라니까?"

애초에 그 애들과 자전거를 둘이 타고 있을 무렵에 너는 있지도 않았잖아.

"문고화할 때에 고쳐 쓸 수 있다느니 하는 이야기라도 할 셈이야? 그렇게 생각하면 카렌이나 츠키히와 엉겨 붙어 장난치는 장면은 커트하지 말고, 100페이지 정도는 아니어도 타협하지 말고 제대로 묘사해 둬야 했을까."

"그렇지만 디렉터즈 컷판이 전부 훌륭한가 하면, 그런 것도 아니니까요."

항상 반론해 온다, 이 녀석은.

이론을 뒤섞는 것이 취미 같은 후배다.

뒤섞기, 뒤엎기.

"공개할 때에는 봉인했던 환상의 라스트 신이 추가되었습니다! 라고 선전하지만, 의외로 첫인상 쪽이 더 좋게 느껴지기도 하죠. 쓸데없는 사족이 붙은 기분이 든다고나 할까요."

"리메이크되면서 강렬했던 부분이 둥글어지는 일이 자주 있고, 그렇게 되었다는 얘긴 그것을 바라는 사람도 많다는 이야기이겠지만 말이야."

아니, 그건 알 수 없다.

말을 거들기 위해서 있지도 않은 다수파를 상정하고 있다는 기분이 든다.

"의사결정 프로세스가 불투명해요. 많은 인간이 의논한 결과 누구의 희망에도 맞지 않는, 아무도 이득 보지 않는 결론에 이르는 것도 흔히 있는 일이고요. 저는 지금은 보다시피 남자이고 여성의 사회 진출을 전력으로 응원하는 입장입니다만, 과연 남녀 동수의 비율을 맞춰야 한다고 해서 〈도라에몽〉에 나오는 등장인물들의 성별을 변경해야 한다고는 생각하지 않아요. 이슬이의 입욕入浴 신을 줄이는 건 당연한 방향성이라고 해도, 퉁퉁이나 비실이 중 어느 한쪽을 여자애로 만들어야 한다고는 말할 수 없어요."

말할 수 없기 이전에, 학년이 변하는 것과 동시에 성별이 변한 네가 말하는 것도 뭐하다고 생각하지만… 뭐, 그렇게 극단적인 의견은 아닐 것이다. 다만 성별 변경에 대해서 깊이 파고들어 보면, 미스터리 소설이 드라마로 만들어질 때에 왓슨 역할을 여성으로 변경하는 것은 옛날부터 흔히 이루어지고 있었다. 지금은 그런 건, 어떻게 되고 있으려나?

"핫하~ 루팡 일당 중에서 고에몽이 여자 검사劍士로 체인지되는 정도의 충격이겠죠. 한편으로, 남자 프리큐어가 등장한 것은 긍정적으로 받아들여야 하죠. 무슨 일이든 밸런스라고요. 표면과 이면의."

표면과 이면.

이면 속에 표면이 포함된다.

"그러고 보니 〈꼬마 마법사 레미〉에도 남자 마법사 팀 같은 게 나왔던 적이 있었지…. 여자 가면라이더가 등장했을 때도 꽤나 화제가 되었던가. 그렇다면 내년의 전대 히어로는 6인조고, 남녀 반반이 되면 된다고 의논이 되나? 전대 히어로와 프리큐어에서 이미 밸런스가 잡혀 있는지도 모르지만."

"이시노모리 쇼타로 선생님은 이미 〈009의 1[*]〉을 그리셨으니까요. 선구자예요."

"〈009의 1〉?"

후세의 작가가 재미삼아서 만든 패러디 같은 타이틀인데… 토키와 장[*]은 굉장한 연립주택이었구나, 정말로.

"토키와 장 멤버의 만화를 보면, 반드시라고 해도 좋을 정도로 최후에 이런 말이 적혀 있죠. '현대의 사회풍속에 비추어 보면 적당하지 않은 묘사도 있습니다만, 작품 발표 시의 시대배경을 감안하여 변경하지 않고 수록되어 있습니다'."

"변경을 가할 거라면 과거보다도 미래에 해야 한다는 결론인가? 디즈니 프린세스의 계보에 통하는 부분도 있을 것 같네."

"옛날이 좋았다는 말도 있지만요. 하지만 그렇다면 소년지에 여성 캐릭터의 나체가 그대로 실리고 있던 시대가 그렇게 좋았는가? 라는 이야기가 된다고요. 사람에 따라서는 암흑시대라고도 할 수 있겠죠."

남자가 되어 있기 때문일까, 예시가 노골적이네…. 어렵다. '지금의 표현은 뜨뜻미지근하다'라는 비판에 대한 반론이 '옛날 표현은 CG가 초라하다'라면, 밸런스가 잡혀 있다고는 도저히 말하기 어렵다.

비대칭성을 알아차릴 수 있다.

※009의 1 : 이시노모리 쇼타로의 청년 취향 만화로 1967년부터 1974년까지 연재했다. 전6권. 주인공은 여자 사이보그인 009-1로 〈사이보그 009〉의 성인판 같은 느낌이라고도 할 수 있다.
※토키와 장(トキワ荘) : 일본 도쿄도 토시마구 시이나마치에 있던 연립주택으로, 1950년대에 테즈카 오사무, 후지코 후지오, 이시노모리 쇼타로 등 저명한 만화가들이 지냈던 곳으로 유명하다.

나의 경험에 비추어 봐도, 과거와 미래도 반드시 대칭적으로 균형이 잡혀 있지는 않을 것이다… 600년을 살지 않더라도, 그것이 계속 이어지고 있음은 자명하다.

바로 옆 땅에 붙어 있지 않더라도, 하늘은 이어져 있다.

"남성 캐릭터의 나체도 자극적으로 느끼는 사람에게는 자극적이고… 핫하~ 남자의 맨살은 보여도 괜찮다고 말하는 것도 자기중심적인 이론이라고요. 결론으로서는, 자동차 추격 신에서 보이는 안전벨트 문제에 관해서 말하면, 안전벨트 착용 의무가 없는 옛날 차를 타면 되는 거예요. 이게 답이 되었다면 좋겠습니다만."

"아니, 그게 결론이면 곤란한데."

답이 되지 않는다고.

쌩쌩한 새 차인 뉴 비틀을 타고 있고, 나는.

"그 이론이라면 옛날에 둘이서 타는 장면은 안장과 페달이 두 개 달린, 재미있게 생긴 2인용 자전거로 리메이크하면 된다, 로 해결되어 버려. 재미있는 장면이 되어 버린다고."

"어라라. 그러면 이제 한동안 둘이서 독백을 계속할까요? 요컨대 센조가하라 선배나 오이쿠라 선배가 옛날 일로 집요하게 사과해 온다는 고민이었죠?"

"어라? 이미 말했던가?"

"말했어요. 위험한 성격의 더블 히로인이 도당을 이루어서 과거의 오점을 리메이크하려고 기를 쓰고 있다고."

아직 말하지 않았다고 생각하고, 말했다 해도 그런 표현은 쓰지 않았다고 생각하지만, 그러나 오기가 그렇게 말한다면 말한 거겠지. 히타기와 오이쿠라를 나란히 더블 히로인이라니, 나도 실언을 했다.

'제네릭녀'보다 심하다.

"그리고 대학에서 생긴 유일한 친구도 비슷한 상황이라는? 친애하는 아라라기 선배가 대학 생활을 구가하고 계시는 것 같아서 저도 후배로서 콧대가 높아져요."

"유일한 친구라고 말하는 시점에서 구가하지 못하고 있다고. 그리고 지금은 연인과 소꿉친구로부터 영문 모를 이유로 절교당할 것 같은 상황이야."

절망이다.

설마 고등학교 때보다 낙오하게 될 줄이야.

"친구분의 케이스는 제쳐 두고, 아라라기 선배의 경우에는 영문을 모른다고 할 정도는 아니겠지요. 짐작 가는 일은 충분히 있을 거예요."

"지금 듣는 게 아니었다면 말이지. 내가 오이쿠라의 옆집으로 이사했다는 이유로 절연당한 거라면 어느 쪽이든 납득하겠지만, 지금 와서 언제 일을 이야기하는 거냐고."

"그렇지만 시효가 없는 범죄도 있으니까요."

"나는 살인 급으로 나쁜 짓을 당해 왔다는 거야?"

"해석에 따라서는요. 그러니까 센조가하라 선배와 오이쿠라 선배가 대학생이 되어서 시야가 넓어지고 과거를 부끄러워하게 되었다는 것뿐이라면, 저는 아라라기 선배 정도로 그것을 이상하다고는 생각하지 않아요. 오이쿠라 선배의 사죄공세를 보고 아라라기 선배는 이상사태를 확신하신 모양인데, 그 사람에 관한 사건이 있었을 때에 황공하게도 함께해 주셨던 제 입장에서 말하자면, 정서 불안정인 그 사람이 플래시 백해서 기행을 벌이는 정도야 있을 법한 일이잖아요?"

"그건 나도 생각했지만."

"사과하면서 그 자리에서 볼펜으로 배를 찢었다고 해도 허용 범위 안이에요."

"어디를 어떻게 허용하는 거야, 그런 소꿉친구를."

허가도 용서도 불가능하다고.

그렇다고는 해도 그런 최악을 상정하지 않은 것은 아니다. 히가사 크리스티와의 대화 중에도 할복이 어떻다느니 하는, 극단에서 극단을 달리는 '사죄'가 거론되고 있었다.

도착하는 골인 지점이 숨이 끊어지는 골인 지점이어서는 곤란하다.

"다만 아라라기 선배와는 순서가 반대입니다만, 유일한 친구분과 상황과 타이밍이 일치했다는 점은 몹시 흥미롭네요. 저도 무거운 엉덩이를 들고 움직이자는 기분이 들어요."

"나하고 함께 움직일 무렵에는 좀 더 풋워크가 가벼웠잖아."

"저도 지금은 전성기 같지 않으니까요. 칸바루 선배의 페이스에 따라가는 게 고작이에요… 그렇다고는 해도, 그분도 아라라기 선배가 그랬던 것처럼 곧 졸업이에요."

"그랬지. 졸업을 축하해 줘야 하는데… 그러면 다음에는 백수가 된 히가사에 달라붙어 줘."

"그런 타입에 요괴가 나설 차례는 없어요. 백수가 되든 취업을 하든, 세계를 방랑하는 여행에 나서든, 그 사람은 그 사람 나름대로 자신의 길을 걸을 수 있겠죠."

"마지막 것은 하네카와 츠바사잖아."

요괴가 되어 버린 녀석이잖아.

그 녀석은 무엇을 졸업한 걸까?

"그러면, 늙어 빠진 저 같은 녀석이 아라라기 선배가 품은 고민을 해결할 수 있을지 어떨지 알 수 없습니다만, 그래도 먹은 나이가 있으니 해석 정도는 해 볼까요."

"늙어 빠졌다느니 먹은 나이가 있다느니, 그런 말을 후배에게 들어도 말이지."

"풋워크가 가벼운 아라라기 선배의 필드 워크의 성과를 엿보기로는, 거의 열세 개의 가능성을 생각할 수 있어요."

"열셋?"

많네.

재수도 없고.

"아라라기 선배가 먼저 이것저것, 이쪽저쪽에서 탐문조사를 해 주셨으니까요. 친구분이나 센조가하라 선배나 오이쿠라 선배뿐만 아니라, 시노부짱이나 여동생분들, 히가사 선배에 이르기까지. 덕분에 가능성이 이렇게나 좁혀졌어요. 삼촌에게 여자아이를 떠넘기고 있었을 때에 비해서 성장하셨네요."

여자아이를 떠넘기다니.

나의 이미지도 삼촌의 이미지도 나쁘다고.

"오기, 좁혀서 열세 개는 많아. 그 믹스주스에는 과육이 너무 많이 남아 있어. 좀 더 스무디하게 만들어서 스무드하게 가자. 나의 성장을 칭찬해 줄 거라면 좀 더 바짝 쥐어짜 달라고. 가능성이 낮은 것을 날려 버리거나 비슷한 것을 정리하거나."

열세 개는 전부 기억할 수 없다.

가능하면 한 자리, 사사오입四捨五入하면 0이 되는 수로 부탁하고 싶다.

"대학에 입학하고 두뇌가 퇴화하신 거 아닌가요? 열세 가지 정도는 암기해 달라고요."

"원래부터 암기과목은 잘 못 했어. 그러니까 일점돌파로 수학과를 지망한 거라니까."

"그런 곳에서 초超 문과계와 사이가 좋아지는 부분을 보면 아라라기 선배도 보통내기가 아니시네요. …알겠습니다. 다름 아닌 아라라기 선배의 부탁이니, 제가 타협해서 가능성을 다섯 개까지 좁힐게요."

아슬아슬하게 타협해 주지 않네.

이런 부분이 있지, 얘는.

밀어붙이는 것이 강한 것치고는 완전히 다가오지 않는다고 할까. 중요한 부분을 알려 주지 않는 화술은 삼촌에게 물려받은 것이라고도 할 수 있다.

좋다, 사사오입은 포기하자.

"핫하~ 사사오입이라는 말도 생각해 보면 유쾌하네요. '버릴

사捨'의 반대말이 어째서 '들 입入'인가. 거기서는 '주울 습拾'이 적당하겠죠."

"그것도 역시 이면과 표면의 비대칭성인가."

"표면과 이면… 가해자와 피해자의 비대칭성인가요. 흥미롭네요. 본심을 말씀드리자면 이면 속에 표면이 포함되어 있다는 발상에는, 저는 한 방 먹었다고 생각했어요. 이면 캐릭터인 저에게 한 방 거하게 먹인 거예요. 대학에서 좋은 친구가 생기신 모양이라 정말 다행이라고 생각하는 것도, 본심이에요."

제 안에 아라라기 선배가 있다는 말을 들으면, 그런 기분도 들죠. 오기는 그렇게 말하며, 어깨를 으쓱해 보였다.

요컨대 손 놓고 자전거 타기다.

둘이 타고 있는 동안에는 결코 바라지 않는 행동이다. BMX인 만큼, 윌리 같은 곡예를 시작할 것 같아서 무섭다.

"다만, 애초에 사죄하는 측과 사죄받는 측이라는 건 일종의 비대칭 전쟁* 같은 것이기도 하죠. 그게 첫 번째 가능성이에요."

"응?"

"그러니까 ①비대칭 전쟁이에요. 히가사 선배와 그런 사고실험을 하고 계셨잖아요? '사죄공세'라는 표현부터 이미 공격적인 이미지가 있지요."

아하.

※비대칭 전쟁 : 상대방이 효과적으로 대응할 수 없게 하기 위하여 상대방과 다른 수단, 방법, 차원으로 싸우는 전쟁.

방어야말로 최대의 공격이라는 그거구나.

"이 경우에는 아라라기 선배를 공격하는 것이 그 두 사람에게 중요하니까요. 과잉 사과한다는 공격수단이 중요하며, 사과의 내용은 실은 아무래도 상관없다는 패턴이죠. 오히려 사죄의 내용이 불합리하면 불합리할수록 아라라기 선배 상대로는 효과적일지도 몰라요. 불합리하면 제대로 된 이론이 없는 만큼 논파할 수 없으니까요."

"실제로도 난처한 상황이고 말이지."

어떤 의미에서는 스테이플러로 뺨을 찍혔을 때보다 난처하다. 사죄 해러스먼트라고는 말했지만, 이런 패턴의 데이트 폭력도 있었나 하고 놀랐을 정도다.

"어디까지나 이 이상사태의 밑바닥에 아라라기 선배에 대한 공격성을 느낄 수 있을 경우의 이야기지만요. 그 두 분에게, 현재의 삼각관계에 대한 불만이 있는 것은 틀림없겠죠?"

"삼각관계라고 할 정도로 좋은 건 아니지만…."

애초에 삼각관계 자체가 좋은 건 아니지만.

메니코와 남친 군의 관계성에도 그러한 밸런스가 없었는가 하면… 그 녀석의 자유로운 남녀관계를 생각하면, 있어도 이상하지 않겠네.

그럴 경우에는 나나 메니코에게 잘못이 있다는 견해도 가능하므로, 그 가능성을 처음부터 배제하는 것도 이치에 맞지 않게 된다….

기분 나쁜 소릴 하는구나, 여전히.

"참고로 묻겠는데, 오기. 가설의 발표순서는 가능성이 높은 순이야?"

"예측하신 대로예요. 역시나 저를 잘 아시네요… 그러므로 가능성 ②는, 이것도 예측하신 대로, ②자벌경향自罰傾向이에요."

"자벌경향."

"자폭이라고 말하는 게 정곡을 꿰뚫을지도 모르지만요. 조금 전에 이야기했던, 대학생이 되자 시야가 넓어져서 아무렇게도 생각하지 않았던 옛 죄를 뉘우치게 되었다는 패턴이죠. 지금 와서 다시 문제 삼는 것이 아니라 그것이 용서받을 수 있는 일이 아니었음을 끝내 깨달았다는 의미에서는, 그것도 인간적인 성장이네요."

아라라기 선배도 조금 더 성장하면 여동생들에게 미안하다고 느끼게 될 거예요… 라고, 오기는 어쩐지 뭔가 빈정거리는 듯한 말을 덧붙였다.

뭔가고 뭐고, 무엇을 빈정거리는 것인지 전혀 짐작이 가지 않지만… 여동생들 쪽이 언젠가 나의 애정을 알아 주는 거라면 모를까.

"핫하~ 그것도 가해자의 주장이죠. 하지만 실제로 아라라기 선배의 여동생들이 본가에서 푹푹 할복을 시작한다면, 받아들이기 힘든 건 마찬가지겠죠?"

"그건 그렇지…. 하지만 히타기나 오이쿠라의 경향으로 보면 ①보다는 ② 쪽이 가능성이 높을 것 같은데?"

"실제로 막상막하예요. 저의 평가로는 그 두 사람의 자벌경향과 원한을 사기 쉬운 아라라기 선배의 행실은 엎치락뒤치락하는 수준이니까요."

기분 나쁜 것들이 엎치락뒤치락하고 있네.

좁혀진 가능성 중에는 그 둘이 복잡하게 얽혀 있는 케이스도 있다고 한다. 그것도 기분 나쁜 얽힘이지만.

"③자기희생."

그렇게, 오기는 프레젠테이션을 다음으로 진행시켰다… 어쩌면 슬슬 목적지 주변인지도 모른다. 가능성이 높은 순서로 발표하고 있다는 것은 마지막에 진짜를 준비하고 있다는 이야기는 아닐 테니, 후반으로 넘어가면서 다소 생략해도 상관없지만… 애초에 사사오입을 요청한 것은 나고… 자기희생이라고?

"아라라기 선배는 이미 완전히 잊어버린 눈치이신데요, 저는 아직 센고쿠짱을 기억하고 있어요. 이러쿵저러쿵하면서도 '미안해요'로 끝내고 있을 무렵의 그 애를."

"딱히 잊어버린 건 아니야."

그렇다…. 하지만 그러고 보면 그랬지.

나에게는 그 뒤에 뱀신으로 변한 사건의 인상이 너무 강렬해서 그 이전의 그 애가 어떠한 성격이었는지가 머릿속에서 사라져 있었다.

듣고 보니 센고쿠 나데코는 미안해요, 미안해요, 미안해요, 라고 하면서 이거고 저거고 전부 자신이 사과해서 끝내 버리는 여자 중학생이었다.

"핫하~ 그 무렵의 센고쿠짱은 귀여웠지요. 그 귀여움은 지금은 완전히 상실되었지만요. 오히려 암흑시대의 흑역사일지도 몰라요. 다시 한번 사과하고 싶어질 만한."

하지만 그렇다고 그 무렵의 센고쿠 나데코가 그저 귀여운 것만이 전부였느냐는 말을 들으면, 솔직히 사과받는 측으로서는 상당히 거북해지는 부분이 있었다.

망연자실하게 만드는, 그것이 자기희생?

확실히, 이후의 대립은 둘째 치고 그 무렵에 보인 그녀의 사죄 공세는, 나를 공격하려던 것은 아닐 테고 자신을 벌하려던 것이라고도 생각할 수 없지만….

"목적이 아니라 수단으로서의 사죄죠. 뭐든 좋으니까 자신이 잘못했다는 것으로 해서 그 자리를 수습하고 책임지면 된다는 방법이죠. 아니, 무책임하게 책임지는 법일까요."

"무책임하게… 책임지는 법."

"죄송합니다, 전부 제 잘못입니다, 라고 전면적으로 사죄해서 얼른 끝내 버리는 처세술이죠. 히가사 선배는 사죄를 일종의 의식이나 매너라고 정의하셨는데, 그것을 악용한 사례라고 말해도 되겠네요."

악용이라고 말하면 표현은 안 좋지만, 싸움을 할 때에 얼른 져버리는 편이 낫다는 것은 일종의 전략이기도 하다. 어느 쪽이 옳은가를 놓고 싸우고 있다가는 끝이 없기 때문이다.

지는 것이 이기는 것.

흔히 사과하면 진다고들 말하지만, 사과하는 것으로 이긴다는 역전의 한 수.

"자기희생이라고 해도 결코 아름다운 것은 아니네."

"관계성을 방기하는 것이니까요. 자기 때문에 하는, 자신을 위한 자기희생이기도 해요. 자신에 대한 헌신獻身이자 헌심獻心이죠. 너와 제대로 이야기할 생각이 없다고 선언하고 있는 것이나 마찬가지예요. 긍정적으로 검토하겠습니다, 라든가 선처하겠습니다, 같은 발뺌과 마찬가지예요. 사과하고 있으니까 이젠 됐잖아? 정말 귀찮네, 라는 속마음이 비쳐 보여죠."

지난날의 센고쿠가 그렇게까지 사악했다고는 생각하지 않지만… 낯을 가리고 기가 약했던 센고쿠에게 사죄는, 대화를 강제 종료시키기 위한 수단이 틀림없었을 것이다.

잘못을 인정함으로써 나무랄 곳을 없앤다.

사과해서 끝난다면 싸게 먹히는 것이라는 사고방식은, 확실히 처세술이라 할 수 있다. 여자 중학생이 행사하기에는 어른의 처세술이다.

"진짜 짜증 났었잖아요, 그 내숭쟁이."

"진짜 짜증 났다고까지는 말하지 않았어. 진짜로 말하지 않았어. 내숭쟁이라고도 하지 않았어. 아무리 그래도 그건 '오기가 그렇게 말한다면 말했겠지'라고 넘어갈 수 없어. 조금 전에 그 무렵의 센고쿠짱은 귀여웠다고 말하고 아직 입에 침도 마르지 않았을 텐데… 너란 녀석은. 그래서 그것이 이번 경우에 히타기나 오이쿠라에게 적용되면 어떻게 되는데? 내가 잘못했다고 생각하는 것도 아니고 자신이 잘못했다고 생각하는 것도 아니다?"

"잘 했고 잘못했고가 아니라 관계성을 끊고 싶은 다른 이유가 있을지도 모르고요. 이사도 무관계하고, 그런 것은 이미 어떻게 되든 상관없다는 이유. 학업에 집중하고 싶다든가, 새로운 취미에 매진하고 싶다든가, 그 밖에 좋아하는 남자가 생겼다든가, 그 밖에 싫어하는 소꿉친구가 생겼다든가."

"그 밖에 싫어하는 소꿉친구는 뭐야. 이 상황에 와서 신 캐릭터냐고."

다만 오이쿠라에게는 미움받고 있기 때문에 관계가 이어지고 있는 듯한 구석도 있고 말이지… 대학에서 인간적으로 성장해서, 나를 싫어하는 것에 질렸을지도 모른다.

질렸다. 나에게.

그것은, 그렇지만 있을 수 있는 일인지도.

하지만 아무리 그래도 '질렸다'고는 말할 수 없으니까 옛날에 저질렀던, 어떻게 생각해도 반론할 수 없을 정도로 자신이 잘못했던 일을 서랍 구석에서 끄집어내서, 구실이나 표면적 이유로 삼아 그 악행을 악용하고 있다… 이것 역시 메니코에게도 응용할 수 있는 논법이다.

메니코 쪽에서 이미 질려 버린 구석도 있었고… 그렇다면 저쪽 또한 같은 생각을 하고 있었어도 이상하지 않을 것이다.

"자신이 나쁜 사람이 되어서 관계성을 끝내자는 것은, 커플에겐 있을 법한 배려라고도 말할 수 있겠네요. 이 자리에서는 악당이 되어 주자, 라는 ①비대칭 전쟁과의 합체기일지도 몰라요."

"괴이 현상이 없어도 나의 역경이 설명될 것 같아서 최고야."

"어떠한 괴이담이 얽혀 있지 않다고는 말하지 않았어요. 각각의 케이스는 둘째 치더라도, 동시성은 역시 신경 쓰이니까요.
그런 의미에서는 가능성이 낮은 ④도 기분상으로는 최유력이에
요."

"기분상으로는 최유력?"

"④명령계통."

그렇게, 오기는 웬일로 바로 대답했다.

"누군가에게 명령받아서 사죄하고 있다는 케이스. 참작해서
하는 경우도 있으니, 넓은 의미에서의 명령이에요. 저기, 조금
전에 할복이 화제에 올랐었는데, 할복이란 기본적으로 명령받는
것이잖아요? 스스로 벌하는 게 아니라, 누군가에게 부여받는 벌
이죠. 그렇게 되면 사죄가 과도해지는 것도 어쩔 수 없겠네요.
자신이 제대로 사과했다는 증거라고 할까요, 퍼포먼스가 필요해
지니까요."

"퍼포먼스."

"지금까지 고찰하신 것을 들기로는, 사죄라는 것은 본의든 본
의가 아니든 제삼자로부터 강제당해서 하는 것이 아니라고 사람
좋은 아라라기 선배나 히가사 선배는 생각하시는 모양입니다만,
재판에서 '사죄문을 게재할 것'이라는 판결이 나오는 경우도 있
으니까요. 어떻게 생각하더라도 억지로 쓴 게 느껴지는 사죄의
말이라든가, 선생님에게 쓰라는 말을 듣고 썼을 뿐인 반성문 같
은 건 흔히 찾아볼 수 있잖아요?"

이해는 가는데, 하지만 히타기나 오이쿠라에게 명령할 수 있
는 녀석이 있을까…? 옛날에는 하네카와가 그 역할을 담당하고

있었고, 그러고 보니 하네카와에게 명령받은 히타기가 사죄하는 지경에 몰렸다는 정말로 속 시원해지는 전개도 과거에는 있었지만, 학급 반장이었을 무렵이라면 모를까, 현재 (행방불명 중인) 그 녀석은 그런 일을 하지 않을 것이다.

"그야 확실히, 아무리 그것이 명예로운 일이란 말을 들어도 자기가 원해서 할복한 인간이 대다수였다고는 생각할 수 없고, 형벌이나 배상책임을 모두가 납득하고 받아들일 수 있느냐 하면 당연히 그럴 리가 없지만… 명령계통."

"네. 명령형과, 명령계통. 거기서 등장하는 것이 어떠한 괴이일지도 모르겠네요. 혹은, 그야말로 센고쿠짱이 한 일은 아니겠지만, 어떠한 저주일지도."

"저주…."

"앞서 말씀드렸던 대로, 저 자신은 어디까지나 탁상에서는 그럴 가능성을 그렇게 높게 보고 있지 않습니다만, 그런 괴이도 실재해요. 아니… 실재하지 않아요."

괴이하고 이상하고, 수상쩍다.

오기는 고개를 휙 하고 세로 방향으로 젖혀서 자전거 뒤편에 있는 나와 강제로 시선을 맞췄다. 빨아들일 듯한 암흑의 눈동자와 마주 보게 했다. 이것도 이것대로 전방 부주의라는 법규위반이 되겠지만.

전문가의 조카는,

"요마령妖魔令. 혹은, 요마령妖魔靈 아야마레."

라고, 아낌없이 말했다.

"…그런 말장난 같은 이름*을 가진 녀석이, 이번의 내 적이야?"

"아뇨, 아뇨, 이건 좀 장난이 아닌 괴물이라서요."

경우에 따라서는.

흡혈귀조차, 적수가 아닐 정도의.

018

"사과해."

019

그렇게 변죽 울리는 소리를 했을 즈음에 오기의 BMX가 목적지 주변에 도착해 버려서, 나는 ⑤의 가능성은 고사하고 ④의 명령계통, 그 주체인 괴이의 상세한 정보를 제대로 들을 수도 없었다. 이래서는 열세 가지 가능성을 자세히 조사하는 건 절대 불가능했다고 말하고 싶어지지만, 어차피 이 어중간함도 오기의 노림수대로였을 것이다.

정말 기가 막히다.

※말장난 같은 이름 : 妖魔슝과 妖魔靈의 일본어 독음은 'あやまれい(아야마레이)'로 일본어의 '謝れ(あやまれ·아야마레)'와 발음이 거의 같다. '謝れ'는 '사과해'라는 의미.

그리고 그 목적지라는 곳이 또 의외라서, 이 아이는 이런 곳을 목표로 이동하는 데 나를 동행시킨 건가, 하고 정말 진저리가 났다. 이곳에 데리고 오면 나도 계속 들러붙지 못하고 깔끔하게, 라고 할까, 맥없이 퇴각하지 않을 수 없다.

도착한 곳은 센고쿠 가였다.

센고쿠 나데코의 집이다.

"오기, 나를 대체 어디에 동승시킨 거야. 악취미에도 정도가 있다고. 미안합니다의 센고쿠에 대한 에피소드를 줄줄이 늘어놓았던 것은 복선이었어? 너는 질리지도 않고 아직 센고쿠를 못살게 굴고 있었던 거야?"

"무슨 말씀이세요, 못살게 군다니. 오히려 저는 속죄하는 마음가짐이라고요. 작년에 그 애에게 한 짓은 너무 지나쳤다고 어느 정도 반성하고 있으니까요. 핫하~"

이것은 이것대로 사죄일까요, 라며 큰소리치는 오기.

"태도로 나타내는 사죄예요. 다만, 센고쿠짱 쪽은 제가 한 짓이라고는 깨닫지도 못하고 있겠지만요. 안심하세요, 아라라기 선배. 확실히 저의 목적지는 여기, 센고쿠짱의 본가였습니다만, 이미 그 애는 이 집에서 나갔으니까요."

"집에서 나갔다? 또 가출을…?"

어떻게 안심하라는 거야, 그 정보를 듣고?

불안밖에 없다.

"가출이 아니라 탈피일까요. 어쨌든 전직 뱀신이니까요."

알 듯 말 듯한 소릴 하지만, 그러나 나로서는 설령 센고쿠가 없다고 해도 센고쿠 가의 주위를 어슬렁거리고 싶지 않다. 사실상의 접근금지 명령이 내려져 있는 것이나 다름없다.

변죽을 울리며 잘난 체하는 오기를 상대로 조금 더 들러붙어 보고 싶은 참이었지만, 여기서는 도망친다는 방법뿐이다. 설설기며 철수할 수밖에 없다. 그나마 다행이라고 할까, 운명의 장난이라고 할까, 여동생과 초등학교 무렵부터의 친구이니까 당연한 일이겠지만 센고쿠 가와 아라라기 가는 걸어서 갈 수 있는 거리다. 여기서 자전거에서 내리게 되어도 걸어서 돌아갈 수 있다. 오기의 성격을 고려하면 나는 산속에 방치되었어도 이상하지 않았으므로, 그 점에 한해서 말하자면 목숨을 건졌다고도 말할 수 있다. 자동차 사회에서 완전히 무뎌져 버린 다리로는, 더 이상 장거리를 걸을 수 없다.

"핫하~ 흡혈귀의 다리가 무뎌질 리가 없잖아요."

"나도 '전직'이라고, 오기. …나는 그래도 도망칠 생각인데, 오기, 센고쿠가 없는 센고쿠 가에 무슨 용무가 있어? 부모님에게 인사라도 드릴 건 아니겠지?"

"인사한다면 먼저 코요미 오빠에게 하는 것이 순서일까요."

"헛소리하지 마."

"옷장 안에 놔두고 온 물건을 가지고 와 달라는 부탁을 받았거든요. 센고쿠짱 본인으로부터… 그 애 자신도 이 본가에는 정말 가까이 오고 싶지 않은 모양인지, 백면서랑인 제가 백사의 도움 요청을 받게 되었던 거예요. 자세히는 255페이지부터의 두 번째 에피소드를 읽어 주세요."

"두 번째 에피소드 같은 소리 하지 마."

젊은이들은 각자 즐겁게 지내고 있는 모양이니 다행이네. 칸바루도 히가사도, 오기도 센고쿠도 말이지. 이 마을은, 이미 나의 시대가 아니라고 절절히 깨닫게 된다.

나의 시대 따위, 원래부터 없었지만.

기분 좋은 소외감을 느끼면서, 나는 오기와 헤어져 자신의 집으로 돌아간다. 등 뒤에서 유리창이 깨지는 요란한 소리가 들렸지만, 들리지 않은 척을 했다. 차이나 칼라의 교복을 입은 불량배가 부근에 있던 돌멩이로 거실 창문을 깬 것 같은 파괴음이었지만, '잊은 물건을 가지고 와 줬으면 한다'라는 평화로운 부탁이었으니 설마 그런 현상이 일어날 리 없으니까.

그건 그렇고, 나의 시대가 아니란 이야기가 나와서 말인데, 본가에 돌아갔더니 내 방이 없어져 있던 것은 적지 않은 충격이었다. 조금 더 자세히 말하면 몇 개월 전까지 내 방이었던 공간은 여동생에게 가로채인 상태였다. 할당받은 1인실로는 만족하지 못했는지, 나의 하숙을 기다렸다는 듯이 영토 확대를…. 물론 내 방을 가로챌 만한 여동생은 커다란 쪽이 아니라 쪼그만 쪽이다.

그러므로 본가로 향해 돌아간들 나에게 있을 곳은 없지만, 그러나 이미 상당히 늦은 시간이 되어 버렸으므로 거실 소파든 복도 바닥이든, 비어 있는 장소에서 자지 않을 수 없다. 초보운전 딱지를 붙이고 있는 만큼 야간 운전에 서툴다는 것이 아니라(오히려 내 눈은 야간에 더욱 잘 보인다), 하숙집에 돌아가는 것뿐이라면 그래도 괜찮았겠지만 나는 앞으로 한 곳, 이번 귀성에서 들러야 할 곳이 남아 있었다.

있을 곳이 있든 없든, 이 마을에 돌아와서 그 녀석과 만나지 않고 돌아갈 수는… 그리고 그곳에 참배하지 않고 돌아갈 수는 없다, 라는 이유로 다음 날 이른 아침, 아침 식사 전의 산책을 가장해서 키타시라헤비 신사를 향해 침로를 잡았던 것이다.

참고로 지난밤에는 여동생의 방이 된 옛 내 방의 여동생 침대에서 여동생과 함께 잤다. 이런 짓을 하고 있으니 시노부에게 놀림받는다는 것은 잘 알고 있지만, 습관은 제2의 천성이다.

"시끄럽다, 수감되어라."

그런 목소리도 들려왔지만, 무뎌진 다리로 결코 평탄하다고는 말할 수 없는 인근의 산을 아침 댓바람부터 터벅터벅 걸어서, 나는 산 정상의 신사에 도착했던 것이었다.

이른 아침인 탓도 있는지 경내에는 아무도 없었다… 걱정이 될 정도로 무인지경이었다. 내가 처음 이 땅을 방문했을 때의 폐신사 상태에 비하면 번듯하게 개축되었다고 할까, 처음부터 다시 지어서 반짝반짝 광이 나는 키타시라헤비 신사였지만, 그런 만큼 인기척이 없으면 폐신사와는 전혀 다른 공포가 느껴진다.

그러고 보니 새해 첫 참배로 방문했을 때도 다른 참배객을 보지 못했는데… 제대로 운영되고 있는 걸까, 이 신사?

또 괴이들의 핫 스폿으로 변해 버리는 건 사양하고 싶다고.

자, 그러면 그런 부분의 이야기도 들어 보고 싶으니, 요전에는 이별 이야기로 팽팽히 긴장된 무드의 커플에게 가까이 오려고도 하지 않았던 신을 불러내 보기로 할까…. 나는 주머니에서 미리 준비해 온 10엔 동전 여덟 개, 5엔 동전 한 개, 1엔 동전 네 개의, 즉 합계 89엔을 준비한다.

새전함 앞에서 89엔을 던져 넣을지 어떨지 고민하는 것이 뱀신의 뒤를 잇는 이 신사의 새로운 신, 달팽이의 신인 하치쿠지八九寺 마요이를 불러내기 위한, 아득히 먼 옛날부터 전승되는 피할 수 없는 의식이다.

"아니, 저의 신사에 멋대로 의식을 만들지 말아 주세요. 89엔 정도는 그냥 얼른 투입해 주세요. 아득히 먼 옛날부터라뇨. 제가 착임한 지 아직 1년도 되지 않았으니까요, 아라라디 씨."

"오래간만에, 게다가 신께서 내 이름을 말하다 혀가 꼬인다는 건 영광이지만, 그러나 그래도 하치쿠지, 내 이름을 대학 성적처럼 말하지 마. 내 이름은 아라라기야."

"그렇군요. 아라라기 씨의 성적은 디디디디, 군요."

"낙오시키지 마."

이번에는 스르륵 하고 나타났구나.

게다가 새전함 뒤편에서… 엄밀히 말하면 아직 나타나지 않고 아직 새전함 뒤에 숨어 있지만, 특징적인 트윈 테일이 살짝살짝 엿보이고 있다. 머리는 감추고 머리카락은 감추지 않는 신… 그런 곳에 쪼그려 앉아 있으면 신은 고사하고 새전 도둑 같은데. 배낭이 아니라 새전함을 메고 있는 듯한 평상복 모드고.

"실례했네요. 말하다가 혀를 깨물었어요."

"아냐, 일부러 그런 거야…."

"혀를 깨무렀써요."

"일부러 그런 거 아냐?!"

풀 버전?!

잠깐 기다려, 풀 버전의 원래 버전이 어땠는지, 내 쪽이 기억하지 못한다.

"어쩔 수 없어요, 누구나 말을 잘못하는 일은 있어요. 아니면, 아라라기 씨는 태어나서 한 번도 말하다 혀를 깨물어 본 적이 없다는 건가요?"

"어… 어라? 그야 혀를 깨문 적이 없다고는 말하지 않겠지만, 그렇게 이상하게 깨물지는 않는데?"

"그러면 냐랑 너랑 봄냐들이 배냥 매고 봄냐들이 버드냐무 냥창냥창 냠실바람 냠실냠실 개냐리 꽃에 냐비가 하냐 배냥 속에 바냐냐 하냐라고 말해 보세요."

"너도 제대로 기억 못 하고 있잖아."

섞였다고, 다른 캐릭터의 다른 대화하고.

하지만 건재한 것 같으니 다행이다…. 새해 첫 참배 때는 만날 수 없어서, 이번에도 그런 것이 아닐까 하고 염려하고 있었는데 (사전연락을 취하지 않고 일단 부딪쳐 보기만 하는 게 나의 나쁜 버릇이라지만, 신을 상대로 약속을 어떻게 잡으면 되지? 에마繪馬 같은 데 쓰면 되나?) 기우였던 모양이다. 어째서 하치쿠지가 새전함 뒤편에 체육시간에 앉는 것처럼 쪼그려 앉기를 하고 있는지는 수수께끼지만.

"아뇨, 서로 얼굴이 보이지 않는 이 모습 쪽이 좋지 않을까 해서요. 아라라기 씨의 용건을 감안하면."

"응? 나의 용건? 오히려 얼굴을 보러 들렀을 뿐인데…."

"에이, 아닌 척하시긴. 아라라기 씨가 저를 찾아오는 건 항상 어떻게 손쓸 수 없는 성가신 일을 겪고 계실 때잖아요."

너는 그렇게 여차할 때에 의지할 수 있는 능력자 같은 위치의 캐릭터가 아니잖아. 만약 그렇다면 새해 첫 참배 때에 얼굴을 비치라고. 지금도 숨어서 나오려 하지 않고 있지만.

"정답입니다. 실은 오기 씨에게 부탁을 받았어요. 아라라기 선배가 고민하고 있는 모양이니, 이야기를 들어 줬으면 좋겠다고."

"어? 오기, 왔었어?"

"네. 밤중에, 어둠을 틈타서."

문자 그대로 암약하고 있네.

역시나 타이틀 롤… 센고쿠 가에 숨어들어서, 즉, 잊은 물건을 가지러 들어간 뒤에 그 애는 그 애대로 키타시라헤비 신사를 방문했다는 건가. 나를 앞지른다는 형태로…. 이거야 원, 삼촌과 마찬가지로 훤히 꿰뚫어 보는 짓을 하네.

그런 짓을 할 거라면 차라리 다이렉트로 아라라기 가를 방문해 달라는 생각이 들지 않는 것도 아니지만, 그런 멀리 에두른 지원사격도 포함해서 삼촌과 마찬가지인가.

"아뇨, 한 번은 아라라기 가를 방문했대요. 2층 창문으로 침입하려고 했는데, 아라라기 씨와 츠키히 씨가 동침하고 있어서 식겁하고 돌아왔다고 했어요."

"엄마야, 이건 한 방 먹었네."

"엄마야로 넘어갈 일이 아니에요."

오빠라도 그냥 넘어갈 수 없어요, 라고 하치쿠지는 말장난을 하고는 "그래서 무슨 일이 있었나요? 아라라기 씨."라고 재촉해 왔다.

"나라도 괜찮다면 이야기를 들어 줄까 하는데?"

"여기서 가하라 씨 흉내를 끼워 넣지 마. 뭐냐고, 오기에게 어디까지 들었어? 하치쿠지, 너는 뭘 알고 있어?"

"저는 아무것도 몰라요. 당신이 알고 있는 거예요, 아라라기 씨."

"흉내 내기의 연쇄."

"테마로 보면 안성맞춤이지요. 이 시추에이션."

"? 아하…."

한순간, 무슨 소리를 들은 건지 알 수 없었지만, 그렇구나.

어째서 새전함 뒤편에 쪼그려 앉아서 얼굴을 보이려고 하지 않는지 의아했는데, 새전함을 참회실로 간주하고 있는 것이다. 종교는 다르지만… 참회.

그렇다면 새전함 안에 들어가 있는 편이 알기 쉬웠겠네. 참회실을 등에 지고 산책하는 소녀라니, 어쩐지 다른 괴이 같고.

"자, 아라라기 씨. 저에게 사과해야만 하는 일이 있는 거 아닌가요? 죄의 고백을 하도록 하세요."

"흐흥. 사랑의 고백은 있어도 죄의 고백 따위, 나에게는 없어.

나는 지금까지 살아온 인생에서 부끄러운 일은 아무것도 없어. 숙일 만한 고개를 가지고 있지 않다고. 혼의 가치가 떨어지니 까."

"아라라기 씨가 저를 지옥에서 억지로 끌고 온 탓에 저는 반영구적으로 이 신사에서 일을 해야만 하게 되었는데요?"

"지금 그 소릴 하기야?!"

깜짝 놀랐네!

지난날에, 길을 가는 하치쿠지를 등 뒤에서 신나게 허그해 댔던 것을 책망해 오는 전개라고 생각했는데, 진짜 딱딱한 문제를!

장난칠 수 없는 문제를!

"딱딱이고 뭐고, 아라라기 씨 때문에 저는 이 산에 꽉꽉 묶이게 되었는데, 당사자인 아라라기 씨가 이 마을을 떠나서 상경했다는 건, 생각해 보면 이상한 이야기예요."

"아니, 아니. 그건 그렇긴 한데."

'딱딱산'처럼 말해도 말이지.

새해 첫 참배 때에 모습을 보이지 않았던 것은 나와 히타기가 분위기가 안 좋았기 때문이라고 자기 본위로 굳게 생각하고 있었는데, 단순히 나의 상경에 화가 나 있었던 거야?

상경上京이라니, 도쿄東京까지는 가지 않는데.

"그렇군요. 도쿄가 아니라 소小교토, 교토京都 같은 분위기의 도시인가요."

"어째서인지 교토가 기준이 되어 있는데⋯ 하치쿠지, 분명 그 문제에 대해서는 한 번 제대로 이야기하지 않았어…?"

이야기했다고 할지.

사과했을 텐데… 라고 할지.

"네. 하지만 제 마음이 변하는 일은 있겠지요."

"마음이 변해?"

"그때는 용서했지만, 지금 생각해 보니까 역시 용서할 수 없어졌어요. 다시 화가 나기 시작했다고 할까요, 신벌을 내리고 싶어졌어요. 한 번 사과하면 그것으로 끝이라는 생각이, 더 이상 반성하지 않는다는 증거예요."

"무서운 소리를 하네."

그 신벌을 내릴 수 있는 것은 내가 지옥에서 하치쿠지를 유괴해 왔기 때문이지만, 아니, 그런 표현을 쓰면 너무 노골적이라고 할까, 본전도 못 찾는다고 할까….

아아, 그런가.

히타기나 오이쿠라의 문제에 관해서, 나는 '이제 와서 어째서 그것을 다시 문제 삼는 거야?'라고 생각했지만 피해자와 가해자를 뒤집으면 이런 시추에이션이 되는 것이다.

용서받았다고 생각하고 있어도, 혹은 애초에 이노센트하다고 생각해도 시간이 흐른 뒤에 상경, 요컨대 상황이 변하는 일도 있는 것이다. 내가 하치쿠지를 지옥에서 납치해 오는 시점에서 내가 마을을 나가는 것까지 면밀하게 계획되어 있던 것은 아니니까.

"뭐, 그런 정도의 문제예요."

"으음… 그런 정도? 아니, 아니. 상당히 무거운 문제잖아, 이건. 애초에 센고쿠에 관한 문제도 결판이 난 것 같으면서도…."

"실례, 혀가 꼬였어요. 그런, 정도 문제예요, 라고 말하고 싶었어요."

"전혀 의미가 다르잖아."

"알기 쉬우니까 저를 예시로 들었습니다만, 예를 들자면 아라라기 씨가 경애하는 하네카와 씨도 아라라기 씨와 만난 것 때문에 영문 모를 방향으로 인생이 엇나가 버렸잖아요? 우등생 중의 우등생, 반장 중의 반장이 어째서인지 진학을 포기했으니까요. 낙오자였던 아라라기 씨는 태평스럽게 대학에 다니고 있는데. 상경했는데."

소교토로의 상경을 그렇게까지 트집 잡으면 예시가 아니게 된다고… 뭐, 하고 싶은 말은 이해가 안 되는 것도 아니다. 그 점은 급소이며 아픈 곳이다.

게다가 그 하네카와는 현재, 행방불명이다.

분명 조만간 그림엽서라도 보내올 테고, 지금의 그 녀석을 걱정하고 있지는 않지만, 그러나 그런 의미에서는 제대로 정식으로 사죄하는 편이 좋다는 기분도 들기 시작했다. 설령 하네카와 쪽이 어떻게 생각하고 있더라도 이쪽이 일방적으로 미안하다고 생각한다… 요마령, 아야마레.

"알았어. 잘못했어, 하치쿠지. 사전 협의도 없이 너를 지옥에서 데리고 나오다니, 나밖에 모르는 생각이었어. 너에게 아무런 상담도 하지 않고 마을을 나간 것도 미안하다고 생각해."

"이제 와서 사과해도 말이죠."

"어? 그런 대답을 하는 거야?"

이제 와서 다시 그 이야길 꺼내 놓고?

그렇게 말하고 싶은 참이지만, 그러나 이쪽이 가해자인 경우에는 피해를 호소하는 상대에게 그렇게 딴죽을 걸기가 힘드네….

"그러니까 정도 문제라고요, 아라라기 씨. 실제로 아라라기 씨가 하네카와 씨에게 방아깨비처럼 고개를 꾸벅꾸벅 숙이기 시작하면, 얼빠인 하네카와 씨는 당황하실 뿐이겠죠. 말도 안 되는 병충해를 겪게 되었다고 생각해 버릴 거예요. 메뚜기과인 만큼."

"정말로 병충해를 겪고 있을지도 모르니까, 웃을 수 없네."

칸바루 저택에서 히가사하고 원하는 비밀 도구에 대해서 논의했었는데, 그때 연상해야 했던 것은 오히려 굽실굽실 메뚜기*였나. 오로지 말장난을 위해서 하네카와가 얼빠가 되어 버린 것은 둘째 치고, 오기의 분류로 말하자면 ②자벌경향이 되는 건가? 상대의 기분을 무시하고 어쨌든 미안하다는 마음을 해소하기 위해서 하네카와에게 계속 사과한다… 객관적으로는 꼴사납지만, 나 본인은 그것이 성의라고 생각하는지도 모른다.

설령 사죄하는 것으로 상대를 더욱 상처 입히게 됨을 알고 있

※굽실굽실 메뚜기 : 도라에몽의 비밀 도구 중 하나. 몸에 붙이면, 별것 아닌 일까지 진심으로 사과하게 된다.

어도, 사과하지 않을 수 없어서.

"그러니까 참회실이 필요한지도 모르겠네요. 당사자가 아니라, 신에게 사죄하는 거예요. 안심하세요, 아라라기 씨. 당신의 죄는, 제가 용서할게요."

"관대하네."

자기가 다시 문제 삼았으면서.

그러고 보니, 그리운 입시 관련 지식의 잔해이지만, 악인정기*라는 사상이 있는 것은 정토진종이었던가? '선한 사람은 왕생을 얻으니, 하물며 악인은 어떠하랴'… 나처럼 수행이 부족한 선한 사람이 보기에는 순순히 납득할 수 없는 면도 있지만, 그러나 이것도 역시 정도 문제이기는 할 것이다.

"당신의 죄는 제가 용서할 테니, 우선은 지금까지 불법행위로 번 전 재산을 이 새전함에 넣어 주세요. 정재*에 쓰이게 됩니다."

"악덕종교."

그 말도 웃을 수 없다. 어쨌든 센조가하라 가는 그야말로 그런 악덕종교에 전 재산을 송두리째 빼앗겨 버렸으니까. 유복했던 가정은 붕괴되고, 어머니를 잃고, 센조가하라 자신도… 본인이 어떻게 생각하고 있는지는 확실치 않지만, 도저히 용서받을 수 있는 사건이 아니다. 그것이야말로 불법행위다.

....

※악인정기(惡人正機) : 일본 불교 정토진종의 교의 중 하나로 '악인이야말로 아미타불의 구원의 주 대상이다'라는 사상.
※정재(淨財) : 남을 돕거나 신을 모시는 데 쓰는 재물.

그런 데다… 다섯 명의 사기꾼, 이었던가.

가령, 만에 하나의 경우 그런 가해자들이 사과해 왔다고 해도… 그것은 새로운 가해나 다름없을 것이다. 사죄라는 2차 가해다. 설령 ②자벌경향이나 ③자기희생이라 생각하더라도, 사실상의 ①비대칭 전쟁 같은 것이다.

뭐, 실제로는 가해자들의 사죄 따윈 법원에서 강제하지 않는한 있을 수 없을 테니, ④명령계통이 되는 걸까?

"…그리고 보니 하치쿠지. 오기에게서 ⑤가 무엇인지 못 들었어? 그리고 아야마레라는 괴이가 어떠한 괴이인지 혹시 들었다면 대학 도서관에 가서 조사할 수고를 줄일 수 있겠는데."

"어라라. 그냥 도서관이라고 하면 될 것을 일부러 대학 도서관이라고 말하는 부분에서, 아라라기 씨도 완전히 학력사회의 노예네요. 아주 콧대가 높아지다 못해, 흡혈귀가 아니라 텐구가되어 버리셨어요."

"기분 나쁜 표현을… 오기 급의 기분 나쁜 표현을…."

"들었어요, 양쪽 다."

오기 녀석, 나에게는 알려 주지 않은 것을 하치쿠지를 상대로는 나불나불… 무엇보다 너희 둘이 사이좋은 것도 이상하잖아. 그야말로 다시 문제 삼을 생각은 없지만, 하치쿠지가 지옥에 떨어진 건 오기의 책임도 컸던 것 같은데….

"오기 씨는 괜찮아요. 아라라기 씨는 안 되지만요."

방금 전에 용서해 주었을 텐데, 또 말도 안 되는 소리를 하고있다… 그런 것 같으면서도 이것도 역시 진리이기는 할까.

진리眞理라고 할까, 심리心理라고 할까, 정도 문제.

히가사도 말했지만, 결국 용서하는 것도 사람이고 용서받는 것도 사람이다. 사과하는 것도 사과받는 것도 사람이다. 상대에 따라서 기준을 바꾸는 것은 법의 정신에는 반할지도 모르지만, 그 법에도 정상참작의 여지는 있을 것이다.

어쨌든 '심증*이 나쁘다'라는 정형구가 있을 정도다. 나 역시도, 스테이플러로 뺨을 찍은 게 누구였더라도 용서할 수 있지는 않을 테니 말이야.

"그렇지요. 센조가하라 씨는, 단순히 귀한 집의 얌전한 아가씨였으니까 용서받았을 뿐인걸요."

"아니야!"

"하지만 만약 힘세고 험상궂고 신장 2미터에 체중 200킬로그램이 넘는 럭비 선수가 스테이플러로 뺨을 찍었다면, 아라라기 씨는 용서할 수 있겠어요?"

"그건 오히려 용서할 수밖에 없을 듯한 시추에이션이라고…."

어색한 접대용 미소를 지으며 용서해 버릴 것 같다.

다만, 그런 이야기를 하자면 센조가하라 히타기가 연초에 도마 위에 올렸던 많은 행동들은 확실히 일반적으로는 정식 사죄가 필요한 수준의 만행이다. 그래도 용서할 수 있는 것은, 말하고 싶지는 않지만, 사랑하기 때문이라고밖에 말할 수 없을 것이

※심증(心證) : 여기서는 재판의 기초적 사실 관계 여부에 대한 재판관의 주관적 의식이나 확신의 정도를 뜻한다.

다. 만행까지 포함해서 사랑한다고까지 말할 수 있을지 어떨지는, 물론 따로 생각하고.

"아라라기 씨가 사랑을 이야기할 줄이야. 대학은 다양한 것을 가르쳐 주는군요."

"사랑을 대학에서 배운 게 아니야. 사랑은 주로 유녀에게서 배웠어."

"그건 문제가 있네요… 하지만, 바로 그거예요."

"음… 유녀가 어쨌는데?"

"유녀가 아니라, 사랑 쪽이오."

말을 끊고, 하치쿠지는 말했다.

"⑤시험행동*."

"…시험행동?"

아아, 사죄의 가능성 다섯 번째인가. 쉽게 연결되지 않는 말이어서 잘 와닿지 않았는데… 시험행동이란, 처음 들은 말이 아닌데? 입시 지식이 아니라… 어디 보자, 그, 뭐더라… 육아에서?

"그래요. 역시나 아동학대의 전문가."

"그 꼬리표는 뗄 수 없는 거야?"

기밀서류의 봉인에 사용되는 그 딱지야?

그렇다면 오이쿠라는 과거에 저지른 것 말고 실시간으로 이

※시험행동(試し行動) : Limit Testing Behavior. 상대와의 관계에서 정해진 범위를 넘어서는 문제
행동을 반복하며 그 범위를 넓혀 가는 것. 아동의 경우에는 인정욕구나 환경 변화, 양육자의 학대
로 인한 불안 등이 원인이라 여기고 있다.

루어지고 있는 그것을 사죄해 줬으면 좋겠다. 결국 그것도 용서해 버리겠지만… 어떻게 이럴 수가, 시험행동이라고 말한다면 오이쿠라나 히타기의 그것은 그야말로 시험행동이라고 할 수 있다.

"만난 지 얼마 안 되었을 무렵에 제가 자주 아라라기 씨를 살짝살짝 깨물었던 것도 알기 쉬운 시험행동이었죠."

"아니, 아니야. 그건 살짝 깨무는 게 아니라 콱콱 진짜로 깨물었다고. 너는 나의 손가락을 물어 뜯어내려고 했어."

그런 배틀도 완전히 잊고 있었지만, 그것은 지금 떠올려 보아도 사과를 받고 싶을 정도지… 그 깨물기에 관해서는, 나에게 정말로 잘못은 없다니까?

마음이 바뀌는 일은 있다, 인가.

법률이 바뀌는 일도 있고 말이야… 법 개정.

"요컨대 용서받기 위해서 사과한다는 계산이야? 그렇게 말하면 당연해 보이지만 일부러 나쁜 짓을 하고 제멋대로 고집을 부리고, 그것을 용서받음으로써 사랑받고 있음을 실감한다…."

"그렇게 생각하면 오랜 옛날의 잘못을 다시 끄집어내거나 아주 엉뚱한 사죄를 하거나 하는 것도 이치에 맞지 않나요? 어차피 용서받을 수 있을 만한, 지금 들으면 용서할 수밖에 없을 만한 잘못을 사과하는 것은 역시 용서받기 위해서일 뿐이라는 가설이에요. 용서받는다는 오락, 쾌락이죠."

사랑을 시험한다는 그 절실한 속마음을 생각하면 오락이나 쾌락이란 표현은 너무 과장되어 있다. 타인을 벽으로 삼은 일종의 자기승인이자, 자기실현이기도 한 행위에 관해서는.

남친 군의 케이스에 적용해도, 요바이가 아님을, 적어도 메니코가 그렇게 파악하지 않고 있음을 알면서도 그런 노골적인 사죄를 한다는 것은 이른바 용서받는 결말이 확정되어 있는 레이스이며, 메니코의 '서로 사랑을 나누었을 뿐이다'라는 대답을 기다리는 것이라고도 말할 수 있다.

사랑의 재확인.

그렇다면 결국, 그런 시험행동으로 인해 메니코의 마음이 결정적으로 남친 군으로부터 이탈해 버린 것은 아이러니한 일이며 당연한 결말이기도 하지만… 시험받는 것을 좋아하는 인간 따윈 없다. 사랑하고 있어도, 그런 행위가 영원히 반복되면 언젠가 진절머리가 나겠지.

그것은 나도 마찬가지일 것이다.

만약 센조가하라 히타기가 언제까지나 스테이플러를 휘두르는 독설 캐릭터로 있다면, 마음속 어딘가에서 '작작 좀 해, 더 이상 도저히 같이 지낼 수 없어'라고 생각하지 않았을 거란 보증은 어디에도 없다.

나는 성인군자가 아니고, 오히려 괴력난신이니까.

"용서받고 싶다는 욕망은 그렇게나 강하다는 얘기예요. 그렇지만 안심하세요. 이 하치쿠지는, 하치쿠진八九神은 그런 욕망조차 용서하겠어요."

"신성함이 지나쳐서 악마의 속삭임처럼 되었다고."

"그러니까, 아라라기 씨는 이런 악마 같은 저를 용서해 주세요."

"공의존[*]."

용서하는 것 역시 오락이며 쾌락이라고 한다면, 그렇게 말할 수도 있을 것이다… 관대하고 도량이 넓은 인간처럼 행동한다는 쾌감도 부정하기 어렵다. 용서하는 행위에 의한 주도권 확보라는 것 역시 ①비대칭 전쟁일지도 모르지만…. 커플 사이에서 발생한 데이트 폭력에서 자주 듣는, 실컷 폭력을 휘두른 뒤에 울면서 사과해 온다는 상황도 그런 쪽 사정이 복잡하게 뒤얽혀 있는 것처럼도 생각된다.

그것으로 인해 치정싸움의 밀고 당기기처럼 보게 되는 것은 큰 문제고, 메니코와 남친 군이 품게 된 트러블은 그런 이런저런 것들과는 더욱 일선을 달리한다.

여기서 명탐정 오기가 세운 가설을 돌아보면, ①비대칭 전쟁 ②자벌경향 ③자기희생 ④명령계통 ⑤시험행동.

이렇게 되는데… 으음.

오기는 가능성을 낮게 보고 있었다고는 해도, 내가 생각하는 본론은 괴이에 의한 ④… 그렇다고 해도 그곳에 다른 요소가 얽혀 있어도 이상하지 않으니까, 단순 선택의 마크 시트는 될 수 없겠지만…. 센조가하라 히타기와 오이쿠라 소다치, 남친 군까지 각각의 케이스에 특히 이렇다 할 공통점이 있는 것도 아니고.

※공의존(共依存) : 인정받거나 정체성을 찾기 위해 자신과 대상이 서로 지나치게 의존하여 서로 그 인간관계에 얽매이게 되는 것.

말하자면 미싱 링크.

"그런 사례가 지금 거론된 세 명뿐이라고만은 할 수 없지 않나요? 다행히 저도 포함해서 이 마을 주민들에게는 그런 경향이 보이지 않았던 모양이지만, 의외로 대학 안에서는 이미 이쪽저쪽에 그 사죄증상이 만연하고 있을지도 몰라요. 마나세 대학이 사과하세 대학이 되어 있을지도….."

"웬일로 센스 넘치지 않네… 남이 다니는 대학 이름에서 실수하지 마."

"이것도 한 가지 사례예요. 일부러 재미없는 개그를 해도 쓴웃음으로 용서받음으로써, 저는 자신의 가치를 재확인하고 싶은 거예요."

그냥 실수한 것뿐인데, 억지로 한 가지 사례로 만들고 있는 거 아냐?

그렇다고는 해도 재미없는 말장난이나 과격한 풍자 조크가 시험행동의 측면을 가지고 있다는 것도 틀림없는 사실이다… 독설에 대해서는 이미 언급했지만, 히타기가 과거에 남발했던 장난스런 위트 같은 것도 그 한 가지 예인가?

"…어쩐지 싫네. 정말로 싫어. 말로 하면 기껏해야 '미안합니다' 한마디인데, 그걸 두고 이렇게 심리분석 같은 이론을 세세하게 내놓아야만 한다니, 시시콜콜한 문제를 분자레벨로 분석하고 있는 기분이야."

"그렇게 생각하게 만들어 버렸다면 제가 부족했기 때문입니다, 라고 사과하는 것은 ③자기희생일까요? 오기 씨라면 그 미묘함을 좀 더 잘 설명하셨을 게 틀림없겠지만요."

"이상한 신뢰를 보이지 마, 오기를 상대로."

오기라면 좀 더 기분 나쁘게 설명했을 거라고 생각해, ⑤시험 행동에 관해서는. 본인도 그것을 알고 있었기 때문에 자전거 속도를 조절해서 그 설명을 하치쿠지에게 맡겼는지도 모른다.

"그러면 슬슬 중요한 ④명령계통의 요마령, '아야마레'라는 것이 어떠한 괴이인지 알려 줄 수 있을까? 나도 슬슬 가야만 하거든."

"가야만 한다? 어라라, 어디를 나가서, 어디로 가시는 거였던가요?"

"이 마을을, 나가서, 대학에…."

말하게 만들고 있잖아, 네가.

비열한 유도심문이야.

"뭐야. 괴이의 질에 대해서까지는 듣지 못한 거야?"

"아뇨, 아뇨. 듣기는 했어요. 다만 오기 씨에게는 딱히 ④가 유력하다고 듣지는 않았어요."

그것은 알고 있다고 생각했지만, 나로서는 그래서는 곤란하다…. 보류하고 있는 이별 이야기가 성립되어 버린다.

목표는 아니지만, 목이 걸려 있는 듯한 상황이다.

그러므로 조금씩 점진적으로 이야기를 진행시켜야만 한다.

"갬블에서 절대 해서는 안 되는 목표 설정이네요."

"닥쳐. 나는 ④에 걸었어. 요마령, 아야마레라는 녀석은 어떤 동물의 괴이야? 게인지, 달팽이인지, 원숭이인지… 뱀인지, 고양이인지. 별이라거나, 두견새라거나….”

“아야마레는 동물이 아니에요. 생물조차도 아니죠.”

“음…. 그러면 흡혈귀라든가, 시체라든가?”

그런 파워 계열이라면 오히려 대처할 방법이 있지만… 그렇지 않으니까 나는 이렇게 고향 마을로 돌아와서, 너에게 깐족거리는 빈정거림을 듣고 있는 거라고.

“사실대로 말씀드리자면, 오기 씨에게 듣기 전부터 저는 아야마레에 대해서는 알고 있었어요. 가엔 씨에게 신의 트레이닝을 받는 동안에 커리큘럼의 일환으로 배웠어요.”

“그런 거야? 그러면 신 계열의 뭔가야?”

그렇다면 다행이네.

모든 괴이가 신이라는 사고방식도 있지만.

“아라라기 씨가 경험하신 괴이담 중에서 가장 가까운 것은 귀신도 시체도, 하물며 신도 아닌, ‘어둠’이겠지요.”

“‘어둠’….”

“그러니까 오기 씨를 찾아간 것은 아라라기 씨가 생각한 것 이상으로 정확했어요…. 100점 만점의 120점이에요. 다만, 보기에 따라서는 어둠보다도 질이 나빠 보여요.”

그렇게 말했었지.

귀신조차 적이 아니다….

“요마령妖魔令, 아야마레는 영솽이에요. 문자 그대로 명령이자 법령이죠.”

“법령?”

"그래요. 계엄령이라든가 금주령 같은, 그런 법령이오."
실재하지 않는다는 의미에서는 유령이나 마찬가지인.
근대 법치국가의, 속박된 공동환상이에요.

020

"…그렇게 누군가로부터 명령받는다면, 나처럼 보잘 것 없는 인간이라도 솔직하게 사죄할 수 있을까.

"강제당한다면.

"순순히, 그게 아니면 본의 아니게.

"덤덤하게, 혹은 깔끔하게.

"사과할 수 있는 걸까.

"용서할 때에 용서할 구실이 필요한 것처럼, 사과하기 위해서도 사과할 구실을 원한다는 것은, 이것은 내가 아니더라도 비뚤어진 인간의 본심이겠지.

"쇼기 기사 이야기를 하자면, 그 사람들이 더 이상 둘 수가 없어졌을 때에 스스로 항복의 말을 하는 것은, 딱히 기사라는 생물이 전부 솔직하기 때문도 깔끔한 성격이기 때문도 아니라 그런 관례가 있기 때문인걸.

"법 정비가 되어 있으니까.

"그러니까 설령 몸이 뒤틀릴 정도로 분통이 터져도, 본심으로는 전혀 패배를 인정하고 싶지 않고 이것이 실력 차라고 납득할 수 없어도, 마음속 어딘가에서 '아직 뭔가 수가 있을 거야'라고 생각하고 있어도, '없습니다'라고 말할 수 있어.

"패배를 인정하는 것을.

"자신에게 허락할 수 있지.

"마음으로는 패배하지 않았지만 룰이니까 어쩔 수 없다, 라고 생각할 수 있어.

"조정이라고 말하면 될까. 융통성이 발휘되지 않는 관습이라도, 그렇게 명확하게 규정해 주면 따르기 쉽지.

"사과하는가 사과하지 않는가 정도는 스스로 결정하라는 말을 들어도, 스스로 결정하려면 사과하지 않는 쪽으로 기울어 버리는 인간으로서는, 역시 계기를 원하게 돼.

"사과하는 편이 좋다는 건 알고 있는걸.

"올바르게 사과하는 방법을 모르는 만큼… 자백하자면, 사과하고 싶지 않은 것 이상으로 사과하면 안 되는 거 아닌가? 하는 그런 강박관념도 있어.

"내가 보기에도 영문을 알 수 없지만, 거기서 사과하면 소중한 것을 잃는 것이 아닐까 하는 예감이… 프라이드일까 긍지일까, 좀 더 소중한 것을 상실한다는 기분이 들어.

"이상한 표현을 쓰자면, 그렇지, 신뢰를 잃는 듯한… 한마디 사과하면 지금은 넘어갈 수 있을지도 모르지만 장래에 화근을 남기는 듯한 기분이 머릿속에서 떠나지 않아.

"이 상황을 헤어나기 위해서 참아야만 한다.

"실제로는 그 반대로, 지금 사과하지 않으면, 타이밍을 놓치면 평생 후회하게 되는데… 내가 이미 어머니에게 폭언을 사과할 수 없는 것처럼.

"그때 누군가가 '어머니에게 사과해!'라고 단호하게 나를 나무라 주었다면 얼마나 좋았을까… 누군가, 가 아니라.

"그런 법의 정신이 있다면 얼마나 큰 도움이 되었을까. 적어도, 어머니는 구원을 얻었겠지.

"나도 구원받았을 거야.

"사죄는 강제되는 것이 아니다.

"자신의 의지로 하지 않는 사죄 따위, 완전히 무의미하다… 그렇겠지만, 하지만 무엇이 나쁜지를 정의하는 것이 법률이라면 죄형 법정주의에 따라서 그 해결책을 제시하는 것 역시 법률이어야 하지 않을까?"

021

그렇게 되어 사전약속 없는 여행을 고향 마을에서 만끽한 나였지만, 그러나 자동차로 마나세 대학으로 돌아온 나는, 하는 것과 당하는 것이 전혀 다르다는 것은 피해와 가해의 이항대립에 국한되지 않으며, 사전약속 없던 인물이 갑자기 말을 걸어와서 자기결정에 근거하지 않고 예상 밖의 일로 발을 멈추게 되는 것이 얼마나 민폐인가를 뼈저리게 느끼게 되었다.

다만, 갑작스럽기는 해도 예상 밖의 상황은 아닐지도 모른다… 의지에 반한다고도 말하기 어렵다. 사죄에 관한 이 조사를 능동적으로 계속하는 한, 언젠가는 마주해야만 하는 상대였고, 또 그렇지 않더라도 나를 만나러 왔을 상대였다. 그렇다, 사과하기 위해서.

"아라라기 군? 잠깐 괜찮을까?"

잘생긴 남자였다.

아니, 잘생겼었던 남자라고 말해야 할까?

아마도 얼마 전까지, 어쩌면 단 며칠 전까지는 아름다운 홍안의 미소년이었을 것으로 추측되지만, 머리카락은 푸석푸석하고, 짙은 기미가 낀 눈가는 움푹 들어가고, 뺨은 핼쑥해지고, 깎지 않은 수염이 나 있는… 패션도, 만약 그것을 패션이라고 부를 수 있다면 잠옷이나 마찬가지인 그것이었다.

비밀 지하동굴 같은 곳을 통해서 대학에 왔나 싶은 몰골이다… 비를 피하기 위해 폐허에서 살고 있던 그 알로하 아저씨가 깔끔하게 생각될 정도다.

"사과하고 싶어… 하무카이 씨 일로."

"……."

요컨대 이 미소년, 전 미소년이 메니코가 말하는 남친 군인 것이다… 서클 연구부 동료들에게는 전부 다 사과해서, 문자 그대로 외부인인 나를, 드디어 찾아온 것이다. 메니코의 친구로 봐 준 것 같으니 정말 다행이다. 나만의 착각은 아니었다는 이야기다.

당사자.

가해자.

언젠가는 내 쪽에서 찾아갈 생각이었다고 해도, 그러나 역시 저쪽에서 찾아오니 선제공격을 당했다는 기분이 강하게 드네… 수업이 끝난 뒤에, 만일을 위해 대학 도서관에서 뒷조사를 하려고 생각하고 있던 내 계획의 태평스러움에 어이가 없어진다.

메니코의 이야기에 의하면 한 학년 선배였을 텐데, 호리호리한 체구에 수염만 없다면 앳된 느낌의 대학생이었다… 도저히 요바이를 시도할 만한 인간으로는 보이지 않는데, 과연, 이런 게 메니코의 취향인가.

연상으로는 보이지 않는 느낌….

그리고 보니 경음부 소속이라는 남자친구도 동안이었지.

아동학대의 전문가로서는 조금 걱정스러운 경향이기도 하지만, 그건 일단 차치하고… 여기서는 어떻게 대응하는 것이 정답일까?

①당신은 누구죠?

②하무카이 씨가 누구죠?

③아라라기 군이 누구죠?

"아라라기 군이 누구죠?"

내가 선택한 것은 선택지 ③이었지만, 아무래도 사전조사는 마쳤는지 "괜찮아, 다 알고 있어. 나 같은 놈하고는 말을 섞고 싶지 않겠지, 아라라기 군."이라고, 들은 체도 하지 않고 말했다.

그리고 다른 사람의 눈도 꺼리지 않고,

"미안해, 아라라기 군! 나는 너의 소중한 친우를 상처 입히고 말았어! 부탁이야, 나를 때려 줘! 때려 줬으면 좋겠어!"

그렇게 말하며 힘차게 고개를 숙였다. 박치기를 하는 건가 싶을 정도로 힘차게.

친우라고 부르신 건가.

"전혀 봐주지 않아도 돼! 뭐하면 목을 꽉 졸라 줘! 유서는 이미 써 뒀어, 아라라기 군이 죄를 추궁당할 일은 없어!"

있겠지, 무슨 내용의 유서를 써 뒀다고 해도.

뭐, 이렇게 형법을 돌아보고 있을 장면도 아니네. 다행이라고 말해야 좋을까, 하치쿠지와 생각 외로 깊이 이야기를 한 것이 도움이 되어서 대학 수업에 자연스럽게 지각한 결과, 주위에 사람은 드문드문하지만… 너덜너덜한 차림새의 선배가 고개를 숙이고 있다는 그림이란 것은 참으로 겸연쩍다.

수치형*….

"이, 일단 자리를 바꿀까? 어디 보자…."

이름을 듣지 못했었네. 그러고 보니.

"이름 따윈 없어. 부모에게 물려받은 성씨도, 부모에게 받은 이름도, 댈 자격도, 이미 나에게는 없어. 꼭 필요하다면 쓰레기라고 불러 줘."

"…하하."

※수치형(羞恥刑) : 범죄자의 위법 행위를 공개함으로써 사회규범이 그런 행위를 용납하지 않음을 알리고 범죄자에게 불쾌한 감정을 유발케 하는 형벌.

과연, 연기하는 느낌이네.

센조가하라 히타기도 자기를 이베리코 돼지라고 부르라는 소리 했었는데… 하지만 장난치고 있는 것도 아닌 듯하다…. 흐린 눈동자가, 번쩍번쩍 빛나고 있다.

요사스런 빛을 발하고 있다. 요마령, 아야마레.

"나도 쓰레기라고 불린 적은 있지만 말이야, 그것도 여친에게. 웃기지?"

그렇게 그 자리의 분위기를 누그러뜨리면서 이동하려고 하는 나의 손목을, 남친 군이 꽈악 쥐었다. 부러지는 게 아닐까 싶을 정도의 악력이었다.

"놓치지 않을 거야. 아라라기 군이 내 사죄를 받아들여 줄 때까지는… 아라라기 군이 나를 때려 줄 때까지는. 뼈를 꺾고, 내 두개골에 금이 가게 해 줄 때까지는."

머리를 숙인 채 살짝 홉뜬 눈으로 나를 노려보는 남친 군. 완전히 시선이 고정되어 있다. 일단, 이라고 말하기는 뭐하지만 나도 일단은 전 흡혈귀이므로 힘으로 뿌리칠 수도 있었지만, 그것을 허락하지 않는 박력이 있었다. 이것이 ①비대칭 전쟁이라고 한다면 현재 상황은 상당한 열세다. 뼈는 둘째 치고, 여기서는 내가 뜻을 꺾을 수밖에 없어 보인다.

"…오케이, 오케이. 그러면 여기서 이야기하자. 대화를 나누자."

달래듯이 말하면서도, 나는 곧바로 전 흡혈귀의 재능을 유감없이 발휘해서 주위로부터 간섭받지 않도록 결계를 펼쳐… 이것으로 주위의 방해가 들어오지 않는다고 말하고 싶은 참이지만,

유감스럽게도 그런 재능은 찌꺼기 상태인 나에게는 남아 있지 않았다.

내가 칠 수 있는 것은 큰소리 정도다.

애초에 시노부가 결계를 친 것을 본 적도 없다고. 그 녀석, 사람의 눈 같은 건 전혀 꺼리지 않았으니 말이야. 왕이니까.

그런 느낌이라 난이도가 훌쩍 뛰어올랐다.

나는 주위의 눈을 신경 쓰면서, 메니코의 '가해자'인 남친 군을 자극하지 않으며 탐문조사를 완수해야만 한다. 다만, 이건 과연 어떤 상황일까?

보기에는 초라해진 분위기의 남친 군이지만, 누군가로부터 얻어맞은 듯한 흔적은 없다. 반창고도 붕대도 멍도 혹도 없다. 같은 행동을 모든 서클 동료들에게 하고 다녀도 아무도 그를 때리지 않았다는 이야기겠지만⋯ 그것도 그럴 만하다.

이 상황에서, 대체 누가 때릴 수 있을까?

두개골을 쪼갤 수 있을까?

일부러 공공장소에서 극장형 사죄를 하고 있는 듯한 기분도 든다. 의심의 눈으로 보자면, 고집스럽게 이곳에서 이동하려고 하지 않는 것도 사람의 눈이 없는 곳으로 끌려가서 진짜로 얻어맞는 일을 피하기 위해서라고 말할 수도 있다.

오히려 몸가짐을 **정돈**하고 온 듯 느껴지기까지⋯ 일부러 머리를 푸석푸석하게, 기미 낀 눈에 야윈 듯 보이는 메이크업을, 수염을 일부러 자라게 놔두고⋯. 한 방 갈기기 힘든 비주얼로 나타난 듯한.

엉뚱한 추측일까?

뭐, 옛날의 센조가하라 히타기라면 망설임 없이 때렸겠지만 (실제로 그녀는 반 친구가 지켜보는 가운데 오이쿠라를 주먹으로 때려서 그 일이 나름대로 문제가 되었다) 서클 밖에도 많이 있는 메니코의 친구들 중에서도 일부러 나를 노리고 찾아왔다는 부분에서 전략을 느끼지 못하는 것도 아니다.

선량하며 자상하며 벌레 한 마리 죽인 적 없는 나에게 사과해 오는 부분에서, 과연 이 남자, ⑤시험행동이란 전략을….

"그렇구먼. 설마 지금 자신이 고개를 숙이고 있는 상대가, 벌레 한 마리 죽일 수 없는 소아성애미성년자약취근친상간차일드시트변태 놈이라고는 꿈에도 생각하지 못하겠지."

슈퍼 대범죄자 같은 악명 높은 호칭이 내 그림자로부터 들려온 기분이 들지만, 이것은 여차할 때에는 내가 나가겠다는 유녀의 어필이기도 할 것이다… 든든하기 짝이 없지만, 단, 네가 나설 차례는 조금 더 나중이야.

쾌적한 공간에서 배를 비우고 있으라고.

"자! 아라라기 군! 나를 때려 줘! 나는 맞아야만 해! 자살해서 용서받을 수 있다면 지금 당장 그러고 싶지만, 그래서는 메니코의 분이 풀리지 않아! 메니코는 내가 좀 더 괴로운 벌을 받기를 바라고 있어!"

아슬아슬하게 하루 차이였다고는 해도, 메니코에게 먼저 이야기를 들어 놔서 다행이다… 시험 대책도 세워 둬야 하는 법이다. 한 수 배웠다고. 아무것도 모르는 상황에서 몸가짐에 신경 쓰지 않는 전 미소년이 이런 식으로 밀어붙여 오면, 아무것도 모르는 나는 몹시 당황했을 것이다.

어쩌면 사람 좋은 나는, 남친 군이 하는 말을 완전히 그대로 받아들이고 있었을지도… 가해자의 주장을 그대로 받아들이는 것은 안 그래도 위험하지만, 가해조차 성립하지 않은 상황에서는 더욱 그렇다.

"내가 생각하기에, 메니코는 말이지…."

"메니코는 상관없어! 이건 나와 아라라기 군의 문제야! 이 이상 메니코를 상처 입히고 싶지 않아!"

자기가 먼저 이야기를 꺼내 놓고 격정에 휩쓸려서 마구 떠들어 대는 남친 군… 극장형 격정이라고 말해야 할까. 미리 사정을 듣지 않았더라면 말할 것도 없겠고, 미리 들었던 지금도 나는 그저 공포에 떨고 있다.

어쩌면 문장이 서툰 나의 묘사력 부족으로 남친 군의 상태가 조금 재미있게, 자칫 우스꽝스럽게 비치고 있을지도 모르겠는데, 그렇다면 미안하다고 이 자리에서 사죄하고 싶다.

나는 지금, 말 그대로 신변의 위험을 느끼고 있다.

용납된다면 이 자리에서 쏜살같이 도망쳐 버리고 싶다. 용납된다면. 다만 그것은 용납되지 않는다.

잠깐 동안 고향 마을에 돌아가서 고등학교 3학년 시절의 나를 떠올렸던 당일이라면 더욱 그렇다.

얕보면 곤란하다.

나는 벌레 한 마리 죽일 수 없는 소아성애미성년자약취근친상

간차일드시트변태 놈이 아니다. 흡혈귀와도 화해했던 남자다. 그런 나를 상대로 이야기를 나누려고 하다니, 깜짝 놀랐다고.

메니코는 말렸지만, 그쪽이 바라신다면 어쩔 수 없지.

사양 않고 나의 무대에서 붙어 보도록 하자.

"좋았어. 들을게, 댁의 의견을."

나는 남친 군에게 그렇게 말하고 그 자리에, 즉 땅바닥에 책상다리를 하고 앉았다. 이야기가 끝날 때까지 여기서 꼼짝도 하지 않겠다는 의사표현이다. 앉아 버리면 무릎이 후들후들 떨리는 모습도 보이지 않을 수 있고 말이지.

각오해라.

나는 울며 사죄할 때까지 이야기를 할 거다.

"댁의 의견에는 반대지만, 댁이 의견을 이야기할 권리는 죽더라도 지키겠어… 진짜로 죽더라도."

시선이 단숨에 낮아지게 되어 계속 고개를 숙이고 있던 남친 군의 표정이 거의 정면에서 보이는 각도가 되었는데, 남친 군은 사람의 눈을 꺼리지 않고 바닥에 앉은 나를 보고 '나보다 먼저 자리를 잡다니!'라고 말하는 듯한, 강한 충격을 받은 얼굴을 하고 있었다. 타이밍을 봐서 넙죽 엎드릴 스케줄이라도 짜 두었던 걸까?

그렇다면 죄송하게 됐습니다.

금발 유녀에게 밤새도록 엎드려 빌었던, 나에게 일일지장*이

※일일지장(一日之長) : 조금 더 나이가 많거나, 혹은 실력이 좀 더 낫다는 뜻.

있다… 아침나절의 기습에 대해, 간신히 카운터를 한 방 날린 걸까. 때리지 않는 카운터를.

　그래도 아직 시작일 뿐이다.

　뭐하면 600년간 앉아 있자.

　"나라도 괜찮다면 이야기를 들어 줄게. 나쁘게 생각 마."

022

　"법률은 물론 만능이 아니야.

　"구멍투성이고, 빈틈투성이야.

　"샛길투성이지.

　"해석하는 자에 따라 어떻게든 해석할 수 있다는 것은 앞서 이야기했던 대로고, 애초에 불변이지도 않으니까 절대적이지도 않아.

　"그러기는커녕, 무법지대보다도 끔찍한 법치도 있어.

　"눈을 돌리고 싶어질 만한 룰에, 유유낙낙*하며 따를 수밖에 없는 상황은 여기저기에 있고, 있다고 해도 그것을 옳다고 하기는 어려워.

　"자기 뜻과 다른 사죄를 강제당하는 것은 역시 굴욕이겠지. 다만 생명이나 음식에 전혀 감사하지 않더라도 식탁에 앉았을

※유유낙낙(唯唯諾諾) : 일의 좋고 나쁨을 가리지 않고 무조건 따르는 것.

때에 '잘 먹겠습니다'라고 저항 없이, 거짓말을 하고 있다는 생각도 없이 말할 수 있는 건 결국 그 행동이 전통적인 규칙이기 때문이야.

"'잘 먹었습니다'는 매너니까.

"감사하지 않더라도 '감사합니다'를 말할 수 있다면, 잘못했다고 생각하지 않아도 '미안합니다'라고 말할 수 있지.

"오히려 좋은 일을 했다는 기분을 맛볼 수 있을지도… 규율에 따랐다, 옳은 일을 하고 있다는 자각은 자기 자신을 고양시켜 주지 않을까?

"나쁜 일을 했으니까 사과한다고 말하기보다.

"옳으니까, 사과한다.

"사과하는 일이 옳다면, 나는 옳다.

"오히려 사과하게 해 줘서 고맙다는 상황이야.

"극히 포지티브한 자기긍정감이지. 자기부정도 자기비판도 기분 좋지만, 그래도 자신은 옳다, 자신은 틀리지 않았다, 자신은 나쁘지 않다는 정의감은, 만능감과 통하는 게 있으니까.

"법은 만능이 아니어도, 우리에게 만능감을 부여해 줘.

"설령 고개를 숙이고 있어도, 마음속으로는 가슴을 펴고 있다는 거야. 올바른 룰에 따르고 있다는, 긍지가 있어.

"사과해도, 긍지는 상처 입지 않아.

"그렇게 되면 차라리 사과하기 편하지. 사과하는 편이 이득이라면, 오히려 팍팍 사과하고 싶어지겠지. 사과하지 않을 수가 없어.

"오히려 사과하기 위해서, 일부러 과실을 범해 버릴 것처럼 되기도 하고… 일부러 과실을. 이렇게 되면 뮌하우젠 증후군[*] 같지만, 정의에 취한다는 것은 역시나 위험하지.

"지금은 없는 츠가노키니 중학교의 파이어 시스터즈를 여동생으로 둔 너라면, 그것은 항상 실감해 왔겠지. 정의를 표방하는 위험함은, 잘 알고 있을 거야.

"하지만 그렇게 위험한, 법이라는 괴물의 힘을 빌리지 않으면 사과할 수 없는 인간도 있어.

"그런 인간이야말로 괴물이라고 한다면, 그러네, 받아칠 말이 없어. 이런 나에게, 걸 말이 없는 것처럼.

"걸 마법도 없는 것처럼."

023

"미안해! 코요미짱, 미안해~! 미안해~! 결국~ 최대한으로 말려들게 만들어 버려서~! 그럴 생각은 없었어~!"

메니코가 사과하게 만들어 버린 것은, 나는 아무런 목표도 달성하지 못했다는 뜻이다. 그런데 어째서 대학 도서관에서 돌아가던 중인 (오늘, 내가 달성할 수 있었던 유일한 예정이다) 나에

※뮌하우젠 증후군 : Münchausen syndrome. 타인의 사랑이나 관심, 동정심을 유발하기 위해 자신의 상황을 과장하고 부풀려서 이야기하는 행동. 허언증 중 하나.

게 메니코가 달려온 거지?

설마 남친 군으로부터 보고가 들어갔나? 아니, 아니. 메니코
는 이미 착신을 거부하고 있을 텐데.

"돌아다니고 있어~! 코요미가 대학 구내에서 주저앉아 있는
사진이~! 해시태그 '#앉아라긔'가 붙어서~!"

"'#앉아라긔'라니…."

진짜로 바보 취급당하고 있잖아.

초등학교 5학년생 정도로 재치 있는 소릴 하는 녀석이 있네.

"괜찮아, 내가 진심일 때는 카메라에는 찍히지 않으니까."

"화, 확실히 화질은 나빴지만?"

당황하는 모습을 보이면서도, 메니코는 내 몸 이쪽저쪽을 손
바닥으로 퍽퍽 두드렸다. 어떠한 감정의 발로인가 했지만, 아무
래도 내 몸에 상처가 있는지 여부를 확인하고 있는 듯했다. 걱
정해 주고 있는 것은 알겠지만, 참 난폭한 건강진단이네….

상처가 있으면 어쩔 건데.

무슨 일이 있어도 동요하지 않는 천하태평 Girl이라고 생각했
다고.

"괜찮아. 남친 군과는 극히 평화적인 대화만 나누었을 뿐이야."

"정말~? 남친 군의 사진도 화질이 나빴지만, 요컨대 남친 군
도 진심이었다는 얘기잖아~?"

으음…. 진심 운운했던 건 농담이었는데, 아니, 그런 문제도
있나. 만약 남친 군이, 그 남자가 아야마레의 지령에 따라서 행
동하고 있다고 한다면.

④명령계통.

"심령사진이 돌아다니게 된 건가…."

"어쨌든 미안해~! 이런 민폐를 끼치다니~! 나를 싫어하지 마
~! 가장 사이좋은 친구를 잃고 싶지 않아~! 한 번만이라면 요
바이당해도 괜찮으니까~"

"그러면 친구가 아니게 되어 버리잖아."

"용서해 주는 거야~?"

"용서할게용서할게용서할게."

"다행이다~"

거의 눈물이 글썽거리던 메니코였지만, 거기서 천연덕스럽게
웃는 얼굴을 보였다. 한시름 놓았다. 남친 군과의 대화만으로
충분히 지쳤는데 지금부터 메니코와 제2라운드가 시작된다니,
제아무리 나라도 사양하고 싶다… 라는 본심이 아닌 약한 생각
도 있지만, 그 이상으로 만약 여기서 메니코까지 사죄중독 증상
을 보인다면 내가 쌓아 올린 나무블록 같은 가설이 무너지기 때
문이다.

다섯 개의 가설 따위, 하물며 열세 개의 가설 따위, 폭 넓다고
는 말할 수 없다…. 나 정도의 기량으로 세울 수 있는 가설은 기
껏해야 하나가 전부다.

그것이 하마터면 맥없이 무너져 버릴 참이었다…. 무서워라,
무서워라….

"그래서~? 어떻게 남친 군~ 즉~ 전 남친 군을 쫓아낸 거야
~?"

"속을 터놓고 이야기를 나누었을 뿐이야. 생각해 보면 처음부터, 나는 그렇게 배웠어."

"가르침~? 누구에게서~"

"알로하에게서."

다만, 알로하는 이렇게 말했다.

말이 통하지 않는다면 전쟁밖에 없다, 라고.

그런 의미에서 위험했던 것은 나였을까, 아니면 남친 군이었을까. 비대칭 전쟁.

솔직히 말하면, 나의 그림자에는 나의 몸에 무슨 일이 생겼을 때에 세계를 멸망시킬지도 모르는 금발 유녀가 송곳니를 갈고 있었으므로, 실제로 목숨을 건 교섭이었다고 말해도 과언은 아니다.

자, 그렇다고 해도 메니코에게는 어디까지 이야기해야 할까. 히타기나 오이쿠라하고 메니코를 이어 주고 싶지는 않지만, 애초에 내가 움직이기 시작한 이유는 세 가지 사례가 확인되었기 때문이고….

다만 오늘 그렇게 남친 군과 얼굴을 마주해 보니, 역시 각자 개성이 있었네. 센조가하라 히타기는 과거의 평탄함을 떠올리게 만드는 쿨한 사죄였고, 오이쿠라는 하는 말이 정반대일 뿐이지, 말하자면 평소와 마찬가지인 낯익은 히스테리였다. 남친 군의 극장형 격정과는 두 사람 모두 종류도 경향도 달랐다.

같은 명령을 받아도.

실행하는 자가 다르면 패턴도 달라지는 건가.

본인이 괴이화하고 있는 것이 아니다….

다만, 그것도 있었겠지… 히타기와 오이쿠라를 먼저 경험해서, 어떤 의미로는 하드한 특훈을 마쳤으니까 기습을 당하더라도 남친 군에게 대응할 기반은 마련되어 있었다.

지인에게 당하는 편이 힘들다는 점은 있을지도.

"뭐, 더 이상 걱정은 필요 없어."

망설인 끝에 나는 결국 결론만 말하는 선에서 멈췄다. 친구에게 비밀을 갖게 되는 것은 뜻밖이지만, 여기서는 폼을 잡도록 하자.

나는 그런 남자니까.

"남친 군은 더 이상, 두 번 다시 네 앞에 나타나지 않겠대."

"……? 흐음~?"

의혹의 시선을 보내왔지만, 그러나 메니코는 굳이 추궁해 오지는 않았다. 이 부분의 거리감은 역시나 남자친구가 끊이지 않는 여자 대학생이라는 기분이 드는군.

나였다면 매달렸겠지.

"서클은 이미 탈퇴한 모양이고. 학교 건물 안이나 수업에서 지나치는 일 정도는 있을지도 모르지만, 앞으로는 무시하겠대. 나와 남친 군은 그런, 남자 대 남자의 약속을 했어."

"무시당하는구나~ 나는~"

그것은 그것대로 뜻밖이라는 얼굴을 하는 메니코였지만 "하지만 그거면 됐어~ 전 남친 군이 대학을 그만두었으면 좋겠다고까지는, 조금밖에 생각하지 않았어~"라고 말했다.

조금은 생각했던 모양이다. 그야 그렇겠지.

"하지만 남자 대 남자의 약속이란 건 좋네. 멋져~"

"그래. 아라라기 코요미는 멋지다고."

실태는 전혀 다르지만.

아라라기 코요미는 폼을 잡고 있을 뿐 멋지지 않고, 그리고 무엇보다 나는 남친 군과 남자 대 남자의 약속 따위 하지 않았다. 엄청 이야기를 나누며 나는 남친 군의 이야기를 전부 들었지만, 최종적으로 그것으로 다 해결되었다고는 말하기 어렵다.

평화적이기는 했지만, 그러나 맺어진 것은 힘으로 밀어붙인 평화조약이다.

그것은 약속이 아니다.

그것은, 명령이다.

"…④명령계통이기에, 라고 말해야 할까. 요컨대 누군가의 명령을 듣는 녀석이란 다른 녀석의 명령도 들으니까."

"? 무슨 얘기~?"

"로봇 3원칙인가 뭔가 하는 것 얘기야."

눈에는 눈, 이에는 이, 괴이에는 괴이.

그리고 '명령에는 명령' 작전…이 있었던 건 아니다.

하지만 역시 기초지식은 있었다. 어제 고향 마을에 돌아가서 일단 부딪쳐 보는 식으로 오기에게 이야기를 들었던 것은, 나로서는 정말 말도 안 되는 수준의 파인 플레이였다.

남친 군이, 혹은 히타기나 오이쿠라가 외부의 영향을 받아 강제로 사과하고 있다는 발상은 확실히 나에게는 없는 것이었다.

괴이에 기인하더라도, 어디까지나 연결하고 있는 것은 본인의 이성일 거라고 상정하고 있었다. 나는 좋게도 나쁘게도 개인의 의지라는 것을 너무 과신한다. 자신의 약한 의지의 도착倒錯이라고도 할 수 있다.

그래서 실패해 왔다.

박약하기에.

하지만 만약 남친 군과 다른 두 사람이 ②자벌경향이나 ③자기희생에는 있는 듯한 '나 자신'이 없는 상태로 사과를 반복하고 있다면, 당연히 아무리 설득하려고 해도, 속을 터놓으려고 해도 무의미하다. 터놓은 속은 대나무를 가른 듯이 텅 비어 있고, 설득해야 할 본체는 그들 뒤편에서 조종하고 있으니까.

끈은, 다른 장소에 뿌리내리고 있었다.

"AI 얘기야~? 앞뒤로 모순되는 명령을 입력시키면 컴퓨터는 대체 어떻게 반응하는가, 하는?"

자신의 전문분야와는 조금 어긋나지만 그래도 메니코는 나름대로 생각했는지, "그야 보통은 나중 명령을 우선하지~"라고 말했다.

"나중 선택이 우위인 법칙~ 융통성은 발휘해야지~ 하지만 실제로는 어떨까~? 선행해서 입력된 명령을 우직하게 고수하는 걸까~?"

"다른 녀석의 명령은 듣지 말라고 입력되어 있는 경우도 있을 테고 말이야. 다만, 완고하게 보여도 의외로 유연하다고."

유연하다기보다, 완고하기에 심플했다.

엄청 이야기를 나눈 끝에, 남친 군이 한계까지 피폐해졌을 때에 꺼냈다는 타이밍도 베스트였겠지만(흡혈귀의 체력은 무진장이다), 그렇지 않더라도 나의 '명령'은 통했을 것이다.

어쨌든, 왕의 칙령이다.

괴이의 왕이 내리는.

"…그렇지만 이런 방법은, 히타기나 오이쿠라를 상대로는 통하지 않겠지. **사죄의 대상**이 내리는 명령을 받아 주는 구조는 아닐 테니."

어디까지나 내가 메니코와 남친 군의 문제에 관계없는 제삼자였기 때문에 가능했던 '명령'이다. 게다가, 메니코를 불안하게 만들고 싶지 않지만 사실은 근본적인 해결은 되지 않았다.

어디까지나 일시적인 처치라고 할까, 고식姑息 요법이다.

입력되어 있던 내용을 덮어쓰기에 성공한 것 같은 상황이니, 만약 다시 남친 군이 ④명령계통의 지휘하에 놓이게 되었을 경우에는 도로아미타불, 원상복귀다.

덮어씌운 것이, 다시 덮어씌워질 수 있다.

철혈이자 열혈이자 냉혈의 흡혈귀의 이름을 빌린 명령이라고 해도, 어디까지나 그것의 잔해가 지닌 권력이고… 실체가 없는 권력을 등에 업었다는 의미에서는, 나에게 세컨드 찬스는 없다.

오기도 말했다.

귀신조차 적이 아닌 요마령, '아야마레'.

덧붙여 말하자면 남친 군에게도 좋은 해결은 아니다. 알기 쉽게 로봇으로 예를 들었지만, 물론 인간은 로봇이 아니다. 명령

덮어씌우기 따윈, 이율배반의 더블 바인드에 빠질 수도 있다…

뭐, 메니코가 받은 '사죄'의 민폐도를 생각하면 남친 군도 다소의 고통은 받아야 수지타산이 맞지 않느냐는 마음도 나에게는 있지만, 역시나 그것을 그대로 놔둘 수는 없다.

근본적인 해결을 바란다면 각각에 접촉해서 그 각각에 대처하는 것이 아니라, 결국 조종하고 있는 뿌리를 끊을 수밖에 없다. 악법도 법이라면 법 개정을 바랄 수밖에 없는 것이다.

"하지만~ 어쨌든 고마워~ 코요미짱. 아직 어떻게 될지는 알 수 없지만, 일단은 살았어~ 정말로정말로정말로정말로 고마워~"

"그렇게까지 감사받으면 오히려 부담스럽네. 정말로정말로정말로정말로 부담스러워. 어쩌다 내가 그 역할을 맡은 것뿐이야. 누구라도 할 수 있는 일을 내가 했을 뿐이야."

실제로는 시노부 덕을 많이 본 구석도 있으므로 뻔뻔스런 겸손의 말도 이 정도면 몸에 배었다고 할 수 있겠지만, 그러나 메니코는 양보하지 않고, "아니, 아니~ 코요미짱이기 때문에 할 수 있었겠지~"라고 말을 이었다.

"코요미짱이 하는 말이니까~ 남친 군도 얌전하게 따랐던 거야~"

"…응?"

묘하게 강조하네.

나는 메니코에게 그렇게까지 의지할 수 있는 남자라고 여겨지고 있었나? 그렇다면 부끄러운데. 솔직히, 이 녀석 앞에서 그렇게 능력 있는 모습을 보인 기억은 없는데….

할 수 없기는 고사하고, 특별히 공부를 잘 하지 못하는 모습만 보이고 있다.

"서클 연구부의 무서운 멤버가 나서 줘도~ 전혀 소용이 없었는데 말야~ 역시 지연地緣이란 강력하네."

"서클 연구부에 무서운 멤버가 있어?"

어떻게 된 서클이야.

그게 아니라… 지연?

"메니코, 지연이라니 무슨 소리야?"

"어라~? 말하는 게 늦었나~?"

장난치는 느낌으로 고개를 갸웃하고서,

"남친 군은~ 코요미와 같은~ 나오에츠 고등학교 졸업생이거든~? 다 알고서~ 이야기를 나눴던 거 아냐~?"

그렇게 메니코는 말을 이었다.

"…들은 적 없어."

아니.

알고 있겠지만, 이라고 말했다.

말했지만, 그렇다면… 이야기가 전혀 달라진다.

대화가, 전혀 달라지기 시작한다.

024

"악의가 없는 것보다도 자각이 없는 것 쪽이 성가시지. 요컨대 '나쁜 짓을 했다'라고 생각하지 않기는커녕 '했다'라고도 생각하지 않는 경우에는, 정말로 무엇을 사과해야 좋을지 알 수 없게 되어 버리겠지.

"피해를 주었을지도 모르지만, 폐를 끼쳤을지도 모르지만 그래도 나는 옳았다, 그렇게 할 수밖에 없었다… 라는 뚜렷한 생각을 가지고 있다면, 차라리 확신범으로서 피카레스크 로망 기분을 낼 수도 있겠지.

"하지만 '올바른 일을 했다'고도 '나쁜 짓을 했다'고도 생각하지 않는… '나는 아무것도 하지 않았는데'라고 말하는 번듯한 인물에게는, 대체 어떠한 사죄를 요구해야 좋을지 머리를 싸매야만 하지.

"법으로 부과된 의무를 다하지 않았다는 '아무것도 하지 않았다'라면 물론 견책할 수도 있겠지만, 그런 위반조차 하지 않았다는 태평스러운 인물에게, 너의 그 자각 없는 부분이 문제라고 어떻게 설명해야 좋을까.

"야단맞기 싫으니까 아무것도 하지 않는다.

"그런 사상도 있어. 야단맞고 싶지 않으니까 사상을 갖지 않는다.

"다만, 자신과 관계없다고 강 건너 불구경하는 자세를 취하는, 그런 천하태평인 인물이야말로 제삼자일 수 있다고도 할 수 있지. 재판관이나 배심원은 자신과 관계있는 가해자를 재판하는 것이, 혹은 관여한 사건을 담당하는 것이 불가능한 것처럼.

"법률을 시행하고 집행하는 인간이 그 문제의 당사자라면 국민도 납득할 수 없겠지. 그래서는 법에 예외가 생겨나게 될 수도 있으니 엄밀한 제삼자 따윈 존재할 수 없겠지만, 일단 겉으로는 존중해야만 해.

"다섯 명 건너면 모두가 아는 사람이 된다는 스몰 월드 가설이라는 것도 있지만, 어느 정도의 관계성을 가져야 관계자라고 불러야 할까?

"너도.

"남의 일이라고 생각하고 있었지?

"트러블에 고개를 들이밀면서도, 어디까지나 그것은 연인이나 친구나 소꿉친구가 당한 재난을 해결하기 위해서일 뿐이었지?

"재판관의 마음가짐이었어.

"혹은, 명탐정 역할이었어.

"하지만 그렇지 않았어…. 그 이름 높은 아라라기 코요미조차, 계속 더듬어 가서 연결되면 평등하게… 법 아래에서 평등하게, 누구도 아닌 똑같은 당사자가 돼.

"재판관도, 피고석에 서게 될 수 있는 거야."

025

"내가 지망하고 필사적으로 공부해서 간신히 합격한 대학교에 말이지, 나오에츠 고등학교 개교 이래 최악의 낙오자로 이름

높았던 그 후배가, 태평스럽게 입학했던 거야. 소문을 듣기로는 여자가 목적이라던가? 아니, 딱히 상관없고 내가 불평을 할 입장도 아니었지만, 뭔가 한마디, 사과했으면 좋겠어."

그런 말을 했다고 한다, 남친 군은.

자신이 모르는 곳에서 자신이 그런 소문으로 화제에 올라 있었다니, 그리고 내가 나오에츠 고등학교 개교 이래 최악의 낙오자로 이름 높았다니, 게다가 여자가 목적이라는 말을 듣다니. 정말 기분 나쁜 이야기였지만, 그러나 덕분에 수수께끼가 풀렸다.

시냅스가 연결된 것처럼.

미싱 링크가 연결되었다.

그렇다기보다, 이것은 정보가 너무 많아서 혼란스러워지는 패턴이다…. 만약 메니코에게 남친 군의 사죄공세에 대해 듣지 않았다면, 나는 분명 히타기나 오이쿠라의 공통점을 찾으려 했을 것이다. 아니, 그 경우에는 히타기에게 새해 인사처럼 들은 이별 이야기와, 매복한 오이쿠라가 넙죽 엎드릴 듯이 연발한 사과, 그것은 그것대로 이어서 생각하기 어려웠을지도 모른다…. 애초에 오이쿠라는 나오에츠 고등학교에서 자퇴했으므로(전학이었던가?) 솔직히 그 소꿉친구가 그리운 **모교**의 동급생이라는 느낌은 없다.

내 주변의 가까운 사람, 이라는 구분으로밖에 볼 수 없었는지도 모른다… 그러나 난수로서의 남친 군이 내 고등학교 시절의 한 학년 선배였다면, 공통점은 명백하다.

나오에츠 고등학교의 졸업생. 또는 그것에 준하는 자.

그리고 현재, 마나세 대학에 재적하는 자.

솔직히, 나는… 나오에츠 고등학교 개교 이래 최악의 낙오자인 듯한 나는 동아리에도 소속되지 않아서, 즉 선후배 관계는 재학 중에는 거의 생기지 않았다고 해도 좋다.

그것은 앞서 말한 오이쿠라는 말할 것도 없고, 1, 2학년 동안 귀한 집 아가씨를 가장하고 있던 센조가하라 히타기도 사정은 마찬가지다. 뭐, 경계심에 가득 차 있던 귀한 집 아가씨의 경우에는 전교생의 개인 정보를 빈틈없이 파악하고 있었을지도 모르지만, 그래도 일방통행의 관계, 무관계일 뿐이었을 것이다.

당사자 의식은 전무하다.

요컨대 세 사람에게 관계가 생겨났다고 한다면, 고등학교 시절이 아니라 마나세 대학에서 보내던 캠퍼스 라이프 중일 거라고 보면 틀림없다. 상당히 멀리 돌아왔지만, 여기까지 알면 이미 정답에 도달한 것이나 마찬가지다.

분명 있을 것이다. 나 이외의 나오에츠 고등학교 졸업생이 전원 소속되어 있을 만한, 그룹 채팅방이. 오이쿠라는 졸업생조차 아닌데도, 내가 따돌림당하는 이유는 무엇일까 하는 새로운 수수께끼가 생겨나 버리지만, 그것은 뭐, 밤에 잠자리에서 베개를 적시면서 생각하기로 하고….

"메니코. 남친 군의 행동이력을 알고 싶어. 남친 군은 서클 연구부 외에, 이 대학에서 뭔가 주로 하는 활동은 없었어? 국제 계열이라든가… 수학 계열의?"

이치를 따라 말하면, 나의 직접적인 지인인 히타기나 오이쿠라에게 물어보면 된다고도 생각할 수 있지만, 유감스럽게도 사죄 대상인 나는 지금의 그 두 사람과는 제대로 이야기를 나눌수 없다. 제대로 이야기를 나눌 수 없는 것은 메니코와 남친 군도 마찬가지겠지만, 남친 군이 그렇게 되기 전에 뭔가를 들었을 가능성은 높다.

"응~? 전 남친 군은 나하고 달리, 서클을 여기저기 가입하지는 않았을 거라고 생각하는데~?"

"그런가…. 그러면 같은 수업을 들었다든가…."

학년이나 학부가 달라도 같은 수업을 듣는 경우는 있을 테지만… 어쩐지 감이 안 오네. 나오에츠 고등학교의 졸업생만 수강하는 수업 같은 게 있을 거라고는 생각할 수 없고… 나는 전혀녹아들지 못했지만, 나오에츠 고등학교는 그래 봬도 번듯한 입시 명문교이니 동문회 같은 것이 있어도 이상하지 않다.

"아~ 그러고 보니~? 서클 활동이라든가~ 동호회라고 하자면~ 조금 다를지도 모르겠지만~ 작년 연말~? 겨울방학 전에~ 남친 군이 말이지~ 이런 말을 했던가~?"

아직 나하고 러브러브했을 무렵~?

그렇게 말하는 그 밀월기간이 언제인가는 모르지만, 겨울방학 전이라는 점은 시기적으로 완벽하게 매치된다. 또한 단순히, 내가 모르는 곳에서 내 험담을 하고 있었을 뿐일지도 모르지만….

나의 험담을 하며 즐겁게 놀았을 삼인조는 아니겠지?

나오에츠 고등학교 개교 이래 최악의 낙오자라….

자신이 타인에게 어떻게 보이고 있는가 따윈 고등학생 무렵에는 거의 의식한 적이 없었지만, 새삼스레 그런 식으로 들으니 상당히 아프게 느껴지네.

자기가 말하는 것은 몰라도, 가까운 사람이나 생판 남에게 듣는 것은 괴롭다. 멘탈에 무리가 온다.

게다가 반론은 어렵다.

아니, 딱히 나도, 아무리 그래도 성적이 학교에서 최하위였던 것은 아니므로, 그런 말까지 들은 기억이 없는 것은 사실이지만, 그러나 그 평가가 이어지는 말에는 찍소리도 할 수 없는 구석이 있다…. '한마디, 사과했으면 좋겠어'.

그렇구나.

확실히 나는 고등학교 3학년이 될 때까지… 좀 더 자세히 말하면, 고등학교 3학년 6월이 될 때까지는 진학이니 입시 같은 것은 고사하고 졸업 자체가 위태로웠다.

말하자면 히가사의 정반대다.

이런 미래는 아무도 예상하지 못했을 것이다. 부모님조차도 그럴 것이다…. 그런 의미에서 지옥 같은 봄방학이라느니, 악몽 같은 골든 위크라느니 하는 말을 하고 있지만, 나는 아주 축복받은 상황이었다.

그러기는커녕, 반칙을 했다고 말해야 한다.

그렇게 고백하고, 그렇게 참회해야만 한다.

나오에츠 고등학교에서 손꼽히는 재원 두 사람이 가정교사로 찰싹 붙어서 성적을 올렸다는, 그 이야기만 하는 것이 아니다.

그에 걸맞은 노력을 했다는 자부심은 있다.

하지만 그 노력 자체가 말도 안 되는 흡혈귀 파워에 뒷받침되었던 것이며, 무진장의 체력이라든가, 만화 같은 집중력이라든가, 아무리 밤을 새워도 말짱하다든가, 그야 입시 관련 지식을 얼마든지 채워 넣을 수 있을 방법이다.

이것이 부정행위가 아니면 뭐가 부정행위냐고.

물론 나도 할 말은 있다. 소중한 라스트 스퍼트 시기인 겨울방학에 나는 매일처럼 뱀신에게 죽고 있었고, 입시 당일 아침에는 아예 지옥에 떨어져 있었다. 메리트와 디메리트라고 딱 잘라 알기 쉽게 구분하기는 어렵고, 단순한 이해득실로도 이야기할 수 있는 것이 아니다.

그러나 객관적으로 봐서 흡혈귀 체질 없이, 또한 나의 인생이 괴이에 얽히지 않았더라면 대학생 아라라기 코요미는 없었다. 고등학교 유급, 혹은 고등학교 중퇴의 아라라기가 있다.

높은 확률로 칸바루나 히가사와 책상을 나란히 하고 있었다. 같은 학년이었다면, 일단 친구가 되지 않았을 두 사람과.

그 부분도 포함해서 지금의 나이므로, 나 자신은 그렇게까지 부정적으로 인식하지는 않지만… 다만, 동시에 이것은 나 자신의 이야기일 뿐이다.

개인정보이며, 사생활이다.

나는 평소에 '흡혈귀 체질'이라고 쓴 티셔츠를 입고 생활하고 있는 것이 아니다. 나의 사실상의 부정행위, 좋게 말해도 어드밴티지는 남친 군이 알 수 있는 바가 아니다.

한마디, 사과했으면 좋겠어.

그렇다고 그런 말을 들을 이유는 없을 것이다… 없을 테지만, 그러고 보니 히가사와의 대화도 떠오른다.

나 같은 녀석이 '태평스럽게' 대학에 다니고 있는 모습만으로도, 남친 군이나 히가사가 보기에는 울화가 치밀지도 모른다…. 특별히 하고 싶은 일이 있었던 것도 아니라, '여자친구가 추천 입학이 결정된 대학이니까'라는 이유뿐이었고, 수학과라는 마이너한 진로도 어쩌다 수학이 잘 하는 과목이었기 때문이라는 것만으로 선택한 것이며 나는 딱히 수학자를 지망하는 것이 아니다. 오이쿠라처럼 오일러를 리스펙트하는, 높은 뜻이 있는 젊은이가 아니다.

꾸준히 매일을 성실하게 학력을 쌓아 가던 수험생이 보기에는 자기를 바보 취급하는 듯 보이는 레벨 업이었는지도 모른다… 오해지만, 오해받을 요소는 있다. 사람에 따라서는, 히가사처럼 비뚤어지고 싶기도 하겠지.

못 해먹겠다고 생각하게 만드는 치트 캐릭터일지도….

열심히 동아리 활동에 매진하던 학생은 은퇴한 뒤에 같은 레벨의 모티베이션으로 공부에 집중하면 거짓말처럼 성적이 쭉쭉 오른다고 하는데… 칸바루가 그랬다고 해도, 내 경우에는 그런 패턴도 아니었고 말이지.

옆에서 보기에는 장난치고 있는 것처럼 보이기까지 하겠지… 물론, 남친 군도 진짜로 나에게 사과를 원해서 집착했던 것은 아닐 것이다.

어디까지나 잡담의 일환이 분명하다.

스트레스 발산이다.

진지하게 그렇게 생각했다면 애초에 내가 내리는 '명령' 따윈 받아들이지 않았을 테고… 그렇지만 이거야 원, '괴이의 왕'의 권위를 등에 업은 명령이라서 이율배반 중에 이쪽의 법에 따라 줬나 하고 생각했는데, 그게 아니라 설마 내가 남친 군에게 불량한 후배였기 때문일 줄이야….

귀신은 적이 아니지만.

나는 남친 군의, 적이었다.

이것은 이것대로, 고등학교 시절 불량학생 행보에 도움을 받은 모습인가. 그 가르침에는 반기를 휘둘렀을 텐데, 의외로 나는 '사람은 혼자 알아서 살아날 뿐'을 바탕에 깔고 행동하고 있네.

"그래서, 메니코. 남친 군은 무슨 말을 했어?"

"교수님에게 부탁을 받아서~ 3월에 입시를 치르는 새 수험생을 위해~ 연말에 개최되는 마지막 오픈 캠퍼스의~ 임시 도우미를 한다느니, 뭐라느니~ 우리 때도~ OB 방문 같은 거~ 있었잖아?"

"OB를 방문한 적은 없는데… 그렇다기보다, 나는 학교 건물 견학조차도 안 왔는데."

"아하하~ 코요미짱은~ 천재 스타일이네~"

너에게 그런 말을 들으면 코요미짱도 끝장이고, 인간이란 녀석은 만화경처럼 다양한 시각을 갖고 있구나 하고 절절이 생각하게 되지만… 그렇구나, 그런 거였나.

오픈 캠퍼스…. 설마 오기도 하치쿠지도 아닌, 가장 어떻게 되어도 상관없다고 생각했던 히가사와의 잡담이 복선이 될 줄이야.

정말 세상일은 알 수가 없다.

OB 방문인가.

아무래도 나는, 또다시 고향 마을로 돌아가야 할 것 같았다. 모처럼 오이쿠라의 옆집으로 이사 왔는데, 이래서는 자동차 통학하던 무렵과 변한 게 없다고.

026

"한마디, 사과했으면 좋겠어.

"가벼운 요구인 듯하면서도 응하기 어려운 부탁이기도 하지. 차라리 '사과하지 않아도 되니까 입 다물고 죽어 줘'라고 말해 주는 편이 리액션하기 쉬워.

"말도 안 되는 요구라면 거절하기 쉬우니까.

"고개를 숙이는, 사과하는 것이 죽기보다 괴롭다고 생각하는 인간에게 사과하라고 요구하는 것은 비겁하기까지 하지.

"입장의 차이라는 게 있잖아.

"다른 사람들은 당연하게 하고 있는 일이라도 나는 도저히, 어째서인지는 모르겠지만 하여간 싫은 거, 없어?

"스커트는 정말 입고 싶지 않다든가, 면을 후루룩거리며 먹는 소리에 혐오감을 느낀다든가, 네 명 이상의 집합에 견딜 수 없다든가, 카메라에 찍히는 것을 끔찍이 싫어한다든가, 비행기에는 도저히 탈 수 없다든가, 사람마다 각자 도저히 양보할 수 없는 불호가 있는데, 그 부분을 찔리면 어째서 그렇게 당연한 일도 할 수 없느냐며 불호가 불성실처럼 취급받는 트랩이야.

"한편, 사과하라는 요구가 부추기는 것처럼 들릴 때도 있어. '어차피 너는 못 하겠지만' 같은 느낌으로 들릴 때가 있고, 그것이 선동하는 말이 아니라 기대하는 말로 들리는 때도 있고.

"한마디, 사과했으면 좋겠다고 말하면서도.

"사과할 거라고는 생각하지 않고, 여기서 사과한다면 오히려 김이 샌다고 여기지 않을까. …사과하란 말을 듣고 사과할 만한 피라미에게 화를 내고 있었다니, 그 사람들의 나에 대한 평가를 떨어뜨려 버리는 게 아닐까 하고 불안해져.

"나는, 쓰러뜨려야만 하는 강적으로 있어야 하지 않을까?

"일부러 한 게 아니라고 말하면 용서하기 쉬울지도 모르지만, 그건 반대로 보면 그런 말을 들으면 화내기 어려워진다는 뜻이기도 하겠지.

"고의가 아니었다, 사고 같은 일이었고 아무도 잘못한 게 없다면, 확실히 아무도 원한을 품지 않고 끝나겠지만… 그때, 품었던 스트레스나 프러스트레이션은 대체 어디에 가지고 가면 되는 거냐고.

"사라져 버리지는 않을 거 아냐?

"이야기에 악역이 필요한 이유는 아무래도 그 부분에 있겠지. 그렇게 간단하게는 사과하지 않는 악역으로 있는 것이, 피해자에 대한 보상이 되는 케이스도 있을 거야.

"갱생하지 않는다는 갱생.

"개심하지 않는다는 개심.

"성장하지 않는다는 성장.

"사죄하지 않는다는 사죄.

"아라라기 코요미에게도 센조가하라 히타기에게도, 혹은 하네카와 츠바사에게도 오이쿠라 소다치에게도 불가능했던 그런 행동을, '그 남자'는 시치미를 떼며 해 버렸다는 이야기일까."

027

다만 아라라기 코요미의 사전연락 없는 여행도, 아무래도 이것으로 일단락인 듯했다. 결코 예상할 만한 라스트 센텐스는 아니고 개인적으로 생각하는 바가 엄청 많지만, 그래도 이야기는 끝내야만 한다. 비록 아무리 뜻밖이고 예상 밖의 형태가 된다 할지라도. 다 말린 빨래처럼 개어야만 할 것이다. 설령 아직 더러워진 채라도. 나에게는 배드 엔드이지만 누군가에게는 이것이 해피 엔드이기를 빌자.

그때의 기세에 휩쓸려 사전연락 없이, 라고는 말했지만 최소한의 사전조사와 사전준비 정도는 했다. 나도 다소는 성장한다.

그중에서도 특히 히타기와 오이쿠라가, 메니코가 말한 OB 방문, 오픈 캠퍼스라는 것에 호스트 측으로서 참가했는지 여부는 우선 확인해 둬야만 하는 사항이었다.

물론 현재의 관계성 때문에 본인에게 확인하기는 어렵지만, 확실히 동창생과의 교류는 없는 것에 가까웠던 나도 그 밖에 말을 걸어 주는 나오에츠 고등학교의 졸업생이 한 명도 없는 것은 아니다. 옛날 같은 반 친구의 친구의 친구 같은, 도시전설 같은 세세한 연줄을 더듬어서 판명하기로는, 틀림없이 그 두 사람은 각자의 학부 1학년 대표로서(히타기는 국제경제학과, 오이쿠라는 수학과) 그런 이벤트에 참가했었다.

예상하신 대로 나에게는 전혀 들려오지 않았던 이벤트였지만, 그러나 불만은 말할 수 없다. 누가 어떻게 봐도 아라라기 코요미는 이상적인 수험생 대표라고는 말할 수 없으니… 그 남자의 입시 공부 경험은 아무런 참고도 되지 않는다. 그 부분을 말하자면 히타기는 추천 입학자고, 오이쿠라는 나오에츠 고등학교를 졸업하지는 않았지만 등교 거부나 전학을 반복한 끝에 장학금을 받으며 대학에 다니는 고학생의 전형적인 모델 케이스라고 말할 수 없는 것도 아니다.

애초에 국립대학에 추천 슬롯을 갖고 있다는 시점에서 나오에츠 고등학교는 마나세 대학에 굵은 파이프라인을 가지고 있다고 말해도 되는 것이다. 타 학부, 타 학년을 연결하는 미싱 링크라고 할까, 그런 독자적인 이벤트가 개최되었으리라는 점을 나는 처음부터 상정할 수도 있었다.

그런 파벌적인 관계성을 무시해 왔던 나이기에 가능했던 본헤드 플레이라고 말할 수 있다… 이것으로 세 사람의 '사죄자'들의 공통항은 발견했다.

그럼에도 불구하고 나와 이야기를 나눠 주는 몇 안 되는 나오에츠 고등학교 졸업생의 이야기에서는 기뻐할 수만은 없는 실정도 드러나기 시작했다.

박애주의의 정보원 왈, 나오에츠 고등학교의 졸업생 중에 비슷한 증상을 보이는 재학생이 그 밖에도, 그것도 다수 발견되고 있으며 학내 이쪽저쪽에서 조용히 화제가 되고 있다고 한다. 미싱 링크로 이어져 있는 것은 남친 군이나 히타기나 오이쿠라뿐만이 아니었다.

생각했던 것보다도 체인은 길었다. 체인메일처럼.

거기까지 추적조사는 하지 않았지만, 아무래도 그 OB 방문회에 참가했던 나오에츠 고등학교 졸업생 호스트들이 거의 전원, 어떠한 '사죄'에 나서는 경향이 보인다고 한다. 물론 개인차는 있지만 이것은 이미 그룹으로 취급해도 좋은 상태였고, 요컨대 명백했다.

그 세미나에서 뭔가가 있었다.

뭔가와 만났다. 나오에츠 고등학교 졸업생들이.

계속 말하면 토라진 것처럼 보일 것 같아서 별로 내키지 않지만 그 모임에 참가하지 않았던, 초청받지 않았던, 그러기는 고사하고 지금 이 순간까지 존재조차 몰랐던 나에게 연말에 일어난 사실을 추측하는 것은 본래 간단하지 않았겠지만… 그 부분은 남친 군이 힌트를 주었다.

한마디, 사과했으면 좋겠어.

합격 후의 캠퍼스 라이프에 대해 설명하는 OB들을 보고 그런 식으로 생각하는, 느끼는 '발령자發令者'가 있다고 한다면, 그것은 틀림없이 **견학을 위해 방문했던 수험생 측**일 것이다.

그중에도.

합격의 가능성을 잃은 수험생 측.

사전연락 없는 여행의 사전조사는 그런 정도였고, 사전준비라고 하면 현재는 나의 준 레귤러인 히가사에게 전화를 거는 것이었다. 내가 나오에츠 고등학교 개교 이래 최악의 낙오자라고 한다면 그녀는 그 2대째이며, 만약 히가사의 지망 학교가 마나세 대학이었다면 필두 용의자가 될 수도 있다는 위험성이 있었을 정도다.

실제로 조금 의심했지만 히가사의 지망 학교는 마나세 대학이 아니었고, 애초에 그녀가 좌절했던 것은 조금 더 빨라서, 말했던 대로 연말 즈음에는 지망했던 학교의 오픈 캠퍼스조차 참가하지 않았다고 하니 그것은 그것대로 걱정이 될 정도였다.

준 레귤러의 얼굴을 하고서, 범인조차 아니었냐고.

[아~ 하지만 그거라면 금방 알 수 있을 거라 생각해요. 나오에츠 고등학교 낙오자 그룹 채팅방이 있으니까요.]

"진짜 기분 나쁜 연맹이네….."

[서로서로 상처를 위로해 주고 있어요.]

그것은 그것대로 상처 이야기지만, 그런 연맹에서조차 끼워 주지 않았다는 부분이, 아라라기 코요미의 아라라기 코요미인 이유인 듯하다. 고등학교 생활에서도 캠퍼스 라이프에서도.

다만… 그것도 말했었지.

그런 드롭아웃 그룹은 나오에츠 고등학교에 많이 있다고.

입시 명문교인 나오에츠 고등학교이기에 그런 것일까… 나밖에 없다고 생각하고 있었어.

[마나세 대학을 지망하는 3학년… 마나세 대학을 지망했던 3학년이죠?]

"응. 그리고… 어쩌면 법학부 지망일지도 몰라."

[알겠슴다. 저한테 맡기세요. 금방 조사해서 메시지로 알려드릴게요.]

정보상情報商 포지션을 확보하고 있다.

실제로 이 정보상은 유능해서, 내가 고향 마을을 향해 뉴 비틀을 몰고 가는 동안에 아래와 같은 메시지를 수신하게 해 주었다.

[3학년 1반 조라쿠 오치바]

[전 육상부]

[마나세 대학 법사학부法史學部 지망]

[보브 커트, 귀여운 계열. 최근 스커트를 짧게 했다. 발 사이즈는 240. 나이키 줌 플라이]

[생일은 2월 1일. 혈액형은 O형]

[자택 주소는……]

[키 153센티미터, 체중 50킬로그램]

[스리사이즈는……]

[애완동물 이름은……]

[처음 봤던 영화는……]

[어린아이 시절의 닉네임은……]

너무 유능하잖아.

비밀 맞히기 질문에 대답하고 싶은 게 아니라고.

그 부분의 사생활적인 기술은 건너뛰고, 중요한 부분에 눈길을 준다. 물론 컴플라이언스에 따라, 신호 대기 중에.

빨간 신호라도, 나는 나아간다.

간신히.

[동아리 활동 은퇴 후에 성적이 떨어진 타입(저와 마찬가지로 번 아웃 계열)]

[지난 연말의 오픈 캠퍼스에는 참가한 것 같습니다만, 지망 학교는 이미 변경을 마친 모양임(입시 자체를 포기했다는 얘기도? 그렇다면 그것도 저랑 똑같네요. 방긋!)]

[최근에는 유흥가에 들렀다가 귀가하고 있음. 같이 동아리에서 활동하던 동료도 없어져서, 혼자서 놀다가 혼자서 늦게까지 혼자서 쓸쓸하게 놀고 있는 모양임다]

[그러므로, 정신상태가 불안정한 그 애의 오늘 귀가코스는, 첨부한 지도를 참조해서 매복해 주시면…]

현자냐, 이 후배는.

히가사에게는 히가사대로 다른 교육이 필요한 것 같다는 생각이 들었지만(그렇다고는 해도 어떤 의미에서는 걱정할 필요가 없다고도 생각했다. 이 유능함을 보라), 지금의 핵심 목표는 그 녀였다. 조라쿠 오치바.

조라쿠 오치바짱.

한 학년 위의 선배를 몰랐던 내가, 한 학년 아래의 후배를 숙지하고 있을 리가 없지만, 칸바루와 히가사의 동급생이란 이야기다…. 직접적인 접점이 있었던 것은 아니지만, 전 육상부라는 직함은 특필할 만했다.

그 아이의 눈으로 보면.

중학교 시절, 육상부의 에이스였던 센조가하라 히타기는 어떻게 비쳤을까. 히타기뿐만 아니라 오이쿠라든 남친 군이든, 자신과 같은 나오에츠 고등학교에 다녔던 학생이 '태평스럽게' 캠퍼스 라이프를 구가하고 있는 모습을 보고 무엇을 생각했을까.

딱히, 오픈 캠퍼스가 대학 생활의 훌륭함을 마냥 자랑하는 장소가 아님은 알고 있으리라 생각하지만, 그래도 그런 식으로는 생각할 수 없었는지도 모른다. 그 애가 나 같은 낙오자라고 한다면.

사과했으면 좋겠다, 라고 생각했을지도.

'나'처럼, 이르지 못했던 자에게.

사죄를 요구했을지도.

…물론, 현시점에서는 그저 단정에 불과하다. 그 밖에도 용의자는 많이 있을 것이고, 나처럼 그런 상호교류회 같은 그룹조차 참가하지 않은, 참가할 수 없는 아웃사이더도 있을 것이다. 그렇다면 오치바짱의 용의를 풀기 위해서라도 나는 그 아이와 접

촉해야만 한다.

이미 문제는 내 주변에만 머무르고 있지 않다. 히타기나 오이쿠라, 남친 군뿐만 아니라 나오에츠 고등학교의 다른 졸업생, 각 학부나 각 학년에 미치는 '가해자'가 양산되고 있다고 한다면 요마령 '아야마레'는 아는 사람들 사이에서 조용히 정리될 수 있는 범위를 넘어가고 있는 것이다.

지금은 아무래도 아직 개개인의 '기행'으로 치부되고 있는 모양이지만, 마나세 대학 내에서 나오에츠 고등학교 졸업생들이 전부 사죄하고 다니는 듯한 현상을 제삼자 기관에서 파악하게 되면 최악의 경우에는 대학과 고등학교 간의 굵은 파이프라인이 뚝 하고 부러져 버릴지도 모른다.

내년 이후의 추천 입학 슬롯이 소멸되어도 이상하지 않다.

그러므로 본의는 아니지만 여기서는 여현자, 즉 정보상의 추천에 따라 매복을 감행할 수밖에 없어 보인다. 히가사의 레귤러 승격은 진지하게 고려하기로 하자. 설마 나 같은 낙오자가 이런 형태로 모교에 공헌하게 될 줄은 생각지도 못했다고.

이것도 이득이라고 생각해야 할까?

아니면 한마디, 사과해야 할까.

028

"사람은 변해. 누구라도 변하지.

"변심하고 변신해.

"유위전변*이자 만물유전*… 괴이의 왕인 키스샷 아세로라오리온 하트언더블레이드의 전성기는, 언제였을까?

"사람에서 귀신으로, 귀신에서 유녀로 변모한 그 여자는.

"나는 지금의 나 자신이 좋지만, 옛날의 내 쪽이 좋았다는 사람도 있겠지. 어머니가 보자면 병상에서 괴로워하고 있던, 아무것도 할 수 없었던, 하고 싶은 말도 할 수 없었을 무렵의 내가 가장 귀여웠을지도 몰라.

"나뿐만 아니라, 대개 어긋나기 마련이지.

"자신의 평가와 주위의 평가.

"그럴 때는 주위의 평가에 따라야 한다고들 말하지만, 그건 정말로 그럴까? 나 자신은 내가 가장 잘 알고 있지 않나?

"나를 알지도 못하는 사람이, 하고 싶은 말을 하고 있을 뿐인 것 아닐까?

"아니면 내가 가장, 나 자신을 잘 모르고 있는 걸까. 나는 나라는 자각이 결여되어 있는 걸까?

"아티스트도 크리에이터도 뮤지션도, 좀 더 높이 평가받고 좀 더 유명했던 시대의 작품을 반드시 본인이 자랑스러워하고 있다고만은 할 수 없어. 풋풋하지만 센세이셔널했던 데뷔작을 칭찬받으면, 노골적으로 싫어하는 얼굴을 하는 선생님들이 얼마나

※유위전변(有爲轉變) : 세상의 모든 것은 인연에 의해 이루어지고 항상 변하여 잠시도 가만히 있지 아니한다는 뜻. 세상사의 덧없음을 이르는 말.
※만물유전(萬物流轉) : 만물이 끊임없이 변하여 끝이 없음.

많은지.

"노골적으로 '그런 건 잊어버렸다'는 척을 하지.

"베스트 앨범에 진짜 베스트를 넣고 싶어 하지 않는 감각…
히트곡을 봉인하거나 일부러 잘 팔리는 상품을 빼 버리거나 하
는 건, 새로운 노선의 모색, 챌린지 스피릿이나 개척정신이라는
것뿐만 아니라 단순한 자기부정의 요소도 포함되어 있을 것 같
아.

"객관적인 숫자로 나타낼 수 있는 인생의 피크를 자랑스러워
할 수 없는 건 선생님들에 국한되지 않아서, 누구나 '그 무렵'을
부끄러운 듯이, 낯간지럽다는 듯이 이야기하지만 어쩌면 그 '자
랑스러워할 수 없는' 감각은 '사과할 수 없는' 감각과 근사치일지
도 모르겠네.

"내가 그런 것처럼, 단순히 지금의 자신이 제일 좋다고 생각
하고 싶기에 과거의 자신은 어쨌든 부정하고 싶어지는 경향은
찾아볼 수 있지. 노스텔지어와 길항하는 감정이지만, 결코 그것
뿐만도 아니야.

"과거의 잘못을 사죄함으로 인해 그 무렵의 자신을 인지하게
되어 버린다는 공포도 확실히 있겠지. 지금이 좋다고 생각하기
때문에 과거를 필요 이상으로 혐오해. 그런 의미에서는 옛날 일
일수록 사과하기 어려워지는 측면도 존재하겠지.

"완고하게.

"시간이 해결해 주는 세월의 약으로 아무리 상대가 용서해 줄
만한 환경이 정비된들, 다시 문제 삼아서 괴로워지는 건 사과하

는 쪽도 마찬가지일 거야.

"나를 가장 용서할 수 없는 건, 나.

"그러니까 사과할 수 없어.

"그러니까 사과하지 않아.

"내 입장에서 말하자면 아라라기 코요미의 전성기는 틀림없이 고등학교 3학년 무렵이지만, 그러나 너에게는 지옥이거나 악몽이거나 했던 시대겠지. 그렇기에 더더욱 생각하게 돼.

"말하고 싶어지기도 해.

"너는 슬슬 전성기의 자기 자신을 용서해 줘도 괜찮지 않을까, 하고."

029

"오치바짱이지? 으아~ 다행이네, 다행이야, 제대로 만날 수 있어서. 너희 부모님에게 부탁을 받아서, 이렇게 데리러 왔어."

길가에 차를 세워 두고 기다린 지 두 시간 만에 간신히, 스마트폰을 들여다보며 지나가던 여자 고등학생에게, 나는 운전석에서 차창을 내리고 한쪽 팔을 내밀며 그렇게 말을 걸었다.

조라쿠 오치바짱.

나오에츠 고등학교의 교복. 스커트는 짧은 편. 보브 커트. 사람을 잘못 보지 않았다.

히가사로부터 받은 정보대로이긴 한데, 그 아이에게 들은 정도로 비뚤어져 있다는 느낌도 아니었고, 특별히 날라리 여고생처럼 변하지도 않았다. 의외로 그것도 내 고향 마을의 한계일지도 모르지만, 불량스러움의 리미트가 걸어가면서 스마트폰을 보는 정도 수준이란 점이 정말 목가적이다.

이렇게 좋은 동네를 떠났다니.

"자, 어서 타, 어서. 부모님이 걱정하셔."

운전석에서 조작해서 뒷좌석의 문을 연다. 거의 분위기를 타고 밀어붙이며 스리슬쩍 이야기를 진행시키려고 하는 나를 보고 발을 멈춘 오치바짱은 스마트폰에서 얼굴을 살짝 들고서 미심쩍다는 표정을 짓기는 했지만, 운전석 옆의 조수석에 설치된 차일드 시트에 눈길을 주더니,

"……."

잠시 망설인 뒤에, 말없이 '데리러 온 자동차'에 올라탔다.

여자 고등학생치고는 부주의하다고도 말할 수 있지만, 차일드 시트를 보고 신용했다고 한다면 기쁜 오산이었다… 어린아이나 늙은 부모님을 소개한다는 것은 사기꾼의 수법으로서 아주 유효한 모양인데, 내가 아이의 부모로 보였던 걸까?

혹은 자포자기였을 뿐이었는지도 모른다…. 뒷좌석에 앉자마자 전 육상부였다는 다리를 쭉 뻗고, 될 대로 되라는 듯 통명스러운 태도다. 아무래도 열심히 소셜 네트워크 게임을 하고 있는 중인지 눈 깜짝할 사이에 스마트폰으로 시선을 돌려 버렸고.

"안전벨트를 매 줄래? 그리고 차 안에서 휴대전화의 전원은 꺼 줘. 컴퓨터로 제어되는 수입차라서 운전에 영향이 가면 안

되거든."

"……? 하아."

수상하게 여기는 듯하면서도 시키는 대로 하는 여자 고등학생… 안전벨트를 매라고 하는 것은 그야 상식의 범위 안의 주의 사항이니까 따르지 않을 수 없고, 그 흐름으로 룰을 가장해서 스마트폰의 전원을 꺼 달라는 것에 성공한 것은 상상하지 못한 행운이었다.

도중에 도움을 청하기라도 하면 일이 성가시게 되므로.

작은 YES를 끌어내는 것으로 커다란 YES로 연결한다는, 이 것도 사기꾼의 수법일까? 흠. 뭐, 어쩌면 사기꾼 쪽이 나을지도 모른다.

하고 있는 짓은 완전히 미성년자 약취다… 나는 대학생이 되 어서도 연하의 소녀를 계속 유괴하는 걸까.

범죄자 기질이 너무 심하다.

사과해서 용서받을 수 있는 일이 아니다.

어쨌든 액셀을 밟는다. 한시라도 빨리 현장을 벗어나기 위해 서… 교차로를 우회전한 곳에서 룸 미러를 이용해, 다시 뒷좌석 에 앉은 오치바짱의 모습을 확인한다.

내가 학교에 다니고 있을 무렵에 2학년이었겠지만, 솔직히 말 해서 본 기억이 없네…. 히가사와 제대로 알고 지낸 것은 졸업 후고, 역시 나는 칸바루 이외의 2학년을 한 명도 모르는 것이다.

만나고 보니 아는 사이였다, 는 없었다.

이렇게 보기로는 그냥 성실해 보이는 여자 고등학생이란 느낌인데… 전 육상부라는 인상을 받지 못하는 것은 은퇴한 지 오래되어서일까? 운동선수라고 하기에는 조금 가냘프다는 인상이다. 우주 비행사가 그런 것처럼, 하드한 입시 생활로 근육이 빠진 걸까?

"뭐라고 말하던가요?"

그렇게.

묵묵히 입을 다물고 있던 오치바짱이 문득 운전 중인 나를 향해 말을 걸어왔다… 어? 정보상이 뭐라고 말했냐는 뜻인가?

"아빠하고 엄마. 화났어요? 저한테."

"아~ 아니~ 걱정하고 있었어. 그 왜, 이제 곧 대학입시인데…"

"하하."

코웃음을 쳤다. 비웃듯이.

"입시요? 괜찮아요, 붙을 만한 곳에 지원했으니까. 힘껏 노력하지 않아도. 아라라기 선배하고는 달리, 말이죠."

가슴을 쓸어내리고 있는데 갑자기 훅 치고 들어오네.

뭐, 남친 군 때처럼 이쪽이 저쪽을 모른다고 해서 저쪽이 이쪽을 모르라는 법은 없는 것이다. 신용을 얻을 수 있었던 건, 차일드 시트가 아니라 내 얼굴 때문이었다는 건가?

"어딘가의 복도에서 지나친 일, 있었던가?"

"없어요. 그저, 진로지도 선생님에게 이름을 자주 들었거든요. 전국 최하위권 성적으로 시작해서 어려운 대학에 합격한, 전설의 수험생이라고."

내가 웃음을 터뜨리고 싶어지네.

조소는 조소라도, 자조하듯이.

나오에츠 고등학교 개교 이래 최악의 낙오자라느니, 전설의 흡혈귀가 아니라 전설의 수험생이라느니, 소문에 살이 붙는 것이 멈출 줄을 모른다.

전국 최하위권 성적이라니.

"'너도 본받아라'라고… 저 같은 녀석에게 그 정도 레벨을 요구해도 말이죠. 오히려 눈을 돌리고 싶어지는 현실이라고요, 저에게 아라라기 선배는. 대선배는."

"…실물과 만나 보니 별것 없다는 건 알겠지?"

"글쎄요. 멋지게 생긴 차를 몰고 다니고 머리카락도 히피처럼 마음대로 기르고 있고. 대선배는 대학생이 되어도 여전히 자유로우신 것 같으니 동경하지 않을 수 없네요."

룸 미러 너머에서 빈정거리듯 말한다.

머리카락을 기르고 있는 것은 원래부터 흡혈귀의 잇자국을 감추기 위해서였지만, 그런 핑계가 통할 국면은 아닌 듯하다. 하물며 부모님이 사 주신 자동차를, 핸들이 왼쪽에 달려 있어서 일반적으로 우핸들인 일본에서는 운전이 까다롭다고 어필해 봤자 역효과일 것이다.

입시 명문교에서 낙오했다는 의미에서, 우리는 좀 더 공감할 수 있어도 괜찮았을 텐데, 아무래도 신나게 반감을 사고 있는 듯하다… 그렇다고 해도, 그것은 이쪽도 큰 차이 없나.

내가 오치바를 만나러 온 것은 순수하게 그녀를 위해서라고는 말할 수 없다… 순수하지 못하고 세련되지 못한 이유다. 히타기를 위해서이고 오이쿠라를 위해서이고 메니코를 위해서이고 나를 위해서이지, 그녀를 위해서는 아니다.

"그래서, 화났어요? 아빠랑 엄마."

"……."

딱히 거짓말을 들킨 건 아니었나.

솔직한 아이라고 할까, 김이 새는 느낌이네…. 부모님에게 야단맞는 것을 몹시 신경 쓰고 있는 부분도. 이쪽은 드라마투르기나 에피소드, 기요틴 커터 같은 흡혈귀 헌터들 이래의 맞대결이라고 생각하고 있었는데.

아닌가.

오히려 오기와의 대결에 가깝다.

표면과 이면. 확실히 나와 이 아이는 같은 낙오자 속성이어도 그 시기가 다르다… 뭐, 내 입장에서 말하자면 지망 학교의 랭크를 낮춘 정도로 낙오했다는 건 과장으로 들리지만, 그것이야말로 나에게 듣고 싶지는 않은 말이겠지.

"화가 나 있으면 어떡할래? 사과할 거야?"

"사과하죠, 당연히. 걱정을 끼쳐서 죄송합니다. 아버지, 어머니, 바보 같은 딸이라 죄송합니다, 라고."

그렇게 말하며 룸 미러 안에서 실제로 고개를 숙이는 연기를 해 주는 오치바짱. 그야말로 연기를 해 보였다고 말하는 느낌이어서, 고개를 든 그녀는 엷은 미소를 짓고 있었다.

"아라라기 선배, 사과하는 거 특기인가요?"

"으음… 부모님에게 말이야? 글쎄."

듣고 보니 별로 사과한 적이 없는지도. 지금은 비교적 양호한 관계를 유지하고 있지만, 고등학교 시절에는 상당히 위험했다는 자각이 있다. 지금도 집을 나와서 적당한 거리를 유지하고 있을 뿐인지도 모른다.

"부모님에 한정하지 않고. 선생님에게도 친구에게도 여자친구에게도. 좀 더 말하면 그냥 사과하는 게 아니라 사과하고 용서받는 거, 잘 하시나요?"

"…서툴지, 굳이 말하자면."

용서받을 수 없는 일들만 저질러 왔기 때문이라는 의미도 있지만, 내 경우에는 용서받으려고도 하지 않은 일이 너무 많다.

지금 하고 있는 미성년자 약취도 그렇고, 혹은 이제부터 오치바짱에게 시도하려는 처치도 그렇다… 물론 나는 오치바짱을 집까지 바래다주기 위해서 핸들을 쥐고 있는 것이 아니다.

향하고 있는 것은 다른 장소다.

나에게는 친숙한 장소라고도 말할 수 있다.

"저, 그런 거 잘 해요. 용서받는 거. 바꿔 말하면, 사과하는 척하는 거."

"사과하는, 척?"

히가사의 농구부 후배 이야기인가?

체육계열의 상하관계는, 나의 이해를 넘어서기 시작하는데.

"확실히 말해서, 엎드려 용서를 비는 것은 아마추어죠. 오히려 반감을 살 뿐이고, 퍼포먼스에 전념하는 자기 자신에게 도취되어 있다고 여겨져도 어쩔 수 없는 수법이에요."

'졌습니다'라고 말할 때에는 제대로 졌다는 척을 하는 것이 포인트예요, 라고 엷게 미소 지은 채로 말하는 오치바짱.

"고개를 숙이는 것보다 어깨를 축 늘어뜨리는 편이 중요해요. 눈은 살짝 내리깔고. 눈에 눈물을 글썽이는 것까지는 괜찮지만, 정말로 울면 귀찮다고 생각해 버리죠. 압박을 주면서 용서받으려 하는 것은 스마트하지 않아요. 나중에 화근을 남기는 건 무의미하니까요. 울음을 참고 있다는 느낌이 베스트예요. 되도록 목소리를 낮추고, 그렇죠, 굴욕을 견디고 있다는 느낌으로."

"…반성의 빛을 보이지 않아도 괜찮아?"

이 대화에 어떠한 의미가 있는지는 알기 어려웠지만, 어쨌든 대화에 응해 보기로 했다. 공략의 힌트가 될 거라고 생각한 게 아니라, 단순한 흥미다.

혹은, 사전준비.

"너무 이해력 좋은 느낌을 가장하는 것도 역효과예요. 오히려 속으로는 반성보다도 반론하고 싶은 마음을 꾹 참고 있는 분위기를 빚어내는 편이, 상대에게 '굴복시켰다는 느낌'을 제공할 수 있을지도 모르죠. 힘으로, 혹은 지혜로, 이론정연하게, 정의로써, 대립하는 상대를 항복시키는 행복. 그런 성적 흥분을 제공해 주면, 분노도 식게 되고 사람은 너그러워질 수 있어요."

성적 흥분이라니, 여자 고등학생에게 밀폐 공간인 차 안에서 들으니 흠칫하게 되네. 확실히, 뭐든지 용서해 버리게 될 것 같다.

"하지만 오치바짱. 그건 역시 사과하는 게 아니라 사과하는 척하는 것뿐이잖아? 들키면 상대가 더욱 화를 내게 될 텐데…
그렇다면 어색하더라도, 어눌하더라도 솔직하게 사과하는 편이
훨씬 낫다고도 생각되는데."

"성의를 전하는 게 중요하다는 말씀인가요? 하지만 성의 같
은 '자아'를 가지고 사과받는 것을 싫어하는 사람도 많으니까요.
'자自'라든가 '아我' 같은 것을 내팽개치고 부하가 되는 것이 사죄
의 참맛이에요. 익숙해지면 의외로 재미있어요. 그건 일단 제쳐
두고, 사과하는 척을 하고 있다고 해서 성의가, 게다가 사의謝意
가 없는 것도 아니에요, 아라라기 선배."

? 무슨 의미지?

본심이 있다면, 그런 척을 하거나 가장할 필요는 없으리라 생
각되는데… 괴이의 왕의 왕의王衣를 빌린 것은, 내가 괴이의 왕
이 아니기 때문이고.

"아빠나 엄마에게 미안하다고 생각하는 건 진짜인걸요. 하지
만 미안하다고 생각하고 있기에, 그런 마음을 가장 코스트 퍼포
먼스 좋은 형태로 전해야죠."

"…전하지 않는 사의에 의미는 없어?"

"네. 전하지 않는 사랑에 의미가 없는 것처럼. 아빠는 엄마에
게 프러포즈할 때 로맨틱한 야경이 보이는 멋진 레스토랑을 예
약하거나, 셰익스피어의 시를 읊조리거나 하는 다양한 책략을
썼다고 하더라고요? 마찬가지예요."

아무리 미안하다고 생각하고 있더라도 그 마음을 그대로, 감
정인 채로 쏟아내 버리면… 그걸 그대로 듣게 되는 쪽은 당황할

수밖에 없는 것이다, 메니코나 나처럼.

상대의 마음을 무시한, 형식에 구애되지 않는 파격적인 사죄란, 두들겨 패는 것이나 큰 차이 없다. 사과할 때는 미안해 보이는 얼굴을 해라, 인가.

도움이 되는 이야기네.

"엎드려 비는 것은 퍼포먼스라고 말했는데, 그렇다면 오치바짱, 모든 사죄는 퍼포먼스일까? 매너나 의식, 규칙을 넘어서, 표면적으로 상대를 대접하기 위한."

"표면적으로 상대를 대접한다. 그야말로… 화가 난 사람에게는 웃는 얼굴이 되어 줬으면 하고 바라잖아요? 그것을 위해서는 최선을 다해야죠."

표면도 없거니와 이면도 없어요.

웃는 얼굴이 표정이라면, 사죄는 속사정.

연기에 열의를 담을 뿐이에요. 보다 한층.

그렇게 말하며, 오치바짱은 다시 고개를 숙였다. 어깨를 축늘어뜨리고, 부들부들 떨면서.

감탄하고 있을 상황이 아니지만, 진짜로 능숙하네… 만약 히타기나 오이쿠라가 저런 행동을 해 보였다면, 의외로 간단히 받아들여 버렸을지도 모를 정도다.

다만 그것은 뒤집어 생각하면… 뒤집어 보면 히타기나 오이쿠라, 남친 군을 필두로 하는 마나세 대학에 재학 중인 나오에츠 고등학교 졸업생의 사죄공세는, 꼭 오치바짱의 의도나 기획에 근거한 것이 아니라는 의미이기도 하다.

법에 기반하고 있어도, 그녀에게 기반하는 것은 아니다.

연결되어 있기는 해도, 조종하고 있지는 않다.

남친 군의 케이스를 말하자면, 만약 남친 군이 오치바의 지배하에 있었다고 한다면 그런 너저분한 차림새로 갑자기 나타나지는 않고, 깔끔한 양복 같은 걸 차려입고 선물용 과자라도 지참하고 찾아왔을 것이다. 그것은 그것대로 나를 당황하게 만들었을지도 모르지만, 적어도 나에게 간단히 반격당하지는 않았을 것이다.

뭐… 그렇지 않을까 하고 생각하고 있었다.

그렇지 않으면 너무나도 의미불명이니 말이야.

이미 용서받은 일을 다시 문제 삼고서 사과하거나, 피해가 호소되지 않는 가해를 주장하고 사과하거나… 건설적이지도 않거니와 생산성도 없다. 오치바짱 자신의 말을 빌리자면, 그런 사죄는 누구에 대해 어떠한 대접도 되지 않는다.

있을 수 있는 일이다.

법학은 내 전공이 아니지만 법률의 의도와 그 해석, 혹은 집행은 어떠한 상황에나 일치하는 것이 아니다. 악법도 법이라는 말이 있지만, 어떠한 법도 결국은 운용하기 나름이다. '나쁜 사람은 모두 사형'이라는 이상을 가슴에 품고서 인류를 절멸시켜 버리는 법학자의 존재는, 결코 사고실험 속에서만 있는 일은 아닐 것이다.

아야마레.

법률이 폭주하고 있다. 폭주하고 있는 것은, 오치바짱의 마음일까.

억누를 수 없는 마음이, 전해져 버렸다.

사과해.

"한 사람을 몹시 규탄하는 듯한 사죄회견은 오락 같은 공개처형이라고 비난받는데요. 하지만 애초에 처형이란 일본에서도 외국에서도 광장에서 이루어지는 구경거리였잖아요? 쇼예요. 쇼맨십이에요."

쇼맨십.

나는 그 말에 대중의 면전에서 사죄해 왔던 남친 군의 모습을 떠올린다.

"좀 더 말을 보태자면 쇼비즈일까요? 사형제도는 본보기가 아니라 보여 주기 위한 제도예요. 다들 좋아하는 거라고요. 타인이 사과하고 있는 모습을 보는 걸… 특히 저처럼, 자기는 틀림없이 할 수 있을 거라고 신을 내던 녀석이 사과하는 모습을 보는 것이. 그렇다면 최소한, 만족하실 수 있도록 머리가 바닥에 닿을 듯이 공손하게 사과해 드려야죠. 아아, 실제로는 머리가 바닥에 닿을 정도까지는 아니고, 적당한 정도로만."

"…아직 포기하기에는 이른 거 아냐?"

나는 입을 열었다.

사과하는 측의 시점을 오기나, 혹은 메니코나, 시노부나, 히가사나, 하치쿠지와 신물 나게 의논했었는데, 사과를 받는 측의 시점이란 실제로 신선하기도 해서 좀 더 계속 이야기하고 싶다는, 오치바짱의 철학을 계속 접하고 싶다는 기분도 들었다. 하지만 유감스럽게도 이미 목적지 주변이다. 그렇다면 목적을 다하기 전에 나는 부여해 줘야만 한다.

그녀에게 찬스를. 세컨드 찬스를.

"하? 포기한다니, 뭘 말인가요?"

"지망 학교. 바꾼다고 했는데… 1월 초에 나는 거의 죽은 목숨이었어. 아, 성적이 그런 느낌이었다는 뜻인데… 하지만 그 수준에서도 만회할 수 있었고…."

"……."

아니지, 이게 아니야.

룸 미러 너머로 보이는 그녀의 반응은.

명백히 기분이 상한 듯했다. 조금 전까지 어떤 종류의 의기양양한 기운을 풍기며 사죄의 미학 같은 것을 늘어놓고 있었는데, 지금은 그저 이맛살을 찌푸리고 있을 뿐이다.

"…뭐하면, 내가 전담으로 붙어서 가정교사 노릇을 해 줄 수도 있어. 밤낮없이, 24시간, 친절하게."

히가사를 상대로 제안했던 적도 있었는데, 그때도 진심이었다.

그것은 내가 받았던 것이기도 했고, 그렇기에 내가 할 수 있는 최대치이기도 했다. 최대한의 양보라고 말할 수 있었지만, 입 밖에 내면서도 역시 이것도 아닐 거라는 기분이 들었고, 실제로 그것은 오답이었다.

"…그 사람들하고 똑같은 소릴 하네요. 어쩐지 실망이에요. 좀 더 개성적인 이야기를 할 거라고 생각하고 있었어요, 레전드 아라라기는."

엷은 웃음은 사라졌지만, 비웃는 공기는 그대로인 채로 오치바짱은 말하는 것이었다.

"포기하지 마라, 힘내라, 노력해라, 나도 할 수 있었으니까 너도 할 수 있다고… 그 사람들과 한 치도 다르지 않고 정말 똑같아."

"…그 사람들이라니."

알고 있으면서 물어보는 나에게 "그 사람들은 그 사람들이에요."라고 말하며 수험생은 고개를 저었다.

"오픈 캠퍼스에서 만났던, 나오에츠 고등학교의 선배님들. 아는 사람도, 모르는 사람도, 모두 컬러풀한 경력의 소유자고. 십인십색에 가지각색. 병으로 고생했거나, 학교를 한 번 자퇴했거나."

"……."

"하지만 결국 하는 말은 똑같아. 포기하지 마, 힘내, 노력해라, 나도 할 수 있었으니까 너도 할 수 있다… 아니라고, 내가 원하는 말은 그런 게 아니라니까."

나라면 할 수 있다고, 가장 믿고 있던 것은 나라니까… 라고 말하는 오치바짱.

"포기하지 않고 열심히 하고 노력했으니까 이렇게 괴로운 거잖아. 이렇게 될 줄 알았으면 처음부터 하지 말 걸 그랬어. 하지 않고 후회하는 것보다 하고 후회하는 편이 낫다니, 나을 리가 없잖아! 지금 이렇게 후회하고 있다니까?!"

그녀는 갑자기 운전석 쪽으로 몸을 내밀려고 했지만, 그 움직임은 안전벨트에 제지되었다. 구실일 뿐이었지만, 제대로 안전 벨트를 매 줬던 건가.

아니, 그 불안정한 눈치를 생각하면 오히려 나는 오치바짱을 차일드 시트에 앉혀야 했는지도 모른다. 그래도 충분히, 나의 목적은 달성되었을 테니까.

"응원하지 말아 줬으면 좋겠어요. 열심히 하지 않게 해 줬으 면 좋겠어요. 노력하지 않게 해 줬으면 좋겠어요. 육상부에서 도, 저는 그것 때문에 무너졌다고요. 주위의 기대를 견뎌 내지 못했어요···. 메인 시합에서 연습 경기 이상으로 달릴 수 있었 던 적은 한 번도 없어요. 그래도 열심히 달리며 단련한 근성이 입시 공부에도 활용될 거라고 생각했고, 실제로 성적도 올랐지 만··· 기대했던 것보다는 훨씬 빠르게, 성장이 멈췄어요. 이해할 수 있나요? 레전드 아라라기. 나 자신에게 실망한다는 감각."

항상 느끼고 있지, 라고 대답했지만 들리지 않은 모양이다. 지금도 나는, 나 자신에게 실망하고 있다.

고민하는 소녀 한 명 구하지 못한다.

내가 받은 것처럼은.

"할 수 없다면 할 수 없는 만큼, 괴롭히는 것처럼 응원받고. 완전 저주라고요. 아뇨, 명령일까요."

"···그렇다면 오치바짱. 네가 원했던 말은 뭐야?"

내가 보기에도 하치쿠지 정도가 아닌 유도심문 같았다. 오치 바짱에게서 결정적인 자백을 끌어내려고 하고 있다··· 이런 수 법, 경찰인 부모님이 알면 분명 한탄하시겠지.

"원했던 말이 뭐냐고요… 그렇지요. 오픈 캠퍼스 중에, 저는 선배님들의 이야기를 경청하면서 계속 이렇게 생각하고 있었어요. 포기한 게 아니라 아직 의욕이 있다고 부모님에게 핑계를 대기 위한 목적뿐이었던 추억의 OB 방문 중에 영원처럼 생각하고 있었어요. 포기하지 말라든가, 열심히 하라든가, 노력하라든가, 그런 말은 필요 없으니까."

사과해.

충족되어 있는 것을, 즐거워 보이는 것을, 기뻐 보이는 것을, 축복받고 있는 것을, 정상에 있는 것을, 풍요로운 것을, 위에서 내려다보는 것을, 여유가 있는 것을, 잘나 보이는 것 같다는 것을, 세련된 것을, 정돈되어 있는 것을, 웃고 있는 것을, 속도감이 있는 것을, 이어져 있는 것을, 재잘거리는 것을, 어깨동무하고 있는 것을, 신이 나 있는 것을, 고급스러운 것을, 걱정이 필요 없는 것을, 고민이 없는 것을, 자상한 것을, 선택할 수 있는 것을, 극복한 것을, 내일이 있는 것을, 장래의 꿈이 있는 것을, 불안이 없는 것을, 안심하고 있는 것을, 갱생한 것을, 다시 일어선 것을, 친구가 있는 것을, 연인이 있는 것을, 가족이 있는 것을, 남자인 것을, 여자인 것을, 충실한 것을, 의미가 있는 것을, 목표를 달성한 것을, 현명한 것을, 학식이 있는 것을, 진취적인 것을, 상승지향적인 것을, 한가운데 있는 것을, 우상향하고 있는 것을, 호흡할 수 있는 것을, 배고프지 않은 것을, 해결한 것을, 추억이 있는 것을, 화려한 것을, 바람이 불고 있는 것을, 윗자리에 있는 것을, 운치가 있는 것을, 그치지 않는 비가 없는 것을, 밤하늘에 별이 반짝이는 것을, 벚꽃이 피는 것을, 골인한 것을, 결과가 동반된 것을, 운이 좋은 것을, 감이 날카로운 것을, 귀여움이 있는 것을, 배려할 수 있는 것을, 구원받은 것을, 만난 것을, 함께 살고 있는 것을, 혼자가 아닌 것을.

행복해 보이는 것을.

이야기할 수 있는 이야기가 있는 것을.

"나에게 사과해."

오치바짱은 말했다. 법의 집행자는 명했다.

자신의 목숨을 불태우듯이.

"사과해, 사과

해, 사과해, 사과해, 사과해, 사과해, 사과해, 사과해, 사과해,
사과해, 사과해, 사과해, 사과해, 사과해, 사과해, 사과해, 사과
해, 사과해, 사과해, 사과해, 사과해, 사과해, 사과해, 사과해,
사과해, 사과해, 사과해, 사과해, 사과해, 사과해, 사과해, 사과
해, 사과해, 사과해, 사과해, 사과해, 사과해, 사과해, 사과해,
사과해, 사과해, 사과해, 사과해, 사과해, 사과해, 사과해, 사과
해, 사과해, 사과해, 사과해, 사과해, 사과해, 사과해, 사과해,
사과해, 사과해, 사과해, 사과해, 사과해, 사과해, 사과해, 사과
해, 사과해, 사과해, 사과해, 사과해, 사과해, 사과해, 사과해,
사과해, 사과해, 사과해, 사과해, 사과해, 사과해, 사과해, 사과
해, 사과해, 사과해, 사과해, 사과해, 사과해, 사과해, 사과해,
사과해, 사과해, 사과해, 사과해, 사과해, 사과해, 사과해, 사과
해, 사과해, 사과해, 사과해, 사과해, 사과해, 사과해, 사과해,
사과해, 사과해, 사과해, 사과해, 사과해, 사과해, 사과해, 사과
해, 사과해, 사과해, 사과해, 사과해, 사과해, 사과해, 사과해,
사과해, 사과해, 사과해, 사과해, 사과해, 사과해, 사과해, 사과
해, 사과해, 사과해, 사과해, 사과해, 사과해, 사과해, 사과해,
사과해, 사과해, 사과해, 사과해, 사과해, 사과해, 사과해, 사과
해, 사과해, 사과해, 사과해, 사과해, 사과해, 사과해, 사과해,
사과해, 사과해, 사과해, 사과해, 사과해, 사과해, 사과해, 사과
해, 사과해, 사과해, 사과해, 사과해, 사과해, 사과해, 사과해,

사과해, 사과해, 사과해, 사과해, 사과해, 사과해, 사과해, 사과
해, 사과해, 사과해, 사과해, 사과해, 사과해, 사과해, 사과해,
사과해, 사과해, 사과해, 사과해, 사과해, 사과해, 사과해, 사과
해, 사과해, 사과해, 사과해, 사과해, 사과해, 사과해, 사과해,
사과해, 사과해, 사과해, 사과해, 사과해, 사과해, 사과해, 사과
해, 사과해, 사과해, 사과해, 사과해, 사과해, 사과해, 사과해,
사과해, 사과해, 사과해, 사과해, 사과해, 사과해, 사과해, 사과
해, 사과해, 사과해, 사과해, 사과해, 사과해, 사과해, 사과해,
사과해, 사과해, 사과해, 사과해, 사과해, 사과해, 사과해, 사과
해, 사과해, 사과해, 사과해, 사과해, 사과해, 사과해, 사과해,
사과해, 사과해, 사과해, 사과해, 사과해, 사과해, 사과해, 사과
해, 사과해, 사과해, 사과해, 사과해, 사과해, 사과해, 사과해,
사과해, 사과해, 사과해, 사과해, 사과해, 사과해, 사과해, 사과
해, 사과해, 사과해, 사과해, 사과해, 사과해, 사과해, 사과해,
사과해, 사과해, 사과해, 사과해, 사과해, 사과해, 사과해, 사과
해, 사과해, 사과해, 사과해, 사과해, 사과해, 사과해, 사과해,
사과해, 사과해, 사과해, 사과해, 사과해, 사과해, 사과해, 사과
해, 사과해, 사과해, 사과해, 사과해, 사과해, 사과해, 사과해,
사과해, 사과해, 사과해, 사과해, 사과해, 사과해, 사과해, 사과
해, 사과해, 사과해, 사과해, 사과해, 사과해, 사과해, 사과해,
사과해, 사과해, 사과해, 사과해, 사과해, 사과해, 사과해, 사과

해, 사과해, 사과해, 사과해, 사과해, 사과해, 사과해, 사과해,
사과해, 사과해, 사과해, 사과해, 사과해, 사과해, 사과해, 사과
해, 사과해, 사과해, 사과해, 사과해, 사과해, 사과해, 사과해,
사과해, 사과해, 사과해, 사과해, 사과해, 사과해, 사과해, 사과
해, 사과해, 사과해, 사과해, 사과해, 사과해, 사과해, 사과해,
사과해, 사과해, 사과해, 사과해, 사과해, 사과해, 사과해, 사과
해, 사과해, 사과해, 사과해, 사과해, 사과해, 사과해, 사과해,
사과해, 사과해, 사과해, 사과해, 사과해, 사과해, 사과해, 사과
해, 사과해, 사과해, 사과해, 사과해, 사과해, 사과해, 사과해,
사과해, 사과해, 사과해, 사과해, 사과해, 사과해, 사과해, 사과
해, 사과해, 사과해, 사과해, 사과해, 사과해, 사과해, 사과해,
사과해, 사과해, 사과해, 사과해, 사과해, 사과해, 사과해, 사과
해, 사과해, 사과해, 사과해, 사과해, 사과해, 사과해, 사과해,
사과해, 사과해, 사과해, 사과해, 사과해, 사과해, 사과해, 사과
해, 사과해, 사과해, 사과해, 사과해, 사과해, 사과해, 사과해,
사과해, 사과해, 사과해, 사과해, 사과해, 사과해, 사과해, 사과
해, 사과해, 사과해, 사과해, 사과해, 사과해, 사과해, 사과해,
사과해, 사과해, 사과해, 사과해, 사과해, 사과해, 사과해, 사과
해, 사과해, 사과해, 사과해, 사과해, 사과해, 사과해, 사과해,
사과해, 사과해, 사과해, 사과해, 사과해, 사과해, 사과해, 사과
해, 사과해, 사과해, 사과해, 사과해, 사과해, 사과해, 사과해,

사과해, 사과해, 사과해, 사과해, 사과해, 사과해, 사과해, 사과
해, 사과해, 사과해, 사과해, 사과해, 사과해, 사과해, 사과해,
사과해, 사과해, 사과해, 사과해, 사과해, 사과해, 사과해, 사과
해, 사과해, 사과해, 사과해, 사과해, 사과해, 사과해, 사과해,
사과해, 사과해, 사과해, 사과해, 사과해, 사과해, 사과해, 사과
해, 사과해, 사과해, 사과해, 사과해, 사과해, 사과해, 사과해,
사과해, 사과해, 사과해, 사과해, 사과해, 사과해, 사과해, 사과
해, 사과해, 사과해, 사과해, 사과해, 사과해, 사과해, 사과해,
사과해, 사과해, 사과해, 사과해, 사과해, 사과해, 사과해, 사과
해, 사과해, 사과해, 사과해, 사과해, 사과해, 사과해, 사과해,
사과해, 사과해, 사과해, 사과해, 사과해, 사과해, 사과해, 사과
해, 사과해, 사과해, 사과해, 사과해, 사과해, 사과해, 사과해,
사과해, 사과해, 사과해, 사과해, 사과해, 사과해, 사과해, 사과
해."

마치 말로 꿰뚫듯이.

마구 찌르듯이.

조라쿠 오치바는 육법전서의 모든 항목을 낭독하듯이, 한 마디 정도가 아닌 사죄를 요구했다.

"…미안해, 오치바짱."

그런 생각에 가득 찬 그녀에게, 나는 대답한다. 브레이크를 밟으면서.

"나는 사과하지 않아. 사과할 수 없는 것을, 먼저 사과해 둘게."

"……? 어딘가요, 여긴? 우리 집이 아닌데….."

자기가 요구해 놓고 이중부정처럼 당착하는 나의 사죄 따윈 전혀 듣지 않고, 그녀는 그저 정차한 자동차 차창 밖의 낯선 풍경에 당황하는 듯 보였다. 그동안 믿기지 않을 정도로 위기감이 없었지만, 밤길에서 말을 걸어온 잘 모르는 남자의 자동차에 부주의하게 올라탔다는 어리석은 행동을 이제야 간신히 깨달은 모양이다. 유감스럽게도, 이미 때가 늦었다.

결국 저 애하고는 표면과 이면이라고 할까… 어제, 내가 오기에게 당했던 서프라이즈와 겹쳐져 버렸지만, 그러나 그 점에서 나는 그 이면의 연출력에는 도저히 적수가 못 되어서, 서프라이즈라고 하기에는 도착한 목적지가 너무나 살풍경했다.

말하자면 빈터다. 풀이 무성하게 난.

진입금지 간판이 없어도, 아무도 들어가지 않을 듯한 공터다.

"…여기는 옛날에 학원 건물이 있었어. 갑작스런 화재로 불타 버려서 지금은 흔적도 없지만… 나는 그 학원에서 많은 걸 배웠어."

뭐, 불타기 이전부터, 내가 알게 된 시점에서 이미 그곳은 폐허나 마찬가지인 건물이었지만, 그래도 배웠다는 사실은 틀림없다.

"그래서요…? 공부 같은 건 봐 주지 않아도 괜찮다니까요, 아라라기 선배. 저는 당신과 다르니까요. 저는 당신이 아니니까요."

"아니, 너는 나야. 너도, 나의 이면이야."

그러니까, 배워야 해. 너는 아라라기 코요미라는 반면교사에게.

뼈저리게 깨닫도록 해.

"이면? 하핫, 부정입학이라도 권해 주시는 건가요? 간신히 좋은 이야기를 들을 수….."

"보나페티, 프린세스."

스페샬리테다.

최악의 조리법으로, 최악의 식재료를. 최악의 속죄를.

내가 발한 말과 함께, 차일드 시트가 설치된 조수석의 시트 아래서 금색 그림자가 기어 나오기 시작한다. 그 속도는 룸 미러에는 비치지 않는다.

다만, 그녀 정도 되면 거울에 비치는 것도 비치지 않는 것도 자유자재이지만… 특히, 진심일 때에는 비치지 않는다.

나에게 식사 장면을 보이는 것을 싫어하는 듯이, 혹은 오래간만에 나이트워커의 본분을 되찾은 듯이 금발 유녀는 오치바짱의, 목은 목이지만 발목에 송곳니를 꽂았다. 보브 커트의 오치바짱이므로 만에 하나 잇자국이 남더라도 하이삭스로 가릴 수 있도록, 이라는 배려인지도 모른다. 괴이의 왕도 인간사회에 많이 익숙해진 모양이다.

하지만 배려는 해도 용서는 하지 않는다.

한 번 물었으면 전부 빨아들인다.

"꺄, 꺄아아아아아?!"

여자 고등학생은 요바이라도 당한 것처럼 비명을 질렀지만, 실제로 칠흑 같은 밤이 통째로 기어온 것 같은 상황이다. 문은 운전석에서 잠갔고, 몸도 안전벨트로 고정되어 있으면 도망갈 곳도 없다.

"아아?!"

패닉에 빠진 채로 비명을 계속 지르는 그녀.

그러나 어찌할 방법도 없이, 매겟 테라피*처럼 체내의 '좋지 않은 것'이 혈액과 동시에 빨려나간다. '좋지 않은 것'이라고 해도, 그것은 그녀를 구성하는 소중한 일부분이다.

점점 개성이 말소되어 간다.

법체계가, 개정되어 간다.

"아아아아아아아아아아아아아아아아아아아, 아아아아아아아아아, 아아아아아아, 아아아아아아아아아아, 아아아아아."

스쿨슈즈 바닥으로 금발을 쾅쾅 걷어차지만, 그러나 그런 문자 그대로의 발버둥에 유녀의 식욕은 꿈쩍도 하지 않는다. 유녀의 탐욕은, 춤추며 먹는 것처럼, 늘어날 뿐이다.

자백하자면, 그녀를 차안으로 끌어들인 직후에 이렇게 할 수도 있었다. 시노부 정도의 미식가가 되면 오히려 소재의 맛만으로도 충분하다. 낮 동안에 대학 구내에서 꾹 참게 해서 공복이라는 최고의 소스도 듬뿍 끼얹은 상태였고.

하지만 나는 이 장소를 선택했다.

※메겟 테라피 : Maggot Therapy. 의료용 구더기에게 상처의 괴사한 조직을 먹게 해서 제거하는 치료법.

생각했던 것 이상으로 황폐해진 채 방치되어 로맨틱한 야경이 보이는 세련된 레스토랑이라고는 말할 수 없지만, 역시 나에게 이 학원 옛 터는, 특별한 장소다.

기념할 만한 이 장소에, 너와 함께하고 싶었어.

"아아아아아아아아아아아아아, 아아아, 아아아아아, 아아, 아, 사⋯."

발밑에서 존재를 위협받으면서도, 그래도 여전히 오치바짱은 반복한다. 저주하듯이, 혐오하듯이. 전부 부정하듯이. 달라붙듯이. 간원하듯이.

복수를 즐기듯이.

"사과해, 사과해, 사과해, 사과해, 사과해, 사과해, 사과해, 사과해, 사과해, 사과해⋯."

"⋯너희들도 전부, 길을 잘못 들란 말야."

간신히 조용해졌지만, 그러나 그래도 내 마음은 계속 술렁였다.

열등감 범벅이 되어 살아온 자로서, 솔직히 좀 더 오치바짱의 마음을 이해할 수 있다고 생각하고 있었다⋯. 직접적인 접점은 없더라도, 선배로서 말해 줄 수 있는 게 있지 않을까 하고 우쭐하고 있었다.

하지만 소용없었다.

마지막의 마지막 순간까지 공감할 수 없었고, 마지막의 마지

막의 마지막 순간까지 품고 있던 것 이상의 반감을 품게 되고 말았다… 만약 내가, 아직 고등학생이고, 그녀의 동급생이었다면, 이렇게 힘으로 밀어붙이는 처치가 아니라, 좀 더 나은 형태로 오치바를 구해 줄 수 있었을까?

혼자서, 구해 줄 수 있었을까.

대학 생활이란 모라토리엄의 뜨뜻미지근한 탕 속에 어깨까지 잠겨 있는 나로서는 이미 고등학생의 마음을, 품고 있는 고민이나 우울을 이해할 수 없게 되어 버렸는지도 모른다. 차라리 머리까지 잠겨 버리면 다른 말도 할 수 있었을 텐데.

그렇게나 괴로워했었을 대학 입시가 어쩐지 완전히 좋은 추억처럼 변해 버렸다. 살을 에는 듯이 절실한 수험생의 고민을 어째서 작은 사건처럼 느껴 버리는 거지? 생각처럼 성적이 오르지 않는다는 고뇌, 지망 학교를 변경한다는 좌절, 그 나이 대에는 흔히 있는 일이라는 건가…?

능숙해졌으니까 서툰 사람이 서툴게 보이는 건가? 나는 지금도 사는 것이 누구보다도 서툴 텐데… 어쩌면 옛날보다도 더욱 서툴어졌을 텐데.

다만, 그 이전에 이런 감각은 단순한 노스탤지어이기도 하다…. 좋은 추억은 고사하고, 추억을 미화하고 있을 뿐이다. 고등학생인 내가, 히타기나 오이쿠라나 혹은 칸바루나 센고쿠나 하치쿠지에게 그렇게까지 힘이 되었던 것은 아니다.

그러니까 쇠락한 것이 아니다.

나이에 걸맞게 성장하지 않았을 뿐이다.

진학은 했어도, 진화는 할 수 없다… 나는 나다.

법률은, 내가 나인 것까지는 바꿀 수 없다.

딱딱하고 고지식한 법률이 기재된 육법전서를 통째로 삼키는 듯한 씹는 소리를 등 뒤에서 들으면서, 나는 내비게이션에 히가사에게 들었던 오치바짱의 자택 주소를 천천히 입력한다.

길을 잘못 들란 말야.

좌절한 소녀의 비탄을 진하게 농축시킨 듯한, 그런 미소 지어지는 소원조차 오늘 밤의 나는 응해 줄 수 없는 것이었다.

030

"이야기가 길어졌네.

"여러 가지로 설교 같은 말도 해명 같은 말도 했지만, 이것도 저것도, 그것도 어느 것도, 전부 옛날이야기일 뿐이야. 사과하는 것이 싫어서, 다른 사람에게 고개를 숙이는 것을 굴욕적이라고 느끼고 있던 나 같은 건 실제로는, 이미 없어.

"요마령, '아야마레'였던가?

"설령 그런 괴이가 있었든 없었든, 언젠가는 나는 코요미에게 사과하고 있었을 거라고 생각해. 괴이 현상은 어차피 계기에 불과했다는, 그 정도의 일이잖아?

"병약했던 로리 시절의 나도, 육상부에서 활개치고 있던 중학교 시절의 나도, 귀한 집 아가씨였던 고등학교 1, 2학년의 나도,

갱생했던 고등학교 3학년의 나도, 결국은 나일 뿐이니까.

"내가 나인 것은 바꿀 수 없어.

"대학생이 된 지금의 나라면, 게가 아니라 어머니에게 사과할 수 있을지도 모른다는 생각조차 들지만, 그런 감상을 4년 뒤에 사회인이 된 나는 분명 부끄럽다고 생각하고 바닥을 뒹굴며 없었던 일로 만들고 싶어 할지도 몰라.

"그런 흑역사 같은 이야기는, 사이좋은 오노노키 요츠기 씨란 사람과 하는 거였던가?

"아니면, 표리일체의 오시노 오기 씨일까.

"흑이 아니라, 어둠이라면.

"그러면 시시한 이별 이야기는 이것으로 깨끗하게 끝내기로 하고… 척척, 다음 의제로 넘어갈까.

"이쪽이, 나에게는 본론이야.

"코요미가 소다치짱의 이웃집으로 이사했다는 에피소드, 나, 듣지 못했다고 생각하는데… 나라도 괜찮다면 이야기, 들어 줄까 하는데?"

031

"어떠셨나요? 아라라기 선배. 에필로그라고 할까요, 이번의 결말은. 저라도 괜찮다면 이야기, 들어 드릴게요."

다음 날, 이틀 연속으로 본가에서 하룻밤을 묵고 이른 아침부터 대학에 가기 위해 자동차를 몰기 시작한 나에게, 등 뒤에서 자연스럽게 목소리가 들려왔다. 룸 미러로 확인하자, 어젯밤 오치바짱이 앉아 있었을 그 자리에, 시키지 않아도 알아서 안전벨트를 하고 앉아 있던 것은 차이나 칼라의 교복을 입은 남자, 오시노 오기였다.

마지막에 오기가 나오다니 본격적으로 배드 엔드라는 느낌이네. 새벽인데도 밝은 징조가 전혀 보이지 않는다. 하이 빔으로 비추고 싶을 정도로 눈앞이 깜깜하다.

결말이란 말을 들어도, 안심하고 감개에도 젖을 수가 없네.

언제 어떻게 탄 거야.

설마 차 위에 BMX를 얹고 있는 건 아니겠지? 그곳은 서프보드를 싣는 장소라고.

"식은 죽 먹기였겠죠? 대학에 입학해서 인간적으로 성장하신 아라라기 선배에게, 기껏해야 일반 여자 고등학생 따위. 일반 입시의 여자 고등학생 따위."

"…농담은 그만하시자고."

도발하는 듯한 말을 들어도, 상대해 줄 기분도 들지 않는다. 하룻밤이 지났지만 아직 피로가 전혀 풀리지 않았다. 성장이라고 한다면, 하룻밤 만에 나이를 300살 정도 먹은 기분이다.

"얕보고 있었던 건 아니지만 상당히 조마조마했어. 나중에 들은 이야기로는, 대식가인 그 시노부가 하마터면 다 못 먹을 뻔했을 정도의 원념이었다고 하니까."

공백기가 있었다고는 해도.

역시 나에게 서툰 괴이는 시노부에게도 서툰 분야였다… 아니, 그렇게 심플한 문제도 아니다.

이런 해결밖에 맞이할 수 없었던 나 스스로에게 정말 지긋지긋해졌을 뿐이다. 좀 더 다른 결말이 있던 게 아닐까 하고, 어쩔 수 없이 계속 생각에 잠기게 된다.

"핫하~ 베스트best가 아니라, 베터better한 해결이었다는 건가요."

"그렇다기보다, 워스트worst를 피한 워스worse라는 느낌이야. 장난이 아닐 정도로 나쁜 아이였어… 누군가를 가르쳤다고는 도저히 말할 수 없지만, 최악만은 어떻게든 피했어."

그것은 어젯밤 중에 확인했다.

본가에서 연락을 취해 보니 히타기도 오이쿠라도 전날의 소동을 전혀 기억하지 못하는 듯했다. 아니, 그렇게 말하면 마치 블랙 하네카와처럼 기억이 봉인되었다는 말처럼 되어 버리는데 결코 그런 것도 아니어서, 일단 (무가치한) 대화가 있었던 것 자체는 기억해도, 그것이 전혀, 정말, 시답잖은 사소한 일이었다는 듯한 태도였다. 그런 아무래도 상관없는 잡담을 용케 세세하게 기억하고 있구나, 라고 말하는 듯한.

그것이야말로, 어쩐지.

다 끝난 일을 왜 이제 와서 다시 문제 삼는 것이냐, 라고 말하는 것처럼.

이제 됐잖아, 그 일은. 그것보다도.

"메니코와 남친 군에 대한 일도 대학에 도착하면 슬쩍 떠볼 생각인데… 아마도 이 분위기라면 아야마레의 영향 아래 있었던 나오에츠 고등학교 졸업생들은 모두 그런 눈치일 거라고 생각해."

"좋네요. 사죄의 본래 역할이잖아요. 이제 괜찮다는 걸로 해버리자는 건."

"…도움이 되는 이야기네."

혹은, 도움이 안 되는 이야기다.

오이쿠라는 나에게 머리를 숙인다는 행위를 했으니, 제정신으로 돌아가면 말도 안 되는 자해행위로 내달리는 것이 아닐까 하고 걱정하고 있었지만, 전혀 그런 눈치는 없었다. 대단한 용무도 없는데 전화하지 말라며 역으로 화를 냈다.

히타기와의 이별 이야기도 유야무야되었다.

"이놈이고 저놈이고, 마치 '그건 엄숙하게 법률을 따랐을 뿐'이라고 말하는 것 같은 자각 없는 모습이었다고. **그때**의 법률에. 이야기하면 이야기할수록 이야기가 맞물리지 않아. 그건 오치바짱도 마찬가지지만…."

법의 집행자였을 그 애도, 오픈 캠퍼스에서 만난 선배들의 인생을 망가뜨려 주겠다며 악의에 차 있었던 것은 아니다. 미움에 가득 차 있었고 열등감에 가득 차 있었고 분노에 가득 차 있었지만, 악의에 차 있었던 것은 아니다.

오히려 공허했다.

무의식이었고, 무자각했고, 그리고 무책임했다.

염원했을 뿐이다… 원념으로.

혹은, 단념으로.

"법률용어로 말하자면 '선의의 제삼자'라는 건가. 솔직히 지금도 무서워. 몸이 떨릴 정도로. 그렇게 '평범해 보이는 아이'가 센조가하라 히타기나 오이쿠라 소다치라는, 내 인생에서도 비교 불허 클래스의 '특별한 인간'에게 그 정도 수준의 영향력을 갖다니… 세상은 참 넓어."

고향 마을에 돌아와서 할 만한 대사도 아니지만.

조금 전에 생각 없이 이름을 열거해 버렸는데, 주변에 끼친 '피해'로서는 골든 위크의 블랙 하네카와 급이었던 게 아닐까? 거의 동일한 대처를 할 수밖에 없었다는 점도 그렇고….

"보는 눈 없는 내가 알 수 없었을 뿐이지, 오치바짱도 하네카와 클래스의 여자 고등학생이었던 걸까? 현대의 입시제도로는 발굴할 수 없는 특별한 재능이고…."

"누구나가 누군가에게 특별한 인간이라는 사고방식은 저도 좋아하는데요, 반대로 생각해야 할지도 몰라요, 아라라기 선배."

반대로 생각하는 게 아니라 뒤집어 생각해야 할까요?

그렇게 오기는 히죽거린다.

"즉 특별한 인간은, 평범한 인간에 의해 끌어내려진다. 그 어떤 위인이라도 대중의 평판이나 민의의 압력 앞에서는 무력한 존재잖아요? 인기인은 인기에 좌우되고, 독재자는 시대의 바람에 풍자되죠. 육법전서 따윈 함정투성이잖아요. 이런 실수를 해라, 사과하게 만들겠다, 라는 듯한 바람에 가득 차 있어요. 아라라기 선배에게 특별한 오이쿠라 선배가 1학년 3반의 반장 자리에서 끌어내려지고 등교거부에 몰렸던 것은, 평범한 반 학생 모두의 의견 때문이었잖아요?"

"……."

"가령 조라쿠 오치바가 '어디에나 있는 평범한 여자 고등학생'이었다고 해도, 그건 암살자 같은 것보다 훨씬 무섭지 않나요? '어디에나 있다'… 마치 요괴 같잖아요."

확실히 그 애 같은 인간은 분명 어디에나 있다… 고등학교에도, 대학교에도, 사회에도, 가정에도, 재야에도, 풀뿌리에도, 풀잎 그늘에도, 어디에도.

전혀 관계없는 상대에게 그 레벨의 원한을 흩뿌릴 수 있는 인간이. 남의 일처럼 말하고 있지만, '어디에나 있는 평범한 남자 고등학생'이었던 나에게도 그런 요소는 있었다.

낙오한 뒤에는, 그렇지 않은 우등생들을 공부만 하는 재수 없는 엘리트라고 멋대로 단정하고 있었다… 그야 1학년 3반의 트라우마라든가 그런 것도 있었지만, 하지만 어째서 그 무렵의 나는 그렇게나 표독스럽게 그 사람들을 미워하고 있었을까?

소외되었다고 생각하고 있었지만, 사실 나는 동료였을, 나의 동급생 중에도 적지 않게 있었을 조라쿠 오치바 같은 학생에게 눈길을 향하지 않고, 그저 홀로 콤플렉스를 비대화시키고 있었다.

자신을 '혼자'라고 굳게 믿고 모두를 '모두'라고 굳게 믿었다.

만약 지옥이나 악몽을 경험하지 않았다고 해도… 나는 흡혈귀보다도 요괴 같은 사상을 품고, 입시 명문교의 엘리트들에게 불평을 툴툴 계속 늘어놓고 있었던 것은 아닐까.

조라쿠 오치바는 대표자조차 아니다.

화를 내는 군중 속의, 단 한 명이다.

"흡혈귀조차 적이 아니다, 인가… 그야말로 딱 그거네. 히가사나 여자 농구부의 후배들과 엮였을 때에도 뼈저리게 통감했는데, 내가 깨닫지 못했을 뿐이지, 학교란 곳에는 정말 다양한 인간이 있구나."

"그리고 다양한 괴이도 있죠. 학교 괴담은, 고작 7대 불가사의로는 끝나지 않아요. 사람의 수만큼 신비가 있죠. 지구의 77억 불가사의예요."

인간을 시험받았네요, 라고 말하는 오기.

어젯밤의 살 떨리는 대결을, 그렇게 간단히 정리하지 않았으면 좋겠는데. ⑤시험행동, 이었던가.

"다섯 번째의 가설도 하치쿠지에게서 들었는데, 결국 정답은 ④명령계통으로 생각하면 되었던 건가?"

"글쎄요. 아라라기 선배에게는 그것으로 좋았던 거 아닌가요?"

뭐야. 속뜻이 있는 듯한 말투를 쓰네.

"애초에 오기는 이 ④를 강하게 밀지 않았지."

"아뇨, 아뇨. 진심으로 밀지 않았다면 말도 하지 않았을 거예요. 그렇지 않을 가능성도 충분히 있었다는, 저의 장기인 상대화相對化예요. 십팔번이라고나 할까요, 십삼번일까요? 센조가하라 선배나 오이쿠라 선배가 사과해 올 리가 없다고 아라라기 선배는 단정하고 계셨습니다만, 그 특별한 사람들도 역시 어디에

나 있는 인간 중 한 명이었음을 잊지 마시길. 이번 소동을 괴이의 탓으로 할 수 있었던 건 오히려 행운이겠죠."

지옥도 악몽도 아닌 이 정도의 트러블은, 앞으로의 인생에서 얼마든지 일어날 수 있다고 말하고 싶은 듯하다. 그야말로 시험하는 듯한 말투였다.

"핫하~ 제 입장에서 말하자면 아라라기 선배가 했던 일이야말로 ⑤시험행동이에요. 사과해 오는 상대에게 '하지만 그렇게 나쁘다고 생각하지 않지?'라든가 '모두 하고 있는 일인데, 이런 옛날 일로 어째서 자기만 야단맞는 거냐고 생각하지?' '왜 화를 내고 있는지 알아? 뭘 잘못했는지 말해 볼래?'라며, 섣부른 실언을 끌어내려고 하는 상황이었으니까요."

거기까지 들으면, 할 말도 없네.

사죄의 말도 없습니다.

"실수를 한 것에 화내고 있는 게 아니다, 실수를 감추려고 한 것에 화내고 있는 거다… 라고들 흔히 말하는데요, 센조가하라 선배와 오이쿠라 선배의 건에 관해서는, 이번에 아라라기 선배는 은폐공작에 성공한 것과 비슷한 상황이에요…. 죄를 뒤집어 썼다고는 말하지 않겠습니다만, 진흙을 뒤집어쓰고 모르는 척을 했죠. 어쩌면 친구분도요. 남녀 간의 트러블을, 능숙하게 괴이 탓으로 돌린 거예요. 범인 찾기에 성공했다는 의미에서는 미스터리 소설의 대단원이었어요."

"……."

"심술궂게 말한 걸까요? 그렇다면 진심으로 사죄하겠습니다.

안심하세요, 어차피 아라라기 선배니까, 조라쿠 오치바의 미래를 걱정해서 앞으로도 빈번하게 고향 마을에 걸음을 옮길 생각일지도 모르겠습니다만, 대학생이 여자 고등학생에게 중개 없이 그런 행동을 하면 거의 범죄니까요. 앞으로는 저에게 맡기세요."

"음…."

그 내치는 듯한 제안에, 나는 어깨가 툭툭 두드려진 듯한 기분이 되었다. 확실히 나는 오치바쨩에 대한 문제를 이것으로 끝낼 생각은 없었다.

악법을 개정하고 악법을 철폐한들, 우울이 쌓이면 또 비슷한 법률이 발령될 뿐이다. 스트레스를 맛있게 먹어 치웠지만 블랙하네카와가 사라지지는 않았던 것처럼. 다음 타깃은 마나세 대학에 다니는 나오에츠 고등학교의 관계자는 아니겠지만, 그렇다고 해서 그 레벨의 재난을 방치할 수는 없다.

가정교사 같은 건 어떻게 생각해도 적성에 맞지 않고, 실제로 그런 형태로는 힘이 될 수 없을 테지만, 이래 봬도 선배로서, 인간으로서, 할 수 있는 일이 있을 것이다. 설령 공감할 수 없더라도 함께 있을 수는 있다.

"그러니까 할 수 없다니까요. 그런 행동을 하면 범죄가 된다니까요. 저야말로 두려움에 몸을 떨었다고요. 아라라기 선배가 조라쿠 선배를 이 차 안에 감금하셨다는 말을 들었을 때는."

"내가 졸업하기 전에 당했던 일이지만 말이야. 차 안에 갇히고, 안전벨트에 구속되어, 이리저리 끌려다닌 것은."

그 일에 대한 사과도 유야무야 넘어가게 되었다.

다만, 서로 고등학생이었으므로 유야무야 넘어갈 수 있었던 일이기도 하다.

"여자를 뒷좌석에 태우는 건 나의 전통인데… 자전거 둘이 타기의 전통을, 그렇다고 해서 오기에게 맡기다니… 나를 뒷좌석에 태운 건 계승 의식이었다는 거야? 그렇게 바빠 보였던 주제에. 뭘 꾸미고 있는 거야?"

"어라라, 뜻밖이네요. 옛날부터, 아라라기 선배가 할 수 없는 일을 하는 것이 표리일체인 저의 역할일 텐데."

"…그런 걸 부탁한 기억은 없어."

"그런 말씀 마시고, 부탁해 주세요. 뭐, 동경하는 칸바루 선배도 이제 곧 졸업이라는 골인 지점이 보이기 시작했고, 저도 앞으로의 처신에 대해 생각해야만 하는 무렵이었어요. 진로를 정해야죠. 그 왜, 부탁한 기억은 없다고 말씀하셨는데, 요전에 히가사 선배에게 들러붙어 달라고 말씀하셨잖아요."

"그건 말했지만… 계속 붙들고 늘어지네, 말꼬리를."

"아라라기 선배의 뒤에 붙어 다니는 것도, 아라라기 선배의 뒤처리를 하는 것도, 이게 마지막이에요. 최상급생이 된 이상 나름대로 자각을 가져야죠…. 언제까지나 자각 없이 있을 수는 없어요. 아라라기 선배를 보고 배우고, 아라라기 선배 이상으로, 히가사 선배에 한정되지 않고… 나오에츠 고등학교의 전교생을, 말이죠."

"전교생."

"아라라기 선배의 눈길이 닿지 않았던 학생들도요. 이야, 정말, 생각해 보면 걱정을 끼쳐 드렸네요. 지금까지 건방진 소리를 해서 죄송했습니다."

끼친 것은 민폐였다고 생각하지만, 오기는 과장스럽게 고개를 숙였다. 이렇게 사죄의 마음이 없는 사죄도 드물다. 그렇기에, 퍼포먼스라고는 생각할 수 없었다.

"사람은 혼자 알아서 살아날 뿐… 확실히 삼촌의 말대로, 낙오자를 구원하는 것은 불가능할지도요. 하지만 미끄러져 떨어진 학생을 다시 끌어올리는 것 정도는 가능할 거라고 생각해요. 어디에나 있는 여자 고등학생의 마음속 어둠에 가까이 다가가는 것은, 어디에나 생기는 암흑에 어울리는 일이라고 생각하지 않으시나요?"

그것은 일이 아니라 취미라며 실소하면서도, 어떤 얼굴을 하고 그런 대사를 하는 건지 내 눈으로 보고 싶어서 신호를 기다리는 동안에 후방을 확인할 겸 돌아보자, 맨 안전벨트는 그대로 둔 채 어둠은 홀연히 모습을 감추고 있었다.

깜짝 놀라서 룸 미러로 시선을 돌려도, 마찬가지였다.

마치 처음부터 없었던 것처럼, 혹은 택시 괴담처럼, 오시노 오기는 내 앞에서… 나의 뒤에서 모습을 감추었다. 아니면 대화를 하고 있다고 생각했지만 처음부터 없었던 걸까.

거울에 비치지 않을 때는 진심, 인가.

생각이 나서 내비게이션 화면을 확인하니, 현재 위치는 딱 이웃 마을에 들어서는 지대였다. 딱히 오기는 마을을 다스리는 신인 것도 아닐 텐데. 아니면, 오시노 시노부가 내 그림자에 묶여 있는 것을 선택한 것처럼, 오시노 오기는 나오에츠 고등학교에 묶이기를 선택한 걸까.

그것이 불가능해진 나 대신에.

소년 소녀에게 가까이 가기를 선택한 걸까.

마음의 어둠을 비추는, 암흑이 되는 것을… 그렇다면.

"너하고는 언제까지나 표리일체라고 믿고 있었는데, 참으로 쓸쓸해지는 배신이라고."

그런 안타까운 마음을 떨쳐 내듯이, 나는 모교의 후배들을 향해서 '딱하게 됐구나' 하고, 부탁받지도 않았는데 중얼거리는 것이었다…. 하지만 괜찮다, 아무런 걱정도 필요 없다.

때로는 괴롭히듯이 따라다니지만.

암흑은 애정의 도착倒錯이니까.

제7화 오기 플라이트

SENGOKU NADEKO

001

아라운도 우로코洗人迂路子에 대해서, 표면상, 판명되어 있는 것은 거의 없습니다. 이것은 단순히 제가 무지몽매한 녀석이기 때문이 아니라, 대부분의 사람에게, 그 여자는 정체불명의 기로망양*인 모양입니다. 그 여자인가 어떤가 말하는 것부터가 기로망양입니다.

사람들이 말하길, 뱀술사.

사람들이 말하길, 욕망이 소용돌이치는 똬리.

사람들이 말하길, 다섯 개의 머리를 지닌 큰 뱀.

흐릿하게 있는 정보라고 하면, 그러한, 어디까지 그대로 받아들여야, 어디까지 그대로 삼켜야 좋을지 알 수 없는 진위가 수상한 소문뿐입니다.

한번 실체를 잡았다고 생각하면 뱀장어처럼 스르륵 빠져나가고, 손안에 남는 것은 탈피 후의 버석버석한 껍질뿐. 답도 없거니와 손맛도 없습니다. 남는 것은 피부에 남은 비늘의 흔적이나, 독이 있는 송곳니의 잇자국뿐. 땅을 기듯이 찾아본들, 우로코는 환상의 생물이라는 츠치노코보다도 어둠속. 손댈 곳도 발

※기로망양(岐路亡羊) : 혹은 다기망양(多岐亡羊). 달아난 양을 찾다가 여러 갈래 길에서 길을 잃었다는 뜻으로, 정확한 방침을 몰라 우왕좌왕한다는 의미.

붙일 곳도 없이, 머리를 숨기고 꼬리도 드러내지 않는, 철두철미徹頭徹尾한 사두사미蛇頭蛇尾.

그래도 우리는 발견해야만 합니다.

뱀의 둥지가 아닌, 뱀의 총본산을.

뱀의 길이라고도 말할 수 없는 그녀의 비도非道를 알면서도 모르는 체하며 시치미를 뚝 떼는 것은, 아무리 사과하더라도 다 사과할 수 있는 것은 아니고, 거의 용서받을 수 있는 일이 아닙니다.

002

"가장 처음에 문병을 와 주는 친구가 누구일까 하고 계속 생각하고 있었어. 설마 그게 너일 줄이야, 귀엽고 귀여운 나데코짱."

나도 참, 인망이 없는 것이 실망스러워.

만나자마자 그런 말을 하는 병상의 나쿠나짱은, 구멍투성이였습니다.

구멍투성이라는 것은, 하는 말이 지리멸렬하게 파탄 나 있음을 의미하는 비유가 아니라, 보이는 그대로의 표현입니다. 나쿠나짱의 얼굴도, 목도, 쇄골도, 가슴팍도, 팔도 손도 손가락도, 뽕뽕, 구멍이 뚫려 있었습니다.

그 너머가 훤히 들여다보입니다. 뻥 뚫린 구멍이 무작위로,

빼곡하게. 집합체공포증인 사람이 보면 졸도할 만한 몰골입니다.

나쿠나짱에게 구멍이 뚫려 있다기보다, 구멍 사이를 연결하듯이 나쿠나짱이 존재하는 것 같습니다.

보이지 않습니다만, 착용하고 있는 환자복 안의 몸통이나 침대에 덮인 얇은 이불 아래의 다리도 같은 모습일 것에 의심은 없습니다. 가만히 보면 얇은 이불 이쪽저쪽이 그런 형태로, 움푹 들어가 있는 것처럼도 보입니다.

일부러 비유적으로, 그것도 불성실한 예시를 든다면 나쿠나짱의 몸은 경량화된 미니 사륜구동의 보디 같았습니다. 옛날에 게에게 사로잡혔을 무렵의 센조가하라 씨 이야기를 하는 건 아닙니다만, 체중은 상당히 가벼워지지 않았을까요?

물론, 실재하는 구멍은 아니겠지요.

실재하는 구멍이라는 표현은 비유로서도 모순되어 있습니다만 (시노부짱이 사랑하는 도넛을 떠올리게 만드네요. '구멍을 남기고 도넛을 먹어라') 이렇게 많은 수의 뻥 뚫린 구멍에 온몸이 뒤덮인 채로 생존하는 것은 인간에게 불가능합니다… 구멍이 절반이라도, 4분의 1이라도 무리겠지요.

위치에 따라서는 한 개라도 무리입니다.

그도 그럴 것이, 예를 들자면 눈알 부분에 구멍이 뚫려서 등 뒤의 벽이 그대로 보인다니까요? 목 같은 건, 목의 가죽 한 장도 남아 있지 않을 정도로 구멍투성이입니다. 거대한 펀칭기로 온몸 이쪽저쪽이 뚫린, 펀칭이 아주 꼼꼼하게 된 느낌, 이라고 하면 저의 졸렬한 묘사력으로도 전해질까요?

언어 표현은 서툽니다. 말주변이 없었던 시기가 길었거든요.

그 흐름으로 한 가지, 앞서 했던 말을 정정하자면, 나쿠나짱 의 온몸을 뒤덮은 구멍은 가만히 보면 완전히 앳 랜덤at random한 것은 아닌 듯합니다. 위치는 여기저기에 흩어져 있는 것 같지 만, 반드시 두 개의 구멍이 같은 거리를 두고 한 쌍을 이루고 있 습니다.

두 개의 구멍.

뭔가를 떠올리게 하네요?

그렇습니다, 그 사람의 목덜미에 있는 흡혈귀가 깨문 자국 같 은… 그러나 이 경우에는 귀신의 송곳니가 아니라 뱀의 송곳니 입니다.

거대한 송곳니를 가진 거대한 뱀에게 이쪽저쪽을 마구 깨물 린다면… 인간의 육체는 이런 느낌이 되겠지요. 이런 식으로 바 람구멍이 나겠지요. 다만, 그 이전에 보통은 낙명落命하겠습니다 만….

한자 그대로, 구멍에 목숨을 떨어뜨립니다.

과거에 제가 뱀에게 저주받았을 때에는 온몸 구석구석까지 비 늘 자국에 뒤덮이게 되었습니다만… 저를 저주한 나쿠나짱, 저 의 친구인 토오보에 나쿠나遠吠哭奈짱의 현재 상태는, 이런 느낌 인가요.

'사람을 저주하면 구멍이 두 개*'라는 속담은 정말 절묘한 표 현이네요.

그 실태는, 실체가 없는 구멍은 두 개 정도가 아닙니다만… 두 개를 한 조로 세어도, 아무리 적게 잡아도 백 번 정도는 깨물린 게 아닐까요?

요컨대, 사람을 저주하면 구멍이 200개.

"왜 그렇게 멍하니 서 있는 거야, 나데코짱. 앉아… 얼굴만 보러 온 것도 아니잖아?"

퉁명스러운 태도입니다만, 나쿠나짱은 의자를 권해 주었습니다…. 이것으로 방심해서는 안 됩니다. 나쿠나짱은 사람에게 의자를 권해 놓고 앉으려고 하면 그 의자를 홱 빼 버리는 타입의 친구였습니다.

확실히 얼굴만 보러 온 것은 아닙니다만… 구멍에 뒤덮여 있어서, 얼굴의 절반도 봤다고는 말할 수 없고요.

"몸… 괜찮아?"

저는 신중하게, 파이프의자의 바닥면을 두 손으로 꽉 붙잡고 앉으며 그런 질문을 했습니다…. 장기 입원환자에게 그리 좋은 질문은 아닙니다만, 예상을 아득히 능가하는 그 구멍투성이의 모습을 보니 묻지 않을 수 없었습니다.

"어라, 의외네. 나데코짱이 내 걱정을 해 주다니, 복수하러 온 줄로 알았지 뭐야."

조금 자조적인 느낌으로 웃으며, 그렇지만 표독스러운 말을

※사람을 저주하면 구멍이 두 개 : 人を呪わば穴二つ. 남을 저주하면 자신에게도 재앙이 돌아온다는 뜻의 일본 속담.

해 오는 모습은 과연, 과거의 나쿠나짱을 떠올리게 하는 성격이었습니다만,

"전혀 문제없어. 괜찮아, 건강해. 딱히 다쳐서 입원한 게 아니니까. 어쩐지 조금 몸 상태가 안 좋을 뿐이야. 머리가 멍~ 해지는, 백일몽을 꾸는 것 같은 시간이 길어져 버려서… 만일을 위해서 입원하고 있을 뿐인걸."

그런 대답을, 그렇다고 해서 그대로 받아들일 수는 없습니다. 백일몽인가요.

백사 같은 백일몽… 적어도 자각증상은 없는 모양이네요.

이건 그냥 다쳤다고 할 정도가 아닌데.

"어라, 머리카락 잘랐어? 나데코짱."

이제 와서 깨달은 듯한 나쿠나짱.

1년 전이라면 빈정거리거나 주도권을 쥐기 위해 '흥미가 없어서 뒤늦게 간신히 깨달았다'라는 느낌을 가장하는 그 애다운 행동이었겠습니다만, 이번에는 그렇지 않은 듯했습니다.

앞머리로 얼굴을 가릴 수 있을 정도로까지 기르고 있던 헤어스타일에서, 현재의 베리 쇼트가 된 센고쿠 나데코의 변화를 이 정도로 접근하지 않으면 알 수 없는 것도 무리는 아닙니다. 지금 그 애의 눈은 옹이구멍처럼 변해 있었으니까요.

옹이구멍이라고 할까, 바람구멍이라고 할까, 뱀 구멍일까요.

저런 눈에 뭔가가 보인다는 것도 놀랍다고요.

"응… 이런저런 일들이 있어서."

"헤에…. 좋네, 그거."

어라?

무뚝뚝합니다만, 설마 나쿠나짱으로부터 칭찬의 말을 들을 수 있을 줄이야…. 머리를 자른 친구에 대해서는 거의 반드시 '예전 쪽이 좋았는데'라고 말하는 게 정석이었던 여왕님이라고는 생각할 수 없는 행동입니다.

병원이라는 환경이 그렇게 느끼게 만드는 것인지도 모릅니다만… 구멍투성이의 온몸을 제외해도, 어딘지 모르게 힘이 없는 눈치입니다.

나쿠나짱이라면 입원하고 있든 뭘 하고 있든, 꼼꼼하게 스타일링을 하고 있을 것이란 이미지입니다만… 머리도 부스스하고 머리카락 끝도 제대로 정리되어 있지 않네요.

갈라진 머리카락투성이입니다.

설령, 상당히 격이 낮은 존재로 보고 있던 제가 상대일지라도 허세부리는 것을 잊지 않는 캐릭터였는데, 몹시 야위어서 사이즈가 맞지 않는 환자복을, 마치 헌옷처럼 만든 채로 입실을 허락하다니… 학교 운동복을 입고 문병을 온 제가 말하기도 뭐합니다만, 두꺼운 망토를 걸치고 왕홀을 쥐고 있어도 이상하지 않을 텐데… 첫 대사가 떠오릅니다.

문병을 온 친구는, 내가 최초.

타이밍을 고려하면, 나쿠나짱이 입원한 것은 작년 6월 무렵이었다고 생각합니다만… 그 이후로 한 번도, 아무도?

그렇게나 추종자, 즉 친구들에게 둘러싸여 있었던 나쿠나짱인데?

"잘 좀 보여 줘… 머리카락."

그렇게 말하며 손짓하는 나쿠나짱.

이 거리에서 그런 말을 하다니, 역시 눈이 잘 보이지 않는 걸까요… 그렇게 생각하면서, 저는 의자를 끌듯이 움직여서 10센티미터 정도 침대로 다가갑니다.

나쿠나짱은 가만히, 눈에 힘을 주고 응시하는 듯한 몸짓을 했습니다. 그렇게 베리 쇼트가 보기 드물었던 걸까요.

그렇게 생각했습니다만, 아무래도 나쿠나짱이 보고 있는 것은 머리카락이 아니라, 저의 존재하지 않는 앞머리가 아니라, 머리를 자른 것으로 훤히 드러난 저의 얼굴인 듯했습니다.

"정말… 좋네. 좋아. 눈 호강이 돼."

나쿠나짱은 중얼중얼 독백처럼 이야기합니다. 실제로, 그것은 혼잣말이었겠지요. 저에게 말하고 있는 것은 아닙니다.

"좋아. 좋아. 좋아… 귀여워."

"……."

"푹 빠져 버릴 것 같아. 자랑스러워."

너는 나의 자랑스러운 친구야… 그렇게 나쿠나짱은, 황홀한 듯 말한다기보다는 흐리멍덩한 느낌으로 계속 중얼거립니다.

"그것에 비하면 나는."

그렇게 말하며 나쿠나짱은 자신의 얼굴을 두 손으로 쓱쓱 만지기 시작했습니다. 구멍투성이의 얼굴을. 손끝이 구멍에 쏙 들어가 버리는 게 아닐까 해서, 보고 있으면 두근두근합니다.

그렇게 난폭하게 다루면….

"이런 쌩얼로 나데코를 맞이하다니 부끄러워. 학교에서는 그렇게나, 나데코와 비교되어도 괜찮도록 열심히 꾸미고 있었는데 말이야. 나데코가 옆에 없으면 역시 안 되네, 나는… 단숨에 긴장이 풀려서 이런 꼴인걸."

이런 꼴, 이라는 것은 구멍투성이라는 점을 말하는 건 아니겠지요. 그러나 부스스한 머리카락이나 헌옷처럼 되어 버린 환자복이, 마치 제가 옆에 없었기 때문이라는 말투에는 허를 찔린 기분이었습니다.

초췌한 상태에서 나오는 약한 발언으로 받아들여야 하는가. 아니면 구멍에서 흘러나온, 그녀의 본심인가.

리코더 같네.

그런 저의 흔들리는 심정을 잘못 받아들였는지,

"꼴좋다고 생각해? 나데코짱."

그렇게 말하는 나쿠나짱.

"아니면 그냥 우스워? 너를 괴롭혔던 내가, 지금은 이렇게 되다니. 죽마고우라고 생각하고 있던, 그렇게나 연애 이야기로 신을 냈던 같은 반 친구들이 지금은 내 험담에 신을 내고 있다니."

괴롭힘당하고 있었군요, 저는. 역시.

인정하고 싶지 않아서, 눈치채지 못한 척을 하고 있었습니다만… 다만, 그 말을 들어도, 꼴좋다고는 생각하지 않고, 생각할 수 없네요.

솔직히 나쿠나짱이 입원하고 있다는 말을 들었을 때에는 혹시나 그런 기분이 들까 하는 기대 같은 예상도 없었다고는 말할 수 없습니다만, 실제로 구멍투성이의 나쿠나짱을 보니, 그런 담담한 기분은 사라져 버렸습니다.

운산무소*했고, 완전 식겁했습니다.

이렇게까지 가혹한 벌은, 천벌이든 신벌이든 기대도 예상도 하지 않았습니다… 확실히 말해서, 이것에 비하면 제가 받은 저주 따윈 아직 초심자 취향이었습니다.

이런 하이레벨이 있을 줄이야.

"주, 죽마고우들이 험담으로 신을 낸다고는… 그렇다고 볼 수만은 없잖아? 그 왜, 다들 천 마리 학 접기에 시간을 들이고 있을지도……."

곧바로 저는 바보 같은 코멘트를 시작했습니다만,

"SNS를 팔로하고 있는걸. 공계에서도 비계에서도 있는 말 없는 말을 마음껏 늘어놓고 있어, 걔네들."

나쿠나짱은 좀 더 바보 같은 코멘트를 하는 것이었습니다… 절대 봐서는 안 된다고요, 그런 계정은.

반대로 말하면 나쿠나짱의 죽마고우 여러분은 이미 누가 봐도 상관없다는 마음으로 공공의 면전에서 신나게 험담을 나누고 있다는 이야기가 됩니다… 옛 여제의 권력을 무시하는 것도 이만저만이 아닙니다.

그것은 그것대로 송곳니를 드러냈다는 뜻이겠지요.

※운산무소(雲散霧消) : 구름이 흩어지고 안개가 흩어진다는 뜻으로, 걱정이나 의심 따위가 깨끗이 사라짐을 이르는 말.

가슴이 후련해지는 이야기가 아니네요.

나쿠나짱의 가슴은 구멍이 뻥뻥 뚫려 있습니다만.

"다만, 최근에는 내 험담도 전혀 하지 않게 되었어… 반의 모든 아이들에게 잊혀 버린 모양이야. 처음부터 없었던 것이 된 걸까?"

애초에, 학년이 변해서 반도 바뀌었습니다.

그 부분은 어쩌면 나쿠나짱은 감이 오지 않았는지도 모릅니다… 같은 병실에서 계속 지내고 있어서 시간 감각을 잃었는지도…. 거의 1년 만에 만난 저에게 '오래간만이야'라는 말도 하지 않았고요.

여름방학이 끝났다는 정도의 뉘앙스입니다.

연휴가 끝난 감각일지도.

"이야기가 옆으로 새게 만들지 마. 사실은 꼴좋게 됐다고 생각하지? 화내지 않을 테니까 말해 봐. 말하면 마음이 편해질지도 모른다니까? 자, 어서, 반대로, 말하지 않으면 화낼지도 몰라, 이렇게 바짝 긴장된 시간이 이어지는 편이 힘들지 않아? 후련해지자고. 시험 삼아 말해 보면 나데코짱 자신도, 내가 그랬었구나 하고 자각하게 될지도 모르잖아."

자백을 끌어내려고 몰아붙이기 시작했네요… 으~음.

꼴좋게 됐다고 생각하지 않은 건 진짜의 진짜입니다만, 그러나 오해를 두려워하지 않고 굳이 말한다면, 낙담했는지도 모르겠습니다.

본인의 말을 빌린다면, 실망이라고 할까요.

나쿠나쨩이 좀 더 구멍투성이가 되어 있었더라면 좋았을 텐데! 라는 의미는 물론 아니고… 제가 아는 나쿠나쨩이었다면 이런 곤경에 처해도 폼을 잡았을 거라고 할까…. 늠름하고 멋진 모습을 보여 주지 않을까 하고, 그야말로 기대하고 있던 부분이 아무래도 제 안에 있었던 모양입니다.

뱀의 저주 따윈 개의치 않는 강한 모습을 보여 주는 것 아닐까 하고… 그 애다운 모습의 흔적이라거나, 빤히 보이는 허세라거나, 열세의 허세 같은 게 아니라.

말도 안 되는 소리를 하고 있는 것은 잘 알고 있습니다.

(자각증상은 없다고는 해도) 온몸이 구멍투성이가 되어서도 기운 넘치고 발랄하다면, 오히려 무서우니까요. 하지만 제가 학교에 다니고 있었을 무렵에 나쿠나쨩에게서 느꼈던 것은, 평범하지 않은, 그야말로 그런 두려움이었습니다.

씩씩하고, 흔들림 없고, 무너지지 않는다.

거스르는 자는 친구라도 사이가 좋아도 용서하지 않는다.

꼴좋고 뭐고, 솔직히 여왕님의 이런 꼴은 보고 싶지 않았네요. 나쿠나쨩에게 당했던 일을 생각하면 동정할 이유는 없습니다만, 제 쪽이 비참한 기분이 듭니다.

이렇게 약해진 모습을 보면, 이 아이의 무엇이 무서웠던 걸까 하는 기분조차… 뭐, 이런 식으로 죽마고우 여러분도 손바닥을 뒤집은 걸까요?

"그런데, 나데코쨩도 요즘 학교에 안 간다며? 입원한 것도 아닌데? 그건 역시, 나 때문에?"

어이쿠, 역시나 다양한 정보 수집을 게을리하지 않는 만큼 잘 알고 있네요, 여왕님은. 저 같은 등교거부아의 사정까지 듣고 계실 줄이야. 귀를 더럽혀 드리고 말았습니다.

"으음~ 그건 아니… 려나."

"뭐야. 나 같은 건 상관없다는 거야?"

여왕님이 기분이 상한 모양입니다. 까다로운 분입니다. 까다롭다고 할까, 까탈스럽다고 할까… 하지만 아닌 것은 사실입니다.

저의 등교거부는 완전히 제가 원인이고, 원흉이고… 나쿠나짱도, 근본을 따지면 간접적인 원인 중 하나일지도 모르겠습니다만, 가령 저 자신이 뱀에게 저주받지 않았더라도 그해 연말에는 어차피 비슷한 상황이 되어 있었을 공산이 상당히 높겠지요.

최악의 경우, 지금 침대 위에 구멍투성이가 되어 있는 사람이 저였을지도… 그런 의미에서는 나쿠나짱을 꼴좋다고 생각하는 건, 상당히 번지수를 잘못 찾은 행동이겠지요.

가재는 게 편…이, 아니라 뱀입니다.

친구는 친구를 부른다고 하는데, 뱀을 부른 걸까요.

"관계없다고는 말할 수 없지만 관계는 부서져 버렸지, 나랑 나쿠나짱."

"어머. 나데코짱, 자기를 '나데코'라고 부르는 거, 그만뒀어? 그렇게나 귀여웠는데. 꺄아꺄아 소리가 나오게 귀여웠는데."

시니컬하게 그렇게 웃는 얼굴을 보이며 (이도, 혀도, 뻥뻥 구멍이 뚫려 있었습니다) 나쿠나짱은 그렇게 말했습니다.

"타고난 그 귀여운 외모로, 우리 학년의 모든 남자애들을 가지고 놀고 있었는데."

"…학년 전부는 과장이 아닐까."

"그러네. 기껏해야 슨시寸초 군 정도였을지도."

슨시 군?

누구일까, 라는 생각이 얼굴에 그대로 드러나 버렸습니다. 옛날이라면 앞머리로 얼굴을 가릴 수 있었겠습니다만, 베리 쇼트로는 의아함에 찡그린 미간조차 가릴 수 없습니다.

머리카락의 짧음은 7대 불가사의를 감출 수 없다.

큰일입니다, 여왕님의 기분을 해쳐 버렸습니다…. 슨시 군, 슨시 군… 듣고 보니 어딘가에서 들은 적 있는 이름 같은데…. 이야기의 흐름으로 보면 아마도 '우리 학년 남자애' 중에 한 명이라고 추측됩니다만….

"앗."

"앗, 이라고 하면 어떡해, 너… 문득 번뜩인 것처럼. 왜 자기한테 고백한 남자를 잊는 거야."

"이, 이름을 깜빡했을 뿐이야. 갑자기 들어도… 성씨는 기억하고 있어. 사조砂城 군이었지?"

수습하는 것처럼 저는 말했습니다만, 결코 얼버무리고 있는 것은 아닙니다… 풀 네임은 머릿속에 입력되어 있다고 생각했습니다, 방금 전까지는. 지금 이때까지는.

그냥 깜빡 잊어버린 거예요.

나쿠나짱의 현재 상황에서 받은 충격에 망각하고 있었을 뿐입니다. 시냅스가 연결되지 않아서. 거짓말이 아닙니다. 왜냐하면, 애초에 여기서 그 애의 이름이 나오는 것은 저에게 결코 예상 밖의 일이 아니었습니다.

피해 갈 수 없는 싸움의 불씨이니까요.

그 애에게 고백받던 것은.

"하, 하지만 그건 장난 같은 것이었으니까. 고백받았다고 해도, 어두운 성격에 자세도 구부정하고 말주변도 없는 부끄럼쟁이를 놀려 주려는 악의의 산물이었으니까."

"악의의 산물이라니. 남자를 보는 시각에 악의가 너무 많잖아. 그런 부분이지, 나데코짱의. 나데코짱의… 귀여운 부분. 이런 말을 들으면 또 부끄러워하려나?"

"아니… 글쎄…."

부끄러워한다는 것과는 조금 다릅니다만, 멈칫하며 엉뚱한 방향으로 눈을 돌려 버리게 되네요. 나쿠나짱이 직시할 수 없는 모습이라는 점도 있습니다만, 그야말로 고개를 숙여 길게 기른 앞머리 뒤에 숨어 있던, 말주변이 없는 부끄럼쟁이 시절을 생생히 떠올립니다.

"그래서 거절한 거야? 악의의 산물이었으니까. 슨시 군에게는 확실한 이유는 말하지 않았던 모양인데."

"아~ 니~ 그~ 게~ 어~ 떠~ 려~ 나~…."

그 옛날, 같은 질문을 어떤 사람에게 듣고, '거절한 이유는 다른 좋아하는 사람이 따로 있기 때문이야'라고 대답한 기억이 있습니다만 (뼈아픈 기억입니다) 여기서 같은 대답을 하면 '그게 누구야? 누구? 됐으니까 시험 삼아 말해 봐'라고 계속 따지고 들 우려가 있겠네요.

따지고 들어온 것은 아니고, 우려해 온 것도 아닙니다.

"그, 그건, 슨시 군? 을 나쿠나짱이 좋아한다고 알고 있었으니까. 분에 넘치는 영광이지만, 그런 남자의 상대는 나처럼 신분이 낮은 자는 도저히 감당할 수 없다고 자기 분수를 알고 사퇴했다는 것이 사실이고…."

큰일입니다.

강자에게 아첨하는 옛날 버릇이.

단순히 폭풍이 지나갈 때까지 고개를 숙이고 버티고 있을 뿐입니다만, 이런 비굴함을 귀엽다고 생각하는 사람도, 좀 더 말하자면 알랑거리는 것으로 받아들이는 사람도 있었고… 그것이 슨시 군이고, 또 나쿠나짱이었던 것입니다.

알랑거려서 미움받다니.

엎친 데 덮친 격이네요.

"…그런 태도가 짜증스러워서 나한테 저주받은 건데, 너, 알고 있는 거야?"

"아니, 지금, 계몽되었습니다. 나쿠나짱의 가르침은 여전히 뜨겁게 가슴을 울리고…."

이게 아니라니까요.

이런 느낌이었던 옛날 관계를 재구축하고 싶었던 것은 아닙니다… 이런 스크랩 앤드 빌드가 어디 있나요. 그런 것은 그냥 도로아미타불이라고 합니다.

그러면 무엇을 하러 왔느냐 하는 이야기가 됩니다만, 그 화제야말로 문제이거든요.

"아니, 이거, 진심으로 하는 얘기거든? 나데코짱의, 그렇게 나를 밑으로 보는 행동을 정말 참을 수 없었어… 이 녀석, 나를 상대로 잘 처신하고 있다고 생각하나 보네 하고 생각하면, 화가 너무너무 나서… 하지만."

하지만?

그대로 한 시간 정도 저를 힐문할 거라고 생각했는데, 나쿠나짱은 생각 외로 빨리 역접의 접속사를 사용했습니다.

"지금은 이미, 그런 건 어떻게 되어도 상관없게 되어 버렸을까… 대체 너의 무엇에 그렇게 짜증이 났었는지 잘 알 수 없게 되어 버렸어. 그렇게나 울화통이 터질 것 같았었는데, 울화가 싹 사라져 버린 것처럼…."

"……."

구멍이라도 뚫린 걸까요. 울화통이라는 것에.

감정이 몸속에 쌓이지 않고, 뚫린 구멍으로 샤워처럼 줄줄 흘러나오는 듯한… 그 결과가, 지금 나쿠나짱의 구멍투성이의, 시원시원한 인상일까요.

그렇게 생각하면 저로서는 왠지 모르게 감정적이 되지 않고 감상적이 되어 버릴 것 같았습니다만,

"그러네, 그래서 그건 나데코짱이 잘못했지만, 용서해 주기로 할 거야."

그런, 될 대로 되라는 듯한 발언을 듣고 저는 얻어맞은 듯한

충격을 받았습니다. 정말로 얻어맞았나 싶을 정도로, 하마터면 파이프의자째로 뒤집어질 뻔했습니다.

강렬한 리액션을 취할 뻔했다고요.

진심인가, 이 녀석?

구석의 구석으로 몰아넣고, 그런 끝에 부조리하게도 저를 저주하고 육체적 고통과 정신적 고통을 그렇게나 블렌드했으면서, 사과하기는커녕 너그럽게도 용서한다는 말을…?

베리 쇼트의 머리카락이 전부 거꾸로 곤두서나 싶었습니다, 역린처럼…. 역나데코는 고사하고, 한순간에 하마터면 신나데코까지 변모할지도 모를 상황이었습니다.

역시 부담스러워.

오히려 싫어.

이런 빈껍데기처럼 변해도… 이런 뱀허물처럼 변해도, 인간의 본질은 변하지 않는 걸까요.

아뇨, 저쪽에서 보면 그건 저도 마찬가지겠지요…. 머리카락을 자르고 다소는 생기 있게 변해서 앞을 보며 이야기할 수 있게 된들, 어차피 '내가 없으면 아무것도 할 수 없는 나데코짱'인지도 모릅니다.

옛날처럼 늠름한 모습을 보고 싶다니, 정말 이성을 잃은 생각을 해 버렸습니다만, 쇠락했다고는 해도 리얼하게 그것과 접하고 심각한 대미지를 입었네요…. 좋습니다, 받아들이겠습니다.

그대로 삼키겠습니다, 이 아픔.

참을 수 없는 것을 참아야 참다운 인내. 저의 울화통도 슬슬 구멍투성이가 되어 가고 있으니, 슬슬 새로 맞춰야겠습니다.

잘못을 인정하기를 바라서 온 것도 아닙니다. 그러면 무엇을 하러 왔느냐면.

"…나쿠나짱. 부탁이 있는데, 들어줄 수 있을까?"

"응?"

나쿠나짱은 고개를 갸웃했습니다. 구멍투성이의 목덜미로 그런 몸짓을 하면, 목이 뚝 하고 부러져 떨어질 것 같아서 가슴이 조마조마합니다.

"그립네…. 나데코가 부탁을 하다니. 여러 가지 말도 안 되는 일을 하게 되었었지. 좋아. 들어줄게. 뭔데?"

부탁받으면 내용을 듣지 않고 받아들여 버리는 유쾌한 큰언니 스타일… 이런 부분은 좋아했지요, 그리고 보니.

내성적이고 소극적인 몸으로서, 의지했었습니다.

여왕님, 즉 그런 큰언니와 나름대로 잘 지낸 시절이 있었던 것도 사실입니다…. 그것을 잊지 않도록 하면서,

"나쿠나짱을 모델로, 그림을 한 장 그리게 해 줘. 나, 요즘에 법정화가法廷畵家를 목표로 하고 있어."

그렇게 말하며 스케치북을 꺼냈던 것입니다.

003

입원병동을 나와서 가볍게 길을 헤매고 있는데, 아래층으로

내려가는 계단의 층계참에서 오노노키짱이 기다려 주고 있었습니다. 대기 장소가 독특한 안대 동녀입니다. 환자를 위문하러 온 샹송가수인가 하고 잘못 볼 정도로 등이 크게 트인 대담한 드레스를 착용한, 무표정한 인형입니다만, 그런 얼굴을 보고 안도하다니.

"수고했어, 나데 공."

교과서를 읽는 듯한 어투의 격려에, 저는 "응… 지쳤어."라고 계단을 내려가면서 대답했습니다.

"사과하지 않는 상대를 용서한다는 건 이렇게나 고통스럽구나. 뱀에게 온몸을 휘감겼을 때보다 고통스러웠는지도… 지금까지 몰랐어."

"딱히 용서하지 않아도 괜찮아. 극복할 필요조차 없어. 가볍게 피하고, 잊어버리면 되는데."

무정하게 그렇게 말하며 제가 내민 스케치북을 받아 드는 오노노키짱. 체크하는 것처럼, 페이지를 팔락팔락 넘깁니다.

"후회하고 있어? 옛 친구와의 면회를."

"으음. 후회하지는 않는다…고 볼 수 있을지도."

무심코 법정화가를 목표로 하고 있다는, 영문 모를 거짓말을 한 것은 부끄럽습니다. 만화가를 목표로 하고 있다고는 나쿠나짱 앞에서 도저히 말할 수 없었습니다.

큭. 저도 허세를.

꿈을 공언하겠다고 맹세했을 텐데!

"거기서 법정화가라고 말해 버리는 너의 센스도 독특해. 아무렇지도 않게 상대를 피고 취급하고 있다는 이야기인지도 모르겠네."

중학생이 지닌 마음의 어둠이야, 라고 말하는 오노노키짱.

말 좀 하네요.

하지만 확실히 그런 생각이 있었는지도 모릅니다. 그런 만큼, 자신에 대한 악의에 민감한 나쿠나짱이 간단히 모델 제의를 받아들여 준 것은 의외였습니다.

역시, 상당히, 상실된 것이겠지요.

제가 아는 나쿠나짱은.

"지금의 나쿠나짱이라면, 나의 꿈을 말해도 바보 취급하지는 않았을지도 모르겠네…."

"그러네. 그 사랑스러운 부모님처럼 라도밖에 만화가, 라도밖에 만화가라고 연호하지는 않았겠지."

"응…. 설마 부모님에게, 그런 어휘로 책망받을 줄이야."

참고로 '만화가'라도' 되는 수'밖에' 없는 아이'라는 의미입니다.

딸에게 실례라기보다 만화가에게 실례입니다…. 비방중상이라고 하기에는 상처가 너무 크다고요. 다대한 민폐를 끼치고 있는 것은 자각하고 있다고 해도, 그래도 저에 대한 의견은 둘째 치고 테즈카 오사무에 대한 의견은 용서할 수 없습니다.

"딱히 부모님도 테즈카 오사무에게 항의하지는 않았겠지. 제대로 받아쳐 줬던가? 나는 테즈카 오사무가 되겠다고."

"그런 말 안 했어. 할 리 없잖아."

"그러고 보니, 나데 공. AI 테즈카 오사무는 어땠어? 사람을 모방해서 만들어진 인형으로서는 신경 쓰이는 참이야."

어떨까요.

무엇을 테즈카의 작품으로 할 것인가는 어려운 부분입니다…. 한마디로 테즈카 오사무라고 해도, 다양한 작품 다양한 시대가 있으니까요. 『불새』나 『블랙 잭』 같은, 모두 알고 있을 만한 유명 작품만을 딥 러닝시켜도, 그것은 그것대로 테즈카 오사무가 아니게 되어 버릴 듯한 기분이 듭니다.

"그렇구나. 반대로 테즈카 오사무의 삐끗한 작품만을 모아도, 좀처럼 인정받을 수 없겠지."

"테즈카 선생님은 삐끗하신 적 없어. 우리의 이해력이 작품을 이해할 수준이 되지 못했을 뿐이야."

"AI 테즈카 오사무 제작에 관련되면 못쓰게 되는 녀석."

"테즈카 오사무가 되겠다는 말은 할 수 없지만, 나는 테즈카 오사무의 어시스턴트가 될 거야, 라는 말은 할 수 있을지도."

"이상한 방향으로 지향점이 높네."

어려운 것은 작화 기술이나 만화 제작의 태세까지 완전히 달라져 버린 현대에서, 대체 테즈카 오사무라면 무엇을 그리겠는가, 라는 점일지도 모릅니다…. 그것은 제가 가진 이미지의 테즈카 오사무와는 전혀 다른 작품이 될지도 모르지요. 이노베이션에 관한 것도 그렇지만, 현대에서는 미담으로서 이야기될 법한, 만화가나 출판사의 인권문제도 있습니다. 그런 환경에서만 태어날 수 있었던 명작이 있다고 한다면, 필연적으로 현대의 AI

로는 재현할 수 없다는 결론에 이르지 않을 수 없습니다.

"나로서는 작풍은 물론이고 작가성을 어디까지 재현해야 하는가 하는 것도 신경 쓰이네. 가령 AI 테즈카 오사무가 그린 만화가 애니메이션화 되었을 경우에는 애니메이션도 직접 손대겠다고 말하지 않으면 테즈카 오사무가 아닌걸."

"그건 말할 것도 없이 선생님이 하시고 싶은 대로 해야지."

"네가 AI 같아."

AI 센고쿠 나데코는 변변치 못한 일만 있을 것 같네요.

다른 네 명의 센고쿠 나데코가, 그런 느낌이었습니다만.

"그리고 AI 테즈카 오사무에게는 테즈카 오사무보다 재미있는 작품을 그리면 안 된다는 속박도 있나."

"아하하. 걱정하지 않아도, 그런 일은 그 어떤 고도의 AI에게도 불가능하니까."

"로봇이 반란을 일으켰을 때에 가장 먼저 딜리트될 거라고, 너 같은 녀석이. 실제로 AI 테즈카 오사무가 완성된다면 만화계에 네가 끼어들 여지 따윈 없을 텐데."

"윽…. 그, 그때는 AI 센고쿠 나데코가 나의 유지를 이어 줄 거야."

"너의 유지를 잇는다면 AI 테즈카 오사무의 어시스턴트가 되겠지. 신을 초월할 정도의 기개를 가지면 부모님도 다른 의미에서 라도밖에 만화가라고 말해 주지 않을까? 무엇이 '라도' 될 수 있지만, 만화가가 될 수 '밖에' 없는 아이."

그렇게 말하는 오노노키짱.

격려할 생각일까요.

그러나 실제로 그 뜻을 이야기하면 '그렇다면 우선 의사를 목표로 하자'라는 말을 듣게 될 것 같다는 기분도 듭니다…. 그런 재치 있는 부모님이라면 좋았겠습니다만.

"흐음. 이렇게 구멍투성이였구나. 바늘 산에 떨어진 것 같은 꼴이잖아, 생각했던 것보다 심하네. 단순한 저주 되돌리기로는 이렇게 되지 않을 텐데…. 어쩌면 자신이 자신을 저주해 버렸다는 부분도, 있을지도."

"자신이 자신을?"

"여왕님처럼 오만불손하며 방약무인하게 행동해도, 항상 짜증이 나 있다면 결코 즐거운 인생이 아니겠지. 생각대로 되지 않는 일이 너무 많으면 사소한 스트레스에도 견딜 수 없게 돼. 그러니까 너처럼 외모가 반반한 수하가 없으면, 치유받지 못해."

수하라니.

심한 소리를 하네요.

"하지만 좀 그러네. 너는 토오보에 나쿠나라든가 아라라기 츠키히 같은, 실력도 없으면서 잘난 체하는 친구와 엮이는 것을 대단히 좋아하는 것 같아. 수하라기보다, 수족 체질일지도 몰라."

"그런 기분 나쁜 체질은 아니야…."

부정하기 어려운 견해이기는 하지만요.

수하, 수족이라는 표현에는 부끄러운 마음이 있습니다만, 그러나 초등학생 무렵부터 센고쿠 나데코에게는 권력자의 산하에 참가하고 싶어 하는 경향이 뚜렷하게 있었습니다.

지금 생각하면 파이어 시스터즈의 참모 담당인 츠키히짱은 그야말로 그 상징이었지요. 초등학교 2학년생 무렵의 저는 견마지심*으로 권력자의 품에 뛰어들었던 것입니다, 설마 그곳이 불속이란 것은 생각도 못 하고.

　"단순히 외모 때문에 측근으로 선택된 것이 아니라, 너처럼 권력자에게 다가가는 생태의 생물이 곁에 있다는 것은 그 애들에게는 일종의 혈통서가 되는지도 모르지. 그 빨판상어가 달라붙어 있는 모습은 '저 녀석은 상어다'라고 생각하게 만들어 주는걸."

　"심한 소릴 들은 것 같아."

　"참고로 빨판상어는 상어가 아니야."

　"이름은 빨판상어인 데다 상어도 아니구나."

　옛날에 부음성에서 들은 적 있는 대화네요.

　도미의 친구*였던가요?

　썩어도 도미, 빨판상어라도 도미.

　"같은 고독주의인 듯하면서도 그 부분에서 귀신 같은 오빠, 줄여서 귀신 오빠와는 라이프스타일이 다른 거지. 너는 누군가의 비호 아래, 지배 아래에 들어가는 것에 결코 소극적이지 않았다는 얘기야. 강자를 냄새로 분간하는 후각은 일류였어. 그 점에 있어서 귀신 오빠는 무리 짓는 것을 패배라고 받아들이고

※견마지심(犬馬之心) : 신하가 군주에게 충성을 다하고자 하는 마음.
※도미의 친구 : 빨판상어와 도미는 같은 농어목(目)에 속한 물고기다.

있었으니까. 지금도 대학 내에서 고립되어 있는 모양이야."

그건 이야기가 달라지기 시작한다고 생각합니다.

대학에서도 고립되어 있구나….

"그런 타입에 대한 동경도 있었다고 생각해. 그야 강대한 권력 아래서 안온하고 편하게 살고 싶다는 강대한 소망이 있었음은 틀림없지만…."

"그런 소망이 있었다니, 말도 안 돼."

내 입장에서 말하자면, 그렇게 되어 버리면 끝장이라고 생각하는데 말야… 라고 오오노키짱은 말합니다. 아라라기 가에 식객으로 있던 무렵, 츠키히짱과 같은 방에서 지낸 시기가 길었던 만큼 그 감상에는 무게가 있습니다. 교과서 읽기 톤인데도.

"『도라에몽』으로 말하면 비실이 타입인가. 퉁퉁이의 비호 아래에 들어갈 것인가, 도라에몽의 보호 아래에 들어갈 것인가. 그렇게 듣고 보면 망설이게 되지. 도라에몽은 학교 교실까지 따라와 주는 건 아니니."

"그러네. 교실에서 의지할 수 있는 상대가 있다는 것은, 크지."

"요컨대 너는, 여자판 비실이라는 얘기지."

"『친푸이*』에 아주 비슷한 느낌의 캐릭터가 있지."

그런데『친푸이』에 퉁퉁이 같은 캐릭터가 있었던가요?

"나쿠나짱의 측근에게 불려 간 것에 의한 피해도 컸고, 결국

※친푸이(チンプイ) : 도라에몽의 작가인 후지코 후지오의 만화. 1985년부터 1991년까지 연재했다. 초등학교 여학생인 에리가 쥐처럼 생긴 외계인 '친푸이'와 만나며 벌어지는 소동을 그린 개그 만화.

나쿠나짱 본인은 그 후에 실각해 버렸던 모양이지만."

"자업자득이라고 하지. 자승자박일까? 밧줄이 아니라 뱀이었다고 해도. 그래서 용두사미로⋯ 가 아니라, 철두철미하게 마무리된 거야?"

쌀쌀맞게 질문해 오는 오노노키짱입니다.

이 아이에게는 직접 만난 것도 아니고 아무런 애착도 없는 나쿠나짱을 동정할 이유가 거의 없겠지요.

저는 "응."이라고 대답하며 고개를 끄덕였습니다.

"내가 나쿠나짱을 모델로 그 그림을 다 그렸더니, 나쿠나짱의 몸에서는 모든 구멍이 하나도 남김없이 사라졌어. 구멍이 사라진다는 것도, 당착어법일까? 오보일까?"

뱀이 깨문 자국이 완전히 사라졌습니다.

얼굴에서도, 목에서도, 가슴팍에서도, 팔뚝에서도. 아마도 환자복이나 이불 아래에서도. 스케치북 안에 그 아이의 구멍을, 그 아이의 구멍들을 한꺼번에 봉인했다고 말해야 할까요. 다만 현실적으로는 아무 일도 일어나지 않습니다.

본인도 인식하지 못하기는 고사하고 아마도 저에게밖에 보이지 않았을 거대한 뱀의 흔적을, 그런 착각, 그런 환시를, 제가 그림으로 그렸다는 것뿐입니다.

말하자면 일인극, 원맨쇼입니다.

과연 정말로 저주가 풀린 것인지 어떤지도 수상합니다. 다소 기분이 나아진 정도고, 한동안 나쿠나짱의 입원생활은 이어지지 않을까요.

"그야, 보통 방법으로는 안 되지. 밧줄 끝에 아라운도가 얽혀 있으면 말이야. 그래도 나아진 것만으로 충분한 거 아냐? 네가 당한 일을 생각하면."

"당한 일을 생각하면 말이지. 하지만 받은 것을 생각하면 정상참작의 여지가, 전혀 없는 것도 아니니까."

그런 말을 하면 약간 위선적입니다.

약간 정도가 아닐까요.

저는 딱히, 스스로의 의지로 옛 친구를 문병 온 것이 아니니까요. 가엔 씨의 지시가 없었다면 누가 좋아서 이런 면회를… 어떻게 되더라도 뒷맛이 나쁘고 기분도 안 좋아질 것이 빤한데.

나쿠나짱을 모델로 그림을 그린 것은, 법정화가가 아닌 만화가를 목표로 한 수행이 아니라 가엔 씨의 지도 아래 오노노키짱 같은 전문가가 되기 위한 수행입니다.

"나를 목표로 한다는 건 기분이 좋네. 뭐든지 해 주고 싶은 기분이 들어 버려."

그렇게 말하며 오노노키짱은 스케치북의 해당 페이지를 찌익하고 찢어서 회수합니다. 엄중하게 봉인하는 것처럼 네 번 접어서, 주머니에 집어넣었습니다.

"뭐, 가엔 씨는 나데 공을 나 같은 파워 캐릭터로 키울 생각은 없겠지만. 나의 '언리미티드 룰 북'으로는 저주 되돌리기의 해주解呪 따윈 불가능하고… 보디에 또 하나의 커다란 바람구멍을 내는 정도가 고작이야."

구멍으로 구멍을 메우는 거군요.

오노노키짱의 경우에는 물리적인 구멍입니다만.

"후우⋯."

하여간, 제가 할 수 있는 일은 했습니다. 완수했습니다. 이게 뭐람, 이란 기분이 들기도 합니다만⋯. 저에게 용서를 받든 계속 원망을 받든 별 관계는 없겠습니다만, 나쿠나짱의 이후는 나쿠나짱이 하기 나름이겠지요.

"그러면 돌아갈까. 오노노키짱. 방의 침대에서 뒹굴뒹굴하며, 스푼을 사용하지 않고 아이스크림을 먹자."

"아이스크림처럼 달콤한 유혹이지만, 잊은 척하지 말라고, 나데 공."

오노노키짱은 드라이아이스처럼 저의 앞길(귓갓길?)을 두 팔을 벌려서 지나가지 못하게 막았습니다. 동작은 동녀처럼 귀엽습니다만, 펼친 그 손은 이 병원을 산산조각으로 붕괴시킬 만한 위력을 감추고 있습니다.

"또 한 명 있잖아. 방문할 상대가. 네가 면회해서 저주를 풀어 줄 구멍투성이의 상대가⋯ 같은 병원에 입원하고 있었다니, 참으로 좋은 조건이었지."

안 좋은 조건도 이만한 게 없습니다.

그러나 그런 말을 들으면 어쩔 수 없습니다.

뱀의 독도, 먹으려면 접시까지.

저는 결심하고, 발걸음을 돌려 1년 전에 저를 저주했던 또 한 명의 인물, 사조 슨지 군이 입원한 병실을 향해 발을 옮기는 것이었습니다. 법정화가로서, 혹은, 전문가로서.

004

"그래서? 너에게 고백했다가 차인 것에 화가 나서 너를 저주했던 옛 동급생, 운동부의 히어로, 사조 슌지 군도 역시 사과해 주지는 않았던 거야?"

"응… 아니, 사과는 해 주었거든? 사과는 해 주었지만 '미안, 미안. 하지만 센고쿠에게도 잘못한 점은 있었지. 나는 사과했으니까, 너도 제대로 사과해' 같은 소리를….",

정말 후련해지지 않는, 개운치 않은 면회가 되었습니다…. 어쩌면 나쿠나쨩과의 면회보다도 기분 나쁜 응어리를 남긴 대화였는지도 모릅니다.

자기는 선뜻 사과하고 이쪽에는 정식 사죄를 요구하는 언밸런스함은, 그 뒤로 날짜가 경과한 지금 떠올려도 좀처럼 납득이 가지 않는 느낌이었습니다.

떠올릴 때마다 울컥합니다.

"핫하~ 사람은 각자의 주관이 있으니까. 어쩌면 슌지 군 본인은, 너라는 악녀에게 농락당해서 구멍투성이가 되어 버렸다고 생각하고 있는지도 모르겠네."

농락한 자각은 없지만요.

사실무근이라고요.

악녀라니… 끝판대장이라 불린 적도 있었습니다만.

나쿠나짱과의 관계가 있었기 때문에, 오히려 당시의 저치고는 상당히 단호하게 거절한 편입니다…. 그것이 좋지 않았다는 말을 듣는다면, 네, 오기 씨의 말대로일지도 모르겠네요.

"사람을 휘두르는 것에도 매너가 필요하다는 이야기일까."

"그러네. 센고쿠짱은 쉬워 보이는데도 의외로 몸가짐이 조신해서 당황스럽게 만들었겠지. 한 번의 찬스는 고사하고 열 번의 찬스는 있어 보이는 여자에게 단호하게 거절당하면, 그야 인기남으로서는 가만히 있을 수 없었겠지."

"전부 그 말대로라고는 생각하지 않아. 하지만 뭘까… 나를 저주한 두 사람이 전부 구멍투성이가 되어 있었다는 건, 생각하게 만드는 게 있어."

"센고쿠짱이 생각을 하다니, 어지간한 일이었나 보네."

"바보라고 생각하는 거야?"

"적어도 별로 현명한 인생설계는 아니겠지. 중학교 졸업을 기다리지 못하고 홀로서기를 시작하고, 법정화가를 목표로 하다니."

살살 비꼬기 시작하네요, 법정화가를.

그려 줄까요, 오시노 오기 피고를.

"그건 좀 참아. 네가 나를 그렸다간 나는 사라지고 말 거야, 블랙홀처럼. 그건 그렇고 센고쿠짱, 그 부분은 일단 해설해 두는 편이 낫지 않겠어? 이 책부터 읽기 시작한 사람도 있을지도 모르니까."

"이, 있으려나…?"

무엇이 어떻게 잘못된 결과, 몬스터 시즌의 제4권부터 읽기 시작하는 걸까요. 다만, 저 자신의 복습을 위해서도 해 두는 편이 좋아 보이네요.

작년 저는 같은 시기에, 두 마리의 뱀에게 저주받았습니다. 말할 것도 없이 한쪽이 나쿠나짱이 풀어놓은 뱀이고, 다른 한쪽이 슨지 군이 풀어놓은 뱀입니다.

동시에 다른 방향에서 저주받았습니다.

나쿠나짱은 좋아하는 남자가 격하格下이자 수하이자 수족인 저에게 고백한 것을 용서할 수 없어서, 슨지 군은 쉬워 보이는 여자가 자신의 고백을 거절한 것을 용서할 수 없어서 각각 저를 저주했습니다.

서로 의논했던 것이 아니라, 당시에 유행하고 있었던 것입니다.

우리 나나햐쿠이치 중학교에는 그런 '주술'이… 연애관계의 '주술'뿐만 아니라 '성적 향상'이라든가 '운동신경 향상' 등 상당히 베리에이션이 풍부했습니다만 요컨대 중학생 취향의 '주술'이었습니다.

그 대부분은 문제없는, 말하자면 유명무실한 '상품'이었습니다만, 개중에는 '진짜'도 섞여 있었고… 제 경우에는, 그것이 겹쳤습니다.

"핫하~ '진짜'라기보다는 '가짜'이지만. 퀄리티가 낮은 조악품이야. 그렇지만 센고쿠짱에게 휘감겼던 두 마리의 뱀 중 한 마리는 메메 삼촌이 준 부적으로 깨끗하게 정화되었을 테지? 완전히 퇴치되지 않고 도망친 뱀은 한 마리뿐이었을 거야…. 그런

데 어째서 남자도 여자도, 평등하게 주술 되돌리기를 당한 거지?"

"두 사람 다, 저주한 것은 나뿐만이 아니었다는 얘기라고 생각해…. 두 사람 다, 돌아온 한 마리의 뱀에게 물렸다고 하기에는 역시나 구멍이 너무 많았으니까."

오노노키짱은 자신이 자신을 저주하고 있었던 것도 있지 않겠느냐고 추측했었고, 두 사람 모두 그런 것도 없는 것은 아니겠지만, 그래도 저 말고 수십 명 정도는 더 저주하지 않으면 저렇게 되지는 않았겠지요.

그런 의미에서는, 저는 그 두 사람에게 특별하지 않았습니다… 무엇과도 바꿀 수 없는 오른팔도 아니었고, 인연의 붉은 실로 묶인 운명의 상대도 아니었습니다.

무수하게, 무차별로 저주한 동급생 중 단 한 명에 지나지 않았습니다.

의외로 이유 같은 건 뭐든 상관없었고, 돈을 내고 입수한 '주술'을 가볍게 시험해 보고 싶었을 뿐일지도… 칼이 얼마나 잘 드는지 시험해 보듯이. 그리고 나쿠나짱이나 슨지 군에게 저주받은 동급생들 중에는, 저보다도 훨씬 능숙하게 대응한 요령 좋은 아이도 있었겠지요. 오히려 저는 독학으로 대처하려다가 상당히 대범하게 실패한 편입니다.

어설프게 얻은 지식으로 자력구제를 꾀하고, 피해를 확대시켰습니다.

"그렇게 비하할 건 없어, 센고쿠짱. 그런 독립독보가 있었기에, 너는 코요미 오빠나 츠키히짱과 재회할 수 있었잖아."

"그러니까 지금 와서는 그것을 무조건 기뻐할 수가 없다고…."

합연기연[*]은 아니지만요.

다만 그 부분이 신경 쓰이기는 했습니다만, 정화되지 않고 도망친 뱀이 나쿠나짱과 슨지 군, 어느 쪽으로 돌아갔는가는 결국 알지 못하고 마무리될 것 같습니다.

"흠. 센고쿠짱의 복수가 달성되었는지 어떤지를 여전히 알 수 없다는 건, 확실히 후련하지가 않네. 개운치 않아."

"나는 그런 이유로 후련하지 못한 게 아니야."

"하지만 뭐, 두 사람 다 지금은 그렇게 너덜너덜한 꼴이라면 진심으로 꼴좋다며 후련하게 생각하겠지. 통쾌통쾌. 이렇게 속 시원한 얘기는 또 없을 거야."

제가 그렇게 생각할 수 없는 대신, 오기 씨가 그렇게 생각해 주는 걸까요… 정말, 인간의 이면을 체현한 듯한 남자 고등학생이네요.

남자 고등학생? 이지요.

"아무리 가엔 씨의 지도라도, 저주 따위 풀어 주지 않아도 괜찮았을 텐데."

제가 정말로 복수를 꾀한다면 그 대상은 당신일지도 모른다는 것을, 이분은 알고 있는 걸까요….

"알고 있어. 그렇기에 조금이라도 인류를… 어이쿠, 지었던

※합연기연(合緣奇緣) : 사람 간의 이상하고 기이한 인연을 뜻하는 말.

죄를 없애려고 이렇게 이리저리 심부름을 다니는 것을 흔쾌히 승낙해 줬잖아."

인류를 없애려고, 라고 말하려고 했나요?

저는 마왕과 이야기하고 있는 건가요?

부들부들 떨면서, 저는 오기 씨로부터 바퀴가 달린 슈트케이스를 받아 들었습니다. 60리터 정도 되는, 장기 여행을 갈 때 쓸 법한 커다란 녀석입니다만 내용물은 제가 옛날에 그린 원고입니다.

집을 나올 때, 깜빡 옷장 속에 놔두고 와 버렸습니다… 집을 나올 때, 라고 말했습니다만 부모님과 크게 싸운 끝에 가출하듯이 뛰쳐나왔기 때문에, 챙길 것도 제대로 챙기지 못했다고 할까요, 가진 것은 펜 한 자루와 스케치북뿐이었습니다.

옛날 만화 작가인가요.

그것이 올해 초의 일입니다.

부모님과 졸업 후의 이야기를 하는 것은 어떻게 잘 피했습니다만, 정월이라는 시기도 있어서 서로 긴장이 풀려 버렸습니다… 결과적으로, 저는 예정보다 상당히 빨리 자취를 시작하는 꼴이 되고 말았습니다.

지난번 일로 가엔 씨가 알선해 준 집의 계약이 1월에 시작된다는 점도 사태를 악화시켜 버렸습니다… 도망칠 장소가 있으면 되는 대로 도망쳐 버리는 타입이니까요, 저는.

참고로 오노노키짱은 따라와 주었습니다.

그 애, 인색하고 욕심이 많은 듯하면서도 저를 너무 좋아합니다.

그리고 잊은 물건을 깨달았다··· 라고 할까, 다른 물건은 둘째 치고 그 원고만은 그 부모님 곁에 내버려 두어서는 안 된다고 생각했습니다. 하지만 맥없이 돌아갈 수도 없었고, 부탁할 만한 사람은 오기 씨밖에 없었습니다.

뭐, 자세히 말하면 처음에는 츠키히짱에게 부탁했습니다만, 거절당했습니다.

"거기서 거절해 버리는 게 츠키히짱이 츠키히짱인 이유지, 핫 하~"

"괜찮았어? 누구에게 들키지 않았어?"

"칸바루 선배와의 용무를 마치고 돌아가는 길에 잠깐 들를 생각이었는데 코요미 형하고 동행하게 되어서, 빌린 열쇠를 떨어뜨렸지만, 집이 비어 있어서 유리창을 깨고 침입했고, 들어간 김에 이쪽저쪽 살펴보고 있었는데, 예상보다 빨리 귀가한 부모님에게 들켜서, 때려눕히고 도망쳤어."

하지 말았으면 하는 짓은 전부 했네요.

부모님을 때려눕히다니···.

불량배 짓에도 정도가 있습니다.

"농담이야. 전부 거짓말이야."

"그렇다면 괜찮지만···."

"열쇠를 떨어뜨린 것 외에는."

"그 부분이 진짜라면 유리창을 깬 것도 진짜잖아."

오노노키짱보다도 과격한 파괴행위를 저의 본가에 하지 말아 주세요. 그건 그렇고, 이렇게 오기 씨와 이야기를 나누고 있는 이곳은 본가에서 그리 멀리 떨어지지 않은, 그 유명한 시로헤비 공원입니다.

가엔 씨에게 소개받은 연립주택은 수도 근처의 좋은 입지였습니다만 (수도라고 해도, 도쿄는 아닙니다. 지방의 번화가를, 우리 지방 거주자는 그렇게 부릅니다) 오늘은 짐을 받으러 멀리까지 왔습니다.

본가에 얼굴을 내밀 수 없다고는 해도, 역시나 오기 씨를 수도까지 와 달라고 하는 것은 미안하니 가볍게 귀향했습니다.

빈털터리의 개선입니다.

"양이 상당히 많아서 놀랐어. 다작이구나, 센고쿠짱. 슈트케이스는 빌려줄 테니까 그대로 가지고 돌아가. 앞으로 아웃로 outlaw 로드를 걷는 센고쿠짱에게 내가 주는 선물이야."

"감사합니다…."

확실히, 아무리 울퉁불퉁한 길이라도 까딱없어 보이는, 참으로 튼튼해 보이는 슈트케이스입니다만… 보기만 해도 견고함이 전해져 오는 만듦새는 현금이 잔뜩 들어 있을 것 같아서 무섭네요.

실제로 속에 든 것은 저의 낙서입니다만.

이렇게 거대한 슈트케이스를, BMX로 사이드카처럼 운반해 주었다고 생각하면, 너무 생각 없이 일을 맡겨 버렸습니다.

"하, 하지만, 이렇게 비싸 보이는 물건을 받을 수는 없어."

"부담 갖지 마, 내가 삼촌을 흉내 내서 이쪽저쪽으로 필드 워크를 다니고 있었을 무렵의, 말하자면 설정의 흔적이야. 나는 더 이상 여행할 일이 없으니까 센고쿠짱이 물려받아 주면 좋겠어."

흠, 그런 사정이라면.

처분하기 어렵고 자리만 차지하는 애물단지를 저에게 떠넘겼다는 기분도 듭니다만… 떠돌이 전학생이라는 이미지의 오기 씨도, 슬슬 이 마을에 뿌리를 내리기로 마음을 먹은 것일까요.

저하고 정반대네요.

"그리고 역시 마을을 벗어난 코요미 형과도 정반대야. 표면과 이면이지. 그러고 보니 츠키히짱은 화를 냈어, 센고쿠짱이 아무런 의논도 없이 마을을 나간 것에 대해. 뭐하면 나중에, 같이 사과하러 가자."

"싫어싫어싫어싫어."

그래서 거절당한 건가요….

전화를 했을 때는 전혀 그런 눈치도 없이, 평소와 같은 느낌으로 생글거리며 거절하는 논조였는데, 무서워! 정말로 화가 나 있을 때에 화내는 방식이라고요.

단순히 비교할 수 있는 건 아닙니다만, 역시 저는 나쿠나짱보다 츠키히짱 쪽이 무섭습니다.

다만, 츠키히짱에게 거절당한 뒤에는 직접적인 인연이 있는 것도 아닌 오기 씨에게 부탁할 수밖에 없었던 부분을 보면, 저의 인맥도 빤합니다.

프로페셔널인 오노노키짱을 너무 편리하게 써먹는 것도 마음에 걸렸고요. 다만 오기 씨에게 부탁한 것도 지었던 죄를 없애기 위해서라느니 (인류를 없앤다느니) 하는 말을 했지만, 공짜인 것도 아니었고요.

여행은 그만두었어도 필드 워크를 하는 버릇은 사라지지 않았는지, 오기 씨는 심부름을 해 주는 대신, 저와의 담화를 요구했습니다.

근황이라고 할까요.

작년 여름에 이루어졌던, 그리운 저의 화해행각을… 결국 화해는 할 수 없었고, 그 뒤의 몇 달 동안도 특별한 소식이 들려온 적이 없습니다만.

두 사람 다, 퇴원했는지 어떤지도 모릅니다.

저도 집을 나왔고요….

"좋다고 생각해, 그래도. 가엔 씨도 진짜로 센고쿠짱이 옛 친구와 화해해 주기를 바랐던 건 아니겠지… 아니, 그 사람의 진의는 나로서는 예측할 수 없네."

네.

누구와도 친구가 되어 버리는 선배 기질의 언니니까, 어린애들 사이가 틀어진 것을 진심으로 중재하려고 했을 가능성도 있습니다. 다만, 그렇다고 해도 그것은 목적 중 두 번째나 세 번째 목적이겠지요.

제1의 목적은 어디까지나.

저주의 회수, 였습니다.

"샘플을 원했던 모양이야. 뱀의 저주의 샘플."

상당한 중요 임무이고, 가엔 씨라면 (오노노키짱은 전문분야가 아니라고 해도) 그 밖에 적합한 인재를 얼마든지 데리고 있었겠습니다만, 그러나 그 부분은 전문가로서, 의뢰도 없는데 무료로 병실을 들어가게 할 수도 없었던 것이겠지요.

그렇기에 저의 수행에, 혹은 저의 옛 친교와 연결 지어 해결하려고 한 듯합니다. 그 부분의 수완은 나쿠나짱이나 츠키히짱보다도 묵직한, 관리자의 그릇이라고 해야겠네요.

"반대로 말하면, 전문가 수습생인 센고쿠짱을 동원해야만 할 정도로 시리어스한 케이스라고 판단한 걸까, 가엔 씨는."

오기 씨는 그렇게 분석합니다.

그렇군요, 그런 시각으로 보지는 않았었네요. 역시나 견식이 있습니다. 작년에 가엔 씨에게 대패했을 만합니다.

"누가 대패했을 만하다는 거야. 그 승부는 내가 이겼어도 이상하지 않았어."

의외로 그 부분에 집착하네요.

저는, 오기 씨와 가엔 씨의 승부에 대한 전말은 자세히 모릅니다만… 오노노키짱에게 물어보면 알려 주겠습니다만, 적극적으로 알아내자고 생각하지는 않습니다.

"개인적으로 무승부라고 생각하고 있어. 내 입장에서 말하자면 draw, 비긴 거야."

"내가 보기엔 그냥 엉뚱한 집착의 begin이야……."

"어쨌든 결판이라고 할까, 마무리가 된 것은 사실이야. 코요미 형과는 둘째 치고, 나하고 가엔 씨는 말이지. 다만 지금도 나는 비호 아래가 아니라 감시 아래 있겠지. 센고쿠짱도 그런 관점에서 보면 마무리가 된 게 아닐까? 옛 친구와, 옛 남자하고."

"옛 남자라는 표현은 잘못되었고, 옛 친구라는 표현도 조금 다르려나…."

지금도 친구다, 라고 말하고 싶은 건 아니고, 오히려 그 반대로 옛날에도 친구였는지 어떤지 상당히 수상하다는 해석입니다만.

다만, 우정이라는 개념을 너무 미화하는 것도 아니겠지요. 일종의 상호관계였다는 것은 틀림없는 사실이니.

그러나 마무리가 되었는가 어떤가 하는 점은 승복하지 않을 수 없는 것이 있습니다. 몇 번이나 말했듯이 개운치 않은 기분이 응어리처럼 남아 있어서, 좀 더 좋은 방법은 없었을까 하고 마냥 계속 생각하게 됩니다.

"핫하~ 절대 용서해서는 안 되는 큰 죄를 지은 사람들을 자기 사정으로 인해 자의적으로, 그러면서도 원칙 없이 간과해 버린 게 아닐까 하는 후회, 혹은 죄책감이 든다는 느낌인가?"

"아~ 그것에 가까울지도."

"그렇게 생각하면, 용서하는가 용서하지 않는가도 형식뿐인 문제는 아니겠지. 관대한 것도 도량이 넓은 것도 아니라, 단순히 약하기 때문에 용서해 버리는 경우도 있을 거야. 약하기 때문에 단죄할 수 없다. 단순한 이해득실 때문에 용서해 버리는 경우도 있겠고. '이 녀석이 한 짓은 용서할 수 없지만 이후를 생각하면 용서하지 않을 수 없다', '용서해 주는 편이 나중에 이득이다'라는 상황은 각자에게 있어… 사과하는 쪽이 꺾인 것이 아니라 용서하는 쪽이 꺾였다는 패턴이지. 재판에서 '화해'라고 말해도, 딱히 납득하고서 다시 사이가 좋아지는 것도 아니란 얘기야. 이것은 요마령, '아야마레'의 이면에도 있지."

"'아야마레'?"

"코요미 형의 이번의 적이야. 이번에 같이 수록되었어."

"그쪽이 덧붙은 이야기야?"

"이번에는 잘 넘긴 모양이지만… 뭐, 평생 상대해야만 하는 계열의 괴이지."

어라라. 여전히 활약하시는 중인가 보네요.

이름으로 보면, 사죄에 관련된 요괴일까요.

"그러네. 오히려 센고쿠짱의 옛날 친구나 옛날 남자에게 발령되었으면 좋았겠다 싶은 법률이네. 다만, 가령 그 애들이 과거의 죄를 완전히 인정하고 센고쿠짱에게 진심으로 사죄했다고 해도 그것을 네가 용서할 수 있는가 어떤가는 또 다른 이야기가 되어 버리겠지."

"? 무슨 소리야?"

"반성하지 않는 상대를 용서하는 게 결코 쉽지 않다는 건 센고쿠짱이 체험한 대로이지만, 어설프게 상대가 반성하고 죄를 참회해 버려서 속으로는 좀 더 화를 내는 상태로 있고 싶은데 용서할 수밖에 없게 되어 버리는 시추에이션도, 그것은 그것대로 개운치 않다는 얘기야."

그렇구나.

확실히, 만약 나쿠나짱이나 슨지 군이 고개를 푹 떨구고 진심이 담긴 사죄의 말을 늘어놓았다고 해도, 그때야말로 저는 화를 감추지 못했을지도 모르겠네요.

그만한 짓을 저질러 놓고 사과 몇 마디로 끝낼 생각이냐, 라고 말했을 우려가 있습니다.

"역나데코 모드가 되어서 '너희들에게는 반성하거나 개심하거나 할 권리조차 없어, 아앙?!'이라고 말할 것 같네."

"흉내, 많이 비슷하네…. 실제로도 그렇게 말할 것 같고."

다만, 그 흉내를 객관적으로 보면, 어떨까요? 그렇다면 어떻게 하라는 것이냐, 라는 전개도 되겠지요.

사과하든 말든 용서하지 않고, 반성해도 개심해도 용서하지 않는다면, 죄는 어떻게 속죄하면 좋을까요. 머리를 숙이면 포즈에는 의미가 없다는 말을 들을 것 같고, 돈을 내면 돈이 전부가 아니란 말을 들을 것 같고… 속죄. 지은 죄를 없애는 것.

인류가 없어지는 일 없이 지구의 역사를 이어 나가고 있는 것처럼, 죄 역시도 없어지지 않는 걸까요.

"흠. 상대가 파멸할 때까지 계속 나무라지 않으면 분이 풀리지 않는다는 발상은, 그것은 그것대로 업이 깊고 말이야. 나무라는 쪽에게도 부담이 돼. 원한이나 증오는 마음에 어둠을 가져오니까."

그것은 있습니다.

가엔 씨로 인해 다시 문제 삼게 된 느낌이 있습니다.

옛 상처에 소금을 뿌리는 짓이라고도 말할 수 있겠지요.

"나쿠나짱에 대해서는 가끔씩 떠올라서 찝찝한 기분이 들거나 했지만, 슨지 군에 대해서는 거의 잊고 지냈을 정도였는데. 이름을 들어도 누군지 감이 오지 않았을 정도였는데, 직접 만나서 이야기를 한 것으로, 새삼스럽게 찝찝한 기분이 들었어."

"그것도 좀 너무하고, 저쪽에서 보자면 그런 부분이었겠지만, 만약 센고쿠짱이 그렇게 나무라면 가엔 씨는 간단히 사과하겠지. 정식으로 사죄하겠지. 그러면 또, 선택에 몰리게 되는 거야. 싹싹하게 사과해 온 어른을 멀뚱멀뚱 보며 용서할 것인가, 아락바락 용서하지 않을 것인가."

"…멀뚱멀뚱 보며 용서할 수밖에 없는 상황이네."

악랄한 질문이네요.

현재 저의 가출 생활은 가엔 씨에 의해 지탱되고 있습니다… 집도 가엔 씨의 소개로 얻었고, 그 사람에게 전문가가 되기 위한 훈도를 받는 것으로 저의 생활은 성립되고 있습니다. 열다섯 살짜리 중학생의 자취라는 무리한 일도 그 사람의 인맥 덕분에 성립하고 있다고 말해도 되겠지요…. 그 사람과 인연을 끊으면, 저는 길거리를 헤매게 되고 맙니다. 가엔 씨와의 관계성을 유지하기 위해서는, 사과를 받게 되면 '하아, 네, 뭐, 딱히, 그렇게 화가 나 있는 것도 아니니…'라면서 어정쩡하게 용서하는 게 최대한의 저항입니다.

저는 아직도 권력자의 산하에….

"핫하~ 그 점에 있어서 코요미 형은 대단하네. 생각 없이 가엔 씨와 절연하고, 지금 멋지게 길거리를 헤매고 있으니까."

"그런 구석이 있지…."

이런 표현은 매정할지도 모릅니다만, 그렇게는 되지 말아야겠다고 진심으로 생각하게 됩니다. 기세에 휩쓸려 가엔 씨와 절연한다니, 있을 수 없는 일입니다. 그렇기에 응어리가 남는 것입니다.

타산적으로 행동해 버린 것 같아서… 자신의 의견과는 관계없이 용서해야만 한다는 상황. 이해득실에 뜻을 꺾게 되면, 마음이 꺾이지요.

다만, 이것도 사고방식 중 하나이기는 합니다.

용서하기 어려운 상대를 용서한다는 구실이 있다는 것은, 어떤 의미에서는 고마운 일이네요. 제가 저의 의지로 뜻을 꺾은 것이 아니라는 익스큐즈는 그 이후의 깁스나 목발이 될지도 모릅니다.

가엔 씨의 일 자체가 그렇습니다만, 나쿠나짱이나 슨지 군에 관한 일도 전문가로서의 수행의 일환이 아니었다면 설령 제대로 사과를 받았다고 해도 저는 용서할 수 없었을 가능성이 큽니다…. 과연. 그렇다면 확실히 오기 씨가 말하는 대로 마무리는 되었는지도 모릅니다.

딱히 용서하지 않아도 된다… 라고, 저를 엄청 좋아하는 오노노키짱은 말해 주었습니다만, 용서한 것으로, 앞으로 나아가기 쉬워지는 점도 있겠지요.

이해利害로 말하면 해害입니다만, 득실得失로 말하면 득得입니다.

적어도 나쿠나짱이나 슨지 군에게 계속 화내고 계속 원망하고 계속 저주하는 것은, 저에게 아무런 연료도 되지 않습니다.

"그러네. 나데코짱의 정념으로, 원한을 계속 남기고 있다간 다시 신이 되어 버릴 우려도 있으니까. 가엔 씨는 그런 사태를 피하고 싶었다는 것도 있겠지. 큰일에 임하기 전에 위험 요소는 제거해 둬야지."

"그런 말을 들으면 할 말이 없네."

"용서해 주기를 바란다면 그냥 성심성의껏 사과하는 것 말고도 용서할 구실을 제공하는 지혜도 필요하다는 가르침이기도 할까. 코요미 형을 괴롭힌, 용서할 수 없는 아야마레에게도, 그런 부칙이 있으면 좋았을 텐데 말야. 법의 해석이 아니라, 이것은 개정이 될까. 반대로 츠키히짱처럼 '이 녀석에게는 아무리 화를 내 봤자 소용없어'라고 생각하게 만드는 것도, 용서받는 방법으로는 묘수라는 생각이 들어."

"들 리가 없잖아."

사람을 들었다 놨다 하네요.

그렇게 이야기가 마무리되었을 즈음, 오기 씨는 "그러면 확실히 전달했어."라고 말하며 타고 온 자전거에 다시 올라탑니다.

"옛날이야기 해 줘서 고마워. 흥미로웠어. 그렇지, 용서할 수 없는 일을 당해도 이를 악물고 용서하지 않을 수 없는 상대, 그것을 친구라고, 혹은 가족이라고 부르는 의견도 있겠지."

"그런 의견은 채용할 수 없어. 좋은 이야기처럼 말하지 마."

가족이라는 말에 무조건 감동하는 건, 이미 저에게는 무리라고요.

"그건 그렇고 네가 옛 친구, 옛 남자와 재회한 것은 꽤 오래전인 것 같은데, 그 뒤에 세월이 지나고, 계절이 변하고, 해가 바뀌어도 가엔 씨로부터의 어프로치는 없었어?"

"아, 응…. 오노노키짱을 통해서 여러 가지로 성가신 과제를 일정하게 받고 있지만, 그 건에 관해서는 진전은 없어. 어쩌면 기각되었는지도 몰라."

오노노키짱에게 맡긴 저의 스케치가 너무 서툴렀으니까… 아니, 기각되었다는 표현은 법정화가 지망자의 직업병이 지나쳤는지도 모르겠네요.

"아직 취직한 것도 아닐 텐데. 무직업병이야."

오기 씨는 그렇게 말하고, 자전거에 올라탄 채로 저에게 어떠한 금속조각을 건넸습니다. 가출 중인 여자 중학생에게 남자 고등학생으로서 용돈을 주는 건가 싶었습니다만, 건넨 것은 열쇠였습니다.

떨어뜨렸다고 말했던 예비 열쇠입니다.

"핫하~ 센고쿠짱이 신뢰하며 빌려준 열쇠를 내가 잃어버릴 리가 없잖아."

"뭐야… 정말. 고약한 농담 하지 마. 오기 씨."

"미안, 미안. 용서해 줄 거야?"

"아니, 이 정도는 용서받을 것까지도 없지만… 요컨대 우리 집 유리창을 깼다는 말도, 농담이었다는 얘기니까?"

005

모처럼이니 고향 마을을 어슬렁거리다가 돌아갈까도 생각했습니다만, 만에 하나, 진짜로 화가 난 츠키히짱의 네트워크에 걸리면 한 줌도 남지 않을 테니 (파이어 시스터즈는 해산했어도 그 애는 여전히 이 지역의 간판입니다. 권력의 자리에서 내려오지 않았습니다) 오기 씨와 헤어진 저는 곧바로 수도로 돌아가기로 했습니다.

후다닥, 하는 느낌입니다.

아뇨, 그것은 기분 문제고 실제로는 그렇게 경쾌하게 이동하지는 않았습니다. 거대한 슈트케이스가 길을 걸을 때도, 전철을 탈 때도, 버스를 탈 때도 하여간 큰 짐이었습니다. 츠키히짱과의 문제가 없더라도 이 상태로 고향 마을 부근을 돌아보려고 하다니, 제정신이 아니었습니다. 그랬다간 정말 돌아 버릴 뻔했습니다.

그렇다기보다 착불로 보내 주면 좋았을지도⋯ 아뇨, 왠지 모르게입니다만, 오기 씨에게 지금의 거주지가 알려지는 것은 위험하다는 기분이 듭니다. 뭐, 그 사람을 상대로 그런 당연한 경계를 해 봤자 별 의미가 없을지도 모릅니다만⋯.

애초에 회수의 목적은 부모님 곁에 법정화가 지망생의 흔적을 남겨 두고 싶지 않았기 때문이며 (지난번 가출은 그것 때문에 실패했다고도 말할 수 있습니다) 그 목적은 이미 달성되어 있으니, 가는 길에 있는 쓰레기통에 버린다는, 혹은 산에 묻는다는, 강가에서 태워 버린다는 방법도 있었습니다만… 아니, 아니. 그것은 아무리 그래도 좀 그렇죠.

오노노키짱의 방식으로 말한다면 흑역사일지도 모릅니다만, 과거를 없었던 일로 하는 것 같아서 도무지 내키지 않습니다. 쌓아 둔 낙서 같은 것들이지만, 이 습작들이 없었다면 저는 아직 키타시라헤비 신사의 본전 건물에 군림하고 있었을 우려가 있고요. 혹시 1000년 뒤의 미래, AI 센고쿠 나데코가 프로그래밍된다면 무시할 수 있을 리 없는 정보들이 이 슈트케이스에 가득 차 있는 것입니다.

그런 것들을 생각하면서 저는 한우충동*을 낑낑 끌면서 집으로 귀가했던 것입니다.

"어이쿠. 일찌감치 슈트케이스를 입수해 두었다니 준비성이 좋군, 센고쿠. 이제부터 사지에 임하려고 하는 것치고는 의욕이 넘치고 있는 모양이야, 기쁘군. 나도 흥이 팍팍 오른다."

자취하는 연립주택 앞에 오노노키짱이 있었습니다. 자취방이 있는 곳은 엘리베이터가 없는 연립주택이라 여기서는 역시 파워 캐릭터의 힘을 빌리자는 생각을 하고 있었으므로, 불러오는 수고를 덜었습니다만, 그러나 저에게 말을 걸어온 것은 안대 인형이 아니었습니다(오노노키짱은 저를 '나데 공', 혹은 '나데 공작'

※한우충동(汗牛充棟) : 책을 수레에 실으면 끄는 소가 땀을 흘리고, 쌓으면 집의 대들보에 닿을 정도로 많다는 의미. 책이 대단히 많음을 나타내는 말.

이라고 부릅니다).

오노노키짱의 옆에 서 있는 인물.

암흑보다도 검고 어둠보다도 어두운 상복 같은 슈트를 입은, 장신의 남성이었습니다. 아직 해도 지지 않았는데, 주위까지 어두워지고 싸늘한 기운이 느껴질 것 같은 불길한 전문가였습니다.

그렇게 말해도 저는 이 사람의, 말하자면 정장 차림을 보는 것은 이번이 처음이 됩니다만….

"카… 카… 카이코蚕 씨."

"카이키貝木다."

아, 맞다, 카이키 씨. 카이키 데이슈 씨.

제대로 기억하고 있다고요~

작년 이맘때, 저를 뱀신에서 인간으로 되돌려 주었던 전문가입니다. 전문가이자, 사기꾼입니다. 오시노 씨나 카게누이 씨와 마찬가지로, 가엔 씨 일파 중 한 명, 이 아니었던가?

오히려 이단아 취급… 치고는 정식으로는 카게누이 씨의 식신인 오노노키짱과 나란히 서 있는 모습이, 상당히 잘 어울리네요.

제가 아저씨와 동녀 조합을 좋아하는 것뿐일지도 모릅니다만… 솔직히, 당시의 기억은 선명한 것은 아닙니다만, 감사의 말을 할 기회도 없이 그 이후로 소식이 끊어져 버렸던 것은 확실합니다.

다만 갑자기 불쑥 나타난 듯한 이 재회는, 저에게 감사 인사를 하게 만들기 위한… 하물며 그때 카이키 씨를 죽이려 했던 것을 사과받기 위해서인 것도 아닌 듯합니다.

그것은 오노노키짱의 표정에서 직감했습니다. 무표정입니다만.

"매복하고 있던 것처럼 되어 버렸군, 센고쿠. 하지만 이 빈집 지키기 인형이 도무지 집에 들여보내 주지 않아서 말이야. 은인 인 나를 범죄자 취급하고 있어, 어떻게 생각하지?"

"그, 그건, 은인이기 이전에 카이키 씨는 범죄자이니까….."

"말해 줘, 나데 공. 애초에 네가 중학생들에게 박리다매로 뿌린 '주술' 때문에 나는 다수의 사람에게 저주받게 되었다고."

노골적으로 언짢은 듯한 오노노키짱.

나란히 서 있는 모습이 잘 어울리고 있을 뿐이지, 딱히 그렇다고 사이가 좋은 건 아니군요…. 그렇죠, 그렇다고요, 그리고.

나쿠나짱의 저주도 슨지 군의 저주도, 발신원을 찾으면 이 사기꾼에 이르는 것입니다. 덧붙이자면 츠키히짱의 언니인 카렌 짱도 카이키 씨가 날린 저주로 인해, 한때는 자리에 드러누웠을 정도입니다.

여기서 1년 만에 만났다며 인사를 나누는 건 사람이 너무 좋은 것이겠지요.

"그렇게 옛날 일에 구애되다니, 센고쿠, 인간이 작구나. 내가 되돌려 준 인간이."

이거야 원, 이라며 어깨를 으쓱해 보이는 카이키 씨.

고집부리는 아이를 달래는 듯한 말투입니다만, 적반하장이라는 것은 이런 걸 두고 하는 소리입니다. 역시 타고난 사기꾼은 나쿠나짱이나 슌지 군, 츠키히짱에 비교해도 격이 다르네요.

저를 나무라기는 고사하고, 공치사를 늘어놓다니….

섣불리 감사 인사를 했다간 사례금을 뜯길 것 같습니다. 가출 중인 가난한 여자 중학생인데.

이러쿵저러쿵해도 카이키 씨가 저를 구해 준 것은 틀림없으니까 어디서 주워들은 윤리관에 귀를 기울이지 말고 언젠가 재회하는 일이 있으면 제대로 감사 인사를 해야만 한다고도 생각하고 있었습니다만, 이렇게 실제로 재회하고 보니 그냥 화가 치밀기 시작합니다.

울화통이 터질 것 같습니다.

"아니, 아니. 그런 눈으로 보지 마, 그렇게 싸늘한 눈으로. 슬퍼져. 그때는 내가 잘못했어, 진심으로 반성하고 있어. 미안해. 전부 내가 잘못했다. 좋아, 이 건은 이것으로 끝이다."

"오노노키짱, 이 사람, 날려 버려."

"알았어, 마스터."

"너의 마스터는 센고쿠가 아니잖아."

정말로 '언리미티드 룰 북'의 자세에 들어간 오노노키짱의 손끝을, 역시나 피하려고 하며 내 쪽으로 한 걸음 다가오는 카이키 씨.

이거야 원, 이 사람에게는 오기 씨가 말했던 '아야마레' 따윈 문제 축에도 들지 않겠네요.

아니, 현실적으로 진짜 범죄자가 눈앞에 나타나면 용서한다느니 용서하지 않는다느니, 사과한다느니 사과하지 않는다느니 하는 모든 언설이 순식간에 무력화되고 맙니다.

말장난으로는 붙잡을 수 없습니다.

"우쭐하지 마라, 센고쿠. 오노노키가 너를 따르고 있는 것은, 너의 자기애가 표출된 것일지도 모른다고. 이 녀석은 주위로부터 영향을 그대로 받는 인형이니까 말이야."

기분 나쁜 지적을 하네요.

저를 좋아하는 오노노키짱의 내실이, 저를 엄청 좋아하는 저라니… 역逆 임파워먼트*가 되어 버리는 기분 나쁜 소릴 하는 것도, 나쿠나짱이나 츠키히짱에 비할 정도가 아닙니다.

오히려 적은 편이라고 생각하지만요, 자기애는…. 다만 실제로 어떤지는 알 수 없습니다. 어쨌든 저이니까요.

"그렇다고는 해도… 잘못 봤군. 기껏해야 1년 만에."

"? 머리 모양 얘기?"

"아니. 머리 모양은 예상하고 있었다."

말도 안 돼.

아주 의미 없는 거짓말을 하네요, 이 사람.

"그리고 나의 원수를 갚아 주었던 것에 관해서는 처음에 감사 인사를 해 둘까. 나중에 돈을 뜯기는 건 견딜 수 없으니 말이야."

"? 원수?"

※임파워먼트(empowerment) : 리더가 업무 수행에 필요한 책임이나 권한 등을 부하에게 배분하거나 공유하는 과정.

"나데 공은 몰라도 돼."

정보통제가 이루어졌습니다.

저를 좋아하는 오노노키쨩이 몰라도 된다고 말한다면, 뭐, 몰라도 되는, 모르는 편이 나은 일이겠습니다만… 노골적으로 감춰 버리면 신경이 쓰이네요.

"얼른 용건을 전하라고. 가엔 씨로부터 듣고 온 거잖아? 카이키 오빠."

카이키 오빠라고 불리고 있나요.

마구마구 호감도가 올라가네요.

"가엔 씨로부터?"

다음 수행에 대한 일이라면 오노노키쨩을 통해서, 혹은 직접 연락하면 될 텐데… 요컨대 카이키 씨는 단순한 메신저가 아니라는 이야기일까요?

오노노키쨩은 아무래도 먼저 사정을 들은 것 같습니다만….

"그래. 나는 너에 관한 일로 가엔 선배로부터 파문당했었지만… 이번에 너의 수행에 협력하면 동문으로 다시 받아 주겠다는 말을 듣고, 두말없이 바라 마지않던 찬스에 달라붙은 거다. 가엔 선배를 위해서라면, 나는 이제 돈은 필요 없어. 무상으로 일할 거다."

이면에서 큰돈이 움직이고 있을 것 같습니다.

다만, 자연스럽게 말했습니다만, 저 때문에 가엔 씨와 카이키 씨가 절연했다는 사실을 은근슬쩍 드러내면 뭐라 딴죽 걸기 어렵네요…. 이것도 사기꾼의 수법일까요.

그러나 의외로 이쪽저쪽에서 절연하고 있네요, 가엔 씨도.

공통점이 있는 절연자 두 사람일까요.

"게다가 네가 그 뒤에 어떻게 되었는가도 신경이 쓰였으니 말이야."

"거짓말만 하고 있네…."

"아니, 아니. 진짜라고. 결국 코요미 오빠와 화해하고 다시 신으로 돌아가 있는 게 아닐까 하고 너무 불안해서, 밤에도 잠을 못 이루고 휘파람을 불고 있었어."

그건 뱀을 부르는 짓이라고요.

정말 못 미덥게 여겨지고 있었던 모양이네요.

"이번 일에서 내가 얻어야 할 교훈은 '부모는 없어도 아이는 자란다'겠군. '남자는 헤어진 지 사흘이 지나면 눈을 비비고 다시 봐야 한다'일지도 몰라."

여자이지만요.

그리고 저의 아버지 같은 포지션을 취하려고 하지 마세요, 저주의 발신원이.

"그 부분이다."

그렇게 말하는 카이키 씨.

"저주의 발신원이라고 하는데, 엄밀히 말하면 나는 초라한 소매점일 뿐이야. 입수한 저주를 위조해서 값싸게 대량생산했을 뿐이다."

"죽어 버렸으면 좋았을 텐데 말야."

불사신의 괴이 전문가의 파트너가 신랄합니다. 들리지 않은

척을 하고서 카이키 씨는,

"마냥 이어지는 긴 뱀의 행렬의 근본의 근본을 더듬어 가면, 빙그르르 한 바퀴 돌아 아라운도에 도달하지."

그렇게 말했습니다. 아라운도.

다섯 머리의 큰 뱀, 아라운도 우로코.

"그렇기에 가엔 선배는 너에게 저주 회수를 맡겼던 거다. 말하자면 내가 흩뿌린 뱀의 저주의, 출처를 밝혀내기 위해서."

뱀의 총본산을.

일망타진하기 위해서.

카이키 씨의 말에 저는 숨을 삼킵니다···. 설마 저와 동급생과의 틀어진 사이를 중재하는 것에 그런 장대한 의도가 숨겨져 있었다니.

"아라운도는 나에게는 전혀 관계없는 뱀이기는 하지만, 내친걸음에 팀의 지휘를 맡게 된 거다."

관계가 너무 많잖아요. 당사자예요.

지휘라니···. 나와··· 오노노키짱의? 눈짓을 보내자 동녀는 말없이 고개를 끄덕였습니다. 어느 사이엔가 오노노키짱과 눈짓으로 이심전심 할 수 있게 되어 버렸네요.

그것을 근거로 하더라도, 이상한 팀···.

사기꾼과 법정화가 지망생과 시체 인형이라니.

굉장한 극장형 사기를 저지를 것 같습니다.

그렇지만, 그렇군요. 나쿠나짱이나 슨지 군과의 면회로부터 아주 길게 이 안건이 방치되어 있다고 생각했습니다만, 그동안에 가엔 씨도 놀고 있던 것은 아닌 모양입니다.

한편으로는 제가 회수한 단서로부터 타깃의 아지트를 찾고… 다른 쪽에서는 파문 후 도주했던 후배를 찾아서 교섭하고 있었던 모양입니다.

제가 부모님과 옥신각신 다투고 있는 동안에….

"팀명은 '주식회사 위선사爲善社'가 어때?"

"어딘가에서 사용한 기억이 있어."

사기집단 일당에 집어넣지 말아 주세요.

제가 법정화로 그려지게 되어 버린다고요….

그리고 여러 가지로 돌봐주고 있는 가엔 씨의 마음속을 읽는 것은 저의 분수를 넘는 일입니다만, 이 팀 구성에서 관리자의 의도를 느끼지 않을 수 없습니다.

수습인 저는 말할 것도 없고, 파문된 카이키 씨를 리더로 두고, 거기에 현재 근신기간 중이며 한쪽 눈을 몰수당한 오노노키짱이라니… 여차할 때에 언제라도 버릴 수 있는, 전혀 아까울 것 없는 버림패 팀 그 자체잖아요.

실체가 없는 페이퍼 팀입니다.

보통 이런 때에 결성되는 것은 드림 팀일 텐데, 뭔가요? 이 나이트메어 팀은…. 아무리 강자에게 알랑거리는 것을 특기로 하는 저라도, 이 산하에 들어가는 것은 주저하지 않을 수 없습니다. 사기꾼에게 아양을 떤다니, 너무 삼류 악당 같잖아요, 제가.

애초에 팀 이름도, 팀 구성도 그렇지만 말이죠?

"갑자기 그런 말을 들어도 곤란해요, 카이키 씨. 저도 한가하지는… 엄청 한가하지만, 한가한 나름대로 스타트 업 계획을 세우고 있으니까. 이번 달 안에 콘티를 150페이지 그리려고 생각하고 있어요."

"플랜을 포기해라. 파기해라."

"파기하라는 건 너무 말이 심하지 않나요?"

"무엇보다, 이미 그렇게 여행 준비를 끝내 두었으면서 거드름 피우며 몸값을 올리려 하다니, 너도 나에게서 많이 배웠구나."

엥?

여행 준비라니…. 아, 혹시 이 슈트케이스를 보고 말하는 건가요? 150장으로는 끝나지 않는 저의, 옥고玉稿 아닌 석고가 채워진, 오기 씨에게 물려받은 슈트케이스….

그러고 보니 처음에 카이키 씨는 사지로 향할 준비라느니 뭐라느니 하는 말을 했었던 것 같은데? 트렁크의 내용물이, 열쇠가 된 그것이라는 사실까지 들켰다고는 생각하지 않습니다만, 그 말은 만화업계를 향해 첫발을 내딛은 저를 빈정거리는 말인 줄로만 알았습니다만… 여행 준비?

"그래. 비행기는 이미 예약을 마쳤다. 오키나와의 이리오모테 섬으로 간다. 그곳이야말로 이매망량이 우글거리는 뱀의 총본산, 아라운도 우로코의 현재 아지트다."

"오, 오키나와? 이리오모테西表 섬?"

"아니, 녀석의 입장에서 말하자면 서쪽 표면이 아니라, 이면의 섬이라 해야겠군."

카이키 씨는 영문 모를 대사로 마무리하려 했습니다만, 잠깐 기다려 주세요. 비행이라니, 지금부터 오키나와로 날아가는 건가요?

"저, 오키나와에 간 적이 없는 건 고사하고 비행기에 타 본 적도 없는데요? 처음으로 현 밖으로 나가는 것이 오키나와? 오키나와라면 그 오키나와? 무서운 뱀이 있는 곳?"

"뱀잡이 명인의 실력을 발휘할 수 있겠네. 제대로 한몫 잡을 시간이야."

그렇게 말하는 오노노키짱.

교과서를 읽는 듯한 무뚝뚝한 어조입니다만, 의외로 오키나와에 가는 것에 설렌 것일까요.

"잘됐네, 나데 공. 첫 현 밖 외출이 오키나와라니, 자랑할 수 있겠어. 우밍츄*에게."

"자랑할 수 있을 리 없잖아, 우밍츄는 거기 살고 있으니까. 카, 카이키 씨는? 전혀 그런 이미지가 없고, 리더라고 할까, 마치 투어 컨덕터처럼 침착한데, 오키나와 현에 가 본 적이 있나요?"

"아니."

카이키 씨는 천천히 고개를 저었습니다.

선글라스를 쓰면서.

"실은 우연이지만, 나도 오키나와 현에는 태어나서 지금까지 한 번도 간 적이 없다."

※우밍츄(うみんちゅ): 오키나와 사투리로 어부를 뜻하는 말.

006

    그렇게 되어, 우리 주식회사 위선사는 갑자기 한겨울의 오키나와 현으로, 그것도 외딴섬으로 가게 되었습니다. 그 앞에 기다리는 것은 과연 독사인가, 바다뱀인가?!

    아, 맞다, 기내에서 카이키 씨가 (500엔을 받고) 알려 주었습니다만, 아라운도 우로코洗人迂路子의 본명은 가엔 우로코臥煙雨露湖라고 하더라고요? 확실히는 모르지만 가엔 이즈코 씨의, 용서받지 못할 여동생이라나요.

    겉으로 나올 수 없는, 뒷이야기.

용서 이야기 끝

　말해 버리자면 인생은 후회의 연속이고 '그렇게 하면 좋았을
걸', '이렇게 하면 좋았을걸' 하는 불평에 차 있습니다만, 그러나
정말로 '그렇게 하면 좋았을걸'이었는가, '이렇게 하면 좋았을
걸'이었는가 따윈 도저히 확실치 않다고 할까, 무엇을 기준으로
'좋았을걸'이라고 말하는가에도 달려 있습니다만, 그런 생각을
하는 것 자체가 이미 상당히 현재진행형으로 '좋지 않다'는 기분
도 듭니다. '후회 따윈 하지 말 걸 그랬다'라는 말이 실제 핵심
을 찌르고 있는 게 아닐까요? 그러나 그래서는 같은 실패를 반
복해 버릴 것 같아서 무섭습니다만, 다른 실패를 반복하는 것
이 그렇게나 대단하느냐고도 말할 수 있습니다. 단순히 치명상
을 입을 위험성이 늘어난 기분도… 실패해도 살아남았다는 것
은, 어떤 종류의, 평범하게 살아남은 것보다도 성장으로 이어지
는 듯한 이야기라거나? 혹시 정말로 인생이 후회의 연속이라면,
연속되고 있는 것만으로도 행운이라는 이야기일까요…. 또다시
후회한다는 것은 또다시 살아남았다는 것. 끝났다는 대사를 말
할 수 있는 동안에는 아직 끝나지 않았다, 라는 완결 후도 포함
해서 시리즈가 15년 이상 이어지고 있는 핑계는 되지 않습니다.
　말할 것도 없이 이 책의 주제는 '후회'라기보다는 '사죄'입니
다만, 이것을 두 개로 분할하면 '사謝'와 '죄罪', 즉, '사과하는 것'

과 '죄를 저지른 것'으로 구별됩니다. 본문 중에는 주로 '분노'와 '사과'가 균형을 이루고 있었습니다만(불균형?), 혹은 이쪽의 둘도 같은 수준으로 균형이 잡혀 있는지도 모릅니다. 아라라기 군의 대학생 편이란 어떤 느낌이 될까 하고, 쓰면서도 두근두근했습니다만, 그 결과 졸업했을 고등학교 시절의 어두운 부분이 수면 위로 떠오르기 시작하는 것 같아서 놀랍습니다. 아라라기 군도 아라라기 군대로 시야가 넓어졌다는 이야기일까요? 그런 느낌으로, 당신이 심연을 들여다보아도 심연은 외면하고 있을지도 모르는, 제6화 「오기 라이트」, 제7화 「오기 플라이트」였습니다. 나데코 편 쪽도 슬슬 가경에 접어듭니다만, 이쪽은 심플하고 밝게 쓰고 싶네요.

커버 일러스트의 오기(군?)는 차이나 칼라의 교복과 스커트의 하이브리드입니다. 멋지네요. VOFAN 씨, 감사합니다. 다음 회는 슬슬 몬스터 시즌 『사물 이야기(상) (가제)』, 『사물 이야기(하) (가제)』. 데스토피아 비르투오소 수어사이드마스터의 재등장이고, 오래간만의 두 권 동시간행으로 해 보려 합니다.

니시오 이신

FAUST BOX

용서 이야기

2022년 12월 10일 초판 발행

저자	니시오 이신
일러스트	VOFAN
옮긴이	현정수

발행인	정동훈
편집인	여영아
편집 팀장	황정아
편집	노혜림

발행처	(주)학산문화사
등록	1995년 7월 1일
등록번호	제3-632호
주소	서울특별시 동작구 상도로 282 학산빌딩
편집부	02-828-8838
영업부	02-828-8986

ISBN 978-11-6947-198-5 03830

값 12,000원

※이 책에는 수량 한정 특별부록이 들어 있지 않습니다.